일상이 철학이다

일상이 철학이다

삶의 지평을 넓히는 에세이철학

이종철 지음

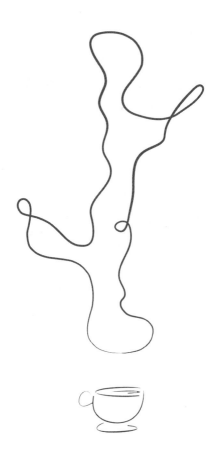

도서출판 모시는사람들

이 책은 내가 지난 수년 동안 SNS나 인터넷 신문, 그리고 잡지 등에 발표했던 글을 다시 손을 보아 내는 것이다. 단순히 수정만 한 것이 아니라, 그 의미의 결을 따라 갈래짓고 일관된 메시지를 전하는 책이 되도록 구성하였다.

오늘날은 과거와 달리 자기 생각(글)을 표현할 수 있는 공간이 크게 늘어났다. 인터넷 카페나 개인 블로그에 취미와 성향에 따라 얼마든지 글을 올릴 수 있고, 블로그의 조회 수에 따라 광고를 유치할 수도 있다. 페이스북은 자기 일상을 널리 알리고, 자기 생각을 표현하고 싶어 하는 이들의 각축장이나 다름없다. 헤겔이 말하는 '정신적 동물의 왕국'처럼 여기에는 하루에도 수많은 글들이 앞다투어 올라온다. 이제는 과거처럼 소수 전문가가 미디어를 독점하던 시대는 지나갔다.

이런 글들의 영향력은 거의 없다고 할 수 있지만 그것이 하나의 흐름을 형성하고 사회 운동 차원으로 확장되는 경우도 적지 않다. 실제로 오늘날 페이스북은 자기 고백적인 글 이상으로 수많은 상품이 판매되는 시장(市場)과 마찬가지로, 한 시대의 보편적 정신을 형성하는 장이 되기도 한다. 여기에는 단순한 지적 호기심으로 참여하는 일반인부터 자신의 지식과 소견을 대중들과 공유하려는 여러 분야의 전문가들, 그리고 자신의 메시지를 전파하고자 하는 시민운동가나 정치인 등이 백가쟁명 식으로 활동한다. 나 역시 이 공간에서 수많은 사람들과 소통하고 논쟁하고 때로는 공감을 나누면서 글을 써 왔다. 어떤 글은 페이스북에 한정되고, 그중 좀 더 많은 사람들과 생각을 공유하고 싶은 글은 인터넷신문에 투고한 경우도 있다.

이런 글쓰기와 발표 방식은 확실히 과거와 다른 형태라고 할 수 있다. 동서양을 불문하고 과거 문자와 글(철학)은 지배층이 통치를 위한 수단으로 독점해 왔다. 모든 백성이 쉽게 배워 자신의 뜻을 잘 표현할 수 있도록 세종이 훈민정음을 창제했지만, 그때까지 문자(한자)를 독점해 온 조선의 사대부들은 훈민정음 창제에 반대했을 뿐 아니라 그 이후로도 의도적으로 사용을 거부하고 외면했다. 만일 모든 백성이 쉽게 문자를 익히고 쉽게 자신의 뜻(철학)을 펼칠 수 있게 되면, 자신들의 독점적 권위와 지배력을 상실할 것은 불을 보듯 뻔하기 때문이다. 한자는 구조적으로 지배 권력의 독점적 지위를 보장할뿐더러, 중화사대주의를 공고히 하는 강력한 수단이기도 하다. 만일 조선의 선비들이 한글을 일상화하고, 한글을 이용한 철학과 사상 활동을 전개했더라면 조선 왕조 5백 년의 행로는 상당 부분 달라졌을 것이다.

그런데 한글이 충분히 보급되고 문맹(文盲)이 거의 사라진 현대 사회에서도 '쉬운 문자'에 대한 요구는 여전히 크기만 하다. 사회가 복잡해지고 전문화되면서, 각 분야별로 자신들만이 이해하는 추상적 개념과 용어의 장벽을 높이고 있어서다. 대표적으로 학자들의 전문 용어나 법조인이 사용하는 법률 용어, 그리고 의료인이 사용하는 기호에 가까운 약어들이 그렇다. 이들의 전문 용어는 제각각의 이유와 유래를 갖고 있지만, 그들 모두가 자신들의 정보 이해력의 독점적 우월성, 배타적 독점권을 누리고 싶어한다는 점에서는 다르지 않다. 독점이 가능할수록 전문가의 권위가 강조되는 반면 일반 대중은 그 이상으로 정보 소외를 실감한다. 달리 말하자면 정보 이해의 장벽이 높은 사회(분야)일수록 권위적으로 운영될 가능성이 높다. 이 때문에 사회 모든 영역에서 일반인이 이해할 수 있는 쉬운 개념을 널리 쓰는 것은 오늘날 민주주의의 실질적인 작동을 위해 대단히 중요하다.

전문가의 언어와 일상의 언어가 함께 어우러질 수 있는 텍스트의 생산이 중요하다는 것이다. 이 책에 실린 글들은 그런 정신을 반영해서 쉬운 일상어와 일상적 사고를 바탕으로 한 철학적인 사고를 공유하고, 토론을 활성화하기 위하여 쓰였다.

이 책은 우리가 늘 경험하는 일상의 세계의 여러 문제들을 다루다 보니 그 내용이 참으로 다양하다. 어떤 하나의 주제만 가지고 쓴 것이 아니고, 일상에서 경험하는 문제들을 그때그때마다 다루었기 때문이다. 그러나 그 다양한 소재들을 '철학적으로 사유하기' 방식으로 서술하였다는 점에서는 일관된다 할 것이다.

1부는 일상을 철학화하려는 필자의 관심을 드러내고자 했다. 사람들이 일상을 당연하게 생각하고 건성으로 대하는 경우들이 많지만, 일상 혹은 후설 식으로 '생활세계'는 철학적 사유의 풍부한 소재를 제공하고 있다. 왜 한국의 철학자들이 일상을 외면하는지 알 수가 없을 정도이다. 나는 '밥짓고 물긷는 데에 도(道)가 있다'는 중국의 선사들의 정신을 닮으려 하고 있다. 에세이 철학은 '일상을 철학화하고 철학을 일상화하자!'를 모토로 삼고 있다.

2부는 영화를 철학적 사유의 대상으로 삼아 보았다. 좋은 영화 한 편은 좋은 책 한 권을 보는 이상이다. 현대인들이 가장 많이 접하는 종합 문화 콘텐츠인 영화는 철학자들에게는 최고의 사유의 대상이라 할 수 있다. 영화는 무엇보다 흥행을 염두에 두다 보니 동시대의 욕망을 가장 잘 표현할 수 있다. 시대를 알려면 영화를 보고, 이 영화를 철학적 사유의 대상으로 삼으라.

3부는 한국 사회와 정치에 관한 이야기를 담았다. 과거 필자는 정치적으로 예민한 상황을 다루었다가 호된 경험을 한 바 있다. 그 이후로 이런 문제들로부터 한 걸음 물러나서 좀 더 거시적인 안목으로 접하려 했다. 정치는 인간의 삶에 직접 영향을 미치는 중요한 수단이다. 정치적 무관심은 오히려 상황을 악화시킬 수 있다. 당장의 예민한 사안보다는 좀 더 합리적 사고를 통해 한국 사회와 정치가 가야 할 미래를 고민해 보았다.

4부는 도구와 기술 문제를 다루었다. 오늘날 과학 기술을 모르고서는 현대 사회의 변화를 이야기할 수 없게 되었다. 여기에는 AI에 기초한 디지털 혁명, 4차 산업혁명이 가속화되는 이유도 있다. 2023년에 들어서면서 공개된 챗GPT는 AI가 성큼 우리들의 일상에 다가섰음을 상징하고 있다. 누구든 일상에서 쉽게 이용할 수 있는 AI는 우리들의 삶의 형식과 노동 방식 등 많은 면에서 영향을 미칠 가능성이 높다. 인문학자들이 특별히 유념해야 할 것이다.

5부는 우리의 한글과 역사에 대한 나의 관심을 다루고 아울러 한국과 중국 그리고 일본을 포함한 동아시아 국가들의 근대화 경험을 다루었다. 이 세 나라는 역사적·문화적으로 공유하고 있는 자산이 풍부함에도 불구하고 서로 간에 불편한 관계를 벗어나지 못하고 있다. 근대화 과정에서 빚어진 갈등이 적지 않은 때문이다. 하지만 문명의 중심이 동아시아로 이동하고 있는 현실에서 이런 불편한 공존은 미래의 발전을 막을 수 있기 때문에 여러모로 학자들의 고민 대상이 된다.

6부는 대학과 교육 문제를 다루어 보았다. 이 분야는 내가 오랫동안 몸담으면서 직접 경험하고 느꼈던 문제들이 많다. 나는 한국의 교육 시스템, 특히 대학들이 국가의 규모에 어울리지 않게 여전히 외국 학문의 수입처에 머물러 있는 것을 안타까워해 왔다. 이런 현상은 인문·사회 과학의 경우에는 더욱 심하다. 한국이 선진 국가로 도약하기 위해서는 무엇보다 지식을 생산하는 대학의 역할이 크다. 이런 한국 대학의 현실을 개혁하기 위해서 무엇이 필요한가를 나 나름대로 조목조목 지적해 보았다. 전체가 이처럼 6개의 부로 구성되었지만, 순차적으로 읽을 필요는 없다. 관심이 가는 대로 읽어도 무난할 것이다.

일전에 출간한 『철학과 비판』(수류화개, 2021)에서 나는 '에세이 철학'을 주창했다. 이 책 『일상이 철학이다—삶의 지평을 넓히는 에세이철학』은 이전 책의 정신을 공유하면서도, 철학보다는 에세이에 무게를 좀 더 두었다. 이 책은 일상에서 접하는 여러 문제들을 소재로 삼으면서도 일상에 매몰되지 않도록 비판의 정신을 살리고자 했다. 일상이 '에세이'에 대응한다면, 비판의 정신은 '철학'에 대응한다. 그것이 '에세이 철학'의 의미이다. 이 책을 비롯하여 앞으로 내가 출간하는 책은 '에세이'와 '철학' 사이를 오가며 그 운동의 에너지를 발산하면서 새로운 영역을 개척해 나가려는 시도이다.

　이 작은 책을 내면서 고마움을 표시할 사람들이 있다. 무엇보다 제자의 책을 반기면서 추천사를 써주신 고등학교 은사 이경복 선생님에게 깊이 감사드린다. 선생님은 오래전부터 한글 운동을 펼치셨고, 사람들의 생각을 생각한 드문 교육자이시다. 나의 이 글들의 산실은 단연코 페이스북이라 해도 과언이 아니다. 내가 페이스북을 처음 안 것은 2010년이었지만, 본격적으로 사용한 것은 2014년 4월 세월호 참사를 경험하면서부터이다. 그 이후로 나는 한국 사회의 여러 문제들을 공개적으로 페이스북에 썼고, 가끔은 여기의 글들을 〈오마이뉴스〉나 〈브레이크뉴스〉, 〈내외신문〉 등으로 옮기기도 했다. 페이스북 글쓰기의 장점은 매일같이 쓸 수 있고, 그 글을 읽어 주는 수많은 벗님들이 있다는 데 있다. 골방에서 홀로 쓰고 아무도 읽어 주지 않는 글이 아니라는 것이다. 그런 의미에서 나의 벗님들에게도 큰 고마움을 표시하고 싶다. 한국은 텍스트가 소멸하는 시대다. 오죽하면 출판이 대표적인 사양산업에 들었다는 이야기도 나온다. 이런 시대에 책을 낸다는 것은 쉽지가 않다. 페이스북에서 내 글을 읽고 선뜻 출판 의사를 밝혀 주신 모시는사람들의 박길수 대표에게 감사를 드린다. 그는 편집 과정에서 내 글의 많은 부분을 잘 다듬어 주었다. 한국의 인문학자나 철학자들은 이슬만 먹고 사는 존재로 알려져 있는지도 모르겠다. 책도 팔리지 않고 인세 수입도 거의 없는 상황에서 초판 예약 구매해준 내 오랜 친구의 도움을 잊을 수 없다. 그는 전작 『철학과 비판』을 낼 때도 선 구매해 준 적이 있다. 이름을 밝히지 말라고 해서 여기에 드러낼 수 없지만 참으로 고맙기 그지없다. 그동안 나는 여러 단톡방에도 글을 많이 올렸다. 나의 긴 글을 읽어주고 인내해 준 친구들과 선후배 동료들에게도 깊은 감사를 드린다. 그들의 말 없는 지지가 큰 힘이 되었다. 아내와 나는 아침 식탁에서 이야기를 많이 나누는 편이다. 내 글을 열심히 읽어 주고 코멘트도 해 주고 대화도 나눠 주는 아내와, 독일에서 공부를 하느라 고생이 많은 딸에게도 고마움을 많이 느낀다. 늘 부족한 남편이자 아빠의 미안함이 크다.

　책을 낼 때마다 늘 두려운 마음이 가시지 않는다. 책은 자기 고백으로 완결되는 것이 아니라 독자들과의 대화를 통해 비로소 완성되기 때문이다. 이 책이 읽는 이들의 성찰과 비판 정신을 일깨울 수 있는 '소크라테스의 등에' 역할을 할 수 있다면 저자로서는 비할 데 없이 기쁜 일일 것이다.

2023년 8월
파주의 우거(寓居)에서 이종철

일상이 철학이다

제1부

일상과 철학

세월의 흐름을 피할 수 없다고 한다면 그대로 받아들이는
것이 지혜로운 자들의 태도다. 문제는 그것을 어떻게
받아들이고, 그런 변화 속에서 어떻게 행동하느냐이다.
지혜와 영성은 이런 변화를 순순히 받아들이는 태도를
통해 양성된다. 피해의식을 가지고 아무리 거부한다고
해도 달라지는 것은 없고, 오히려 자꾸 움츠러들 가능성만
높아진다. 그런 의미에서 삶에 대한 지혜로운 태도, '삶의
기술'이 필요해지는 시대이다.

일상과 도(道)

중국의 선사들이 보여준 선(禪)의 두드러진 특성은 무엇보다 그 파격(破格)에 있다 할 것이다. 선사(禪師)들은 부처님의 가르침은 불립문자(不立文字)라는 것이라는 뜻을 강조하면서 일체의 권위와 전통(교리·경전과 설법)을 인정하지 않았다. 사실 모든 종교는 창립기를 지나 성장기에 들어서면 제도화와 경전 결집이 이루어지고 구루(성직자, 전문가)를 중심으로 운영되면서, 교회나 사찰 등을 권위화하고 그것을 전통으로 고착시킨다. 그것이 특정한 종교의 정체성을 유지하는 뼈대라고 할 수 있다.

하지만 이런 권위와 전통도 오래 지속되면 대개 초기의 정신과 에너지를 상실하게 된다. 그럴 때 내부의 혁신이 필요하지만 태생적으로 보수 지향인 종교 전통은 그런 혁신을 강력하게 막아서곤 한다. 중국의 선은 무엇보다 이런 권위와 전통의 작동을 일체 거부하는 혁신적이고 혁명적인 성격을 띠고 있다. 혜능

(慧能, 638~713)과 신수(神秀, 606~706)는 돈오와 점수에 관한 오랜 선의 논쟁을 잘 보여주고 있다. 혜능은 일자무식이지만 그것이 『금강경』에 관한 그의 홀연한 깨달음을 막을 수는 없었다. 5조 홍인은 단박에 이를 인정하였고, 그에 대한 반대가 클 것을 예상해서 그를 바로 절 밖으로 내보낸다. 전통의 권위보다는 바로 지금의 깨달음을 중시하기 때문에 가능한 처사다. 결국 후대에 혜능은 '6조'로서 선종의 정통으로 자리매김 된다.

양 무제는 불교가 확산되는 데 큰 공을 세운 왕이다. 그는 계율을 잘 지키고 불사를 많이 하고 역경 사업에도 주력하는 등 중국에서 불교가 뿌리를 내리는 데 큰 역할을 했다. 이런 양 무제가 달마대사를 만나 자신의 공적을 인정받고 싶어 할 때 달마는 한마디로 일축해 버렸다. "공덕이 없다!(無功德)"

양무제의 행동은 보통의 상식에 비추어 볼 때 충분히 치하할 만하지만 그것에 대한 달마의 반응은 완전한 파격이다. 중요한 것은 겉으로 보이는 것(色)이 아니라 일체 공(空)에 대한 깨달음이기 때문이다. 『반야심경(般若心經)』에서 말하는 색즉시공(色卽是空)이고 공즉시색(空卽是色)이라는 것이다. 당의 선사들은 일반의 예상을 뛰어넘는 그런 파격의 정신을 보여주고 있다. 그런 의미에서 상식과 파격은 둘이 아니다(不二).

당의 선사들은 불립문자(不立文字), 교외별전(敎外別傳)을 중시하면서도 결코 초월적인 세계나 구원을 이야기하지 않는다. 대부분의 종교는 유한한 생에 대한 대안을 모색하기 위하여 생겼다. 왕후장상의 화려한 삶을 살았건 걸인의 비루한 삶을 살았건, 죽음이라는 생명의 근원적 한계를 벗어날 수 없다. 때문에 동서고금을 통틀어 모든 사람은 죽음의 문제나 사후세계의 문제를 고민하고, 죽음을 어떻게 하면 극복할 수 있는가에 주력해 왔다. 바로 이 문제 때문에 종교가 발생했고, 그로부터 분화해 나온 예술이나 철학, 그리고 과학 등도 어떻게 하면 삶과 죽음의 문제를 해결하고 인간의 생명을 연장할 수 있는가에 관심을 가진 것이다. 고대 문헌 중 플라톤의 『파이돈』은 육체와 정신이나 죽음과 사후세계의 문제를 다룬 빼어난 작품이다. 대부분의 종교는 사후세계를 현실적인 죽음 문제의 대안으로 제시하고 있다. 대표적으로 기독교의 천국론이 그렇고, 불교도 형태는 달라도 사후세계(윤회)를 부정하지는 않는다. 이런 사후세계를 근거로 해서, 천국에 가기 위해 어떻게 살 것인가를 묻고 그 길을 제시하며, 혹은 선인선과(善因善果) 악인악과(惡因惡果)와 같은 원칙을 제시한다. 사후세계에 대한 두려움은 근대로 넘어오면서 신의 존재를 부정하거나 그 개입의 비중을 축소하는 과학과 철학과 사상이 등장하면서 점차 극복된다. 포이어바흐는 아예 신을 인간의 창조의 산물이라고 하고, 니체는 "신은 죽었다!"고 선언

함으로써 사후세계와 신을 부정하기도 한다. 서구가 19세기 후반에 이르러 그런 초월적 영역을 극복하기까지 참으로 오랜 시간이 걸렸다.

이에 반해 당나라의 선사들은 일찍부터 그런 초월 세계를 부정했다. 그들은 한결같이 일상을 떠난 초월적 세계는 존재하지도 않을뿐더러 의미도 없다고 했다. 흔히 도(道)나 진리, 법(法)으로 상징되는 초월적인 깨달음은 현실 밖의 다른 세계에서 찾을 수 있는 것이 아니라 우리가 살고 있는 지금 여기의 일상에서 얻는 것이다. 때문에 선사들은 "물 짓고 밥 짓는 곳에 도가 있다"고 말한다. 이 엄연하고 단순한 말을 사실 대부분의 사람들은 놓치고 있다. 그들은 참다운 진리, 불법이나 도는 모두가 이런 일상을 벗어난 곳에서만 가능하고 존재한다고 생각한다. 때문에 그들은 일상을 벗어나려는 노력을 초월(超越)이라고 생각한다. 하지만 그런 초월의 세계는 그 존재 여부를 입증할 수 없는 일종의 가설적 전제일 뿐이다. 그 세계에 대해서는 칸트가 '안티노미론'에서 말한 것처럼 "있다고도 할 수 있고, 없다고도 할 수 있다." 『파이돈』에서 소크라테스도 한참 사후세계에 대해 설명을 하다가 자신도 그 세계에 직접 가 본 것이 아니라 들은 이야기라는 식으로 말한다. 한마디로 직접 경험한 것이 아니라 진위를 검증할 수 없는 전언(傳言)일 뿐이라는 것이다. 사실 존재 여부가 확증되지 않는 한 초월적인 사후세계에 대한 무수한 말들은 무의미한 언어의 난무(亂舞)에 지나지 않는다. 그런 의미에서 더 이상 일상을 무의미하게 그것을 탈출하려 하는 것이야말로 허황되고 헛된 수고임을 깨달아야 한다. 중국의 선사들은 이 단순한 진실을 거듭해서 깨우쳐준 것이다.

불립문자의 도는 이 일상의 세계에 감추어져 있는 보물이라 할 수 있다. 진정한 의미의 초월은 있지도 않은 다른 세계로 넘어가는 것이 아니라, 이 너무나 당연해서 왜곡되기 쉬운 일상의 세계로 복귀하는 것이다.

자율과 강제

 자율(autonomy)과 타율(heteronomy), 자기 목적과 타자 목적, 자동과 타동, 실천(praxis)과 노동(labor)의 차이가 무엇일까? 전자는 공통적으로 스스로 하는 것, 자기 안에 목적을 두고 있는 것, 자유로운 인간의 작업을 의미하고, 후자는 시켜서 하는 것, 자기 밖에 목적을 두고 있는 것, 생존을 위해 억지로 하는 일을 의미한다.

 이를테면 고대 그리스인들에게 정치(praxis)는 자유 시민들의 몫이고, 노동(labor)은 노예나 외국인 혹은 여성들의 몫이다. 정치는 사회 전체의 이익을 추구한다는 의미에서 공적이고 보편적이다. 반면 노동은 개인의 욕구를 충족시키기 위한 행위라는 의미에서 사적이고 특수한 것이다. 이런 의미에서 자유인의 정치가 노예의 노동보다 더 가치 있는 것으로 간주되었다. 그만큼 자기 목적을 가지고 자발적으로 행하는 일이 어떤 다른 목적을 위한 수단으로 타율적으로 하는 것보다 가치가 있다고 보는 것이다.

자유인은 어떤 것에 매이지 않고 모든 일을 스스로 구상하고 타율적 강제에 의해 행동하지 않는 존재를 의미한다. 하지만 일상에 매여 하루하루 살아가는 나에게 이런 삶이 가당키나 할까? 나는 내 생존과 생활을 유지하기 위하여 타자(외부)의 요구에 의해, 타자(외부)의 목적과 강제에 의해 살아가는 경우가 더 많다. 그러다가 외부의 요구와 강제가 뚝 끊어지면 게을러지는 경우도 많다. 추운 겨울날 밖으로 나오라는 메시지가 없다면 아침에 일어나는 것도 귀찮고, 그냥 종일 리모컨이나 만지작거리고 컴퓨터를 켜고 쓸데없이 서핑하면서 다람쥐 쳇바퀴 돌 듯 매일 매일을 반복하지는 않을까?

사정이 그럴진대 겨울학기 수업은 게을러질 수 있는 나를 단속하는 외부적 강제의 하나이다. 이런 강제 덕분에 나는 새벽 5시면 일어나서 책도 보면서 하루를 준비하고 정확히 7시 반이면 시동을 걸고 동이 터 오는 하늘을 보며 학교로 향한다. 9시가 되면 강의실에서 학생들과 씨름하느라 긴장도 하고 입에 단내가 나게 열강하기도 한다. 12시에 강의가 끝나서 특별히 점심 약속이 없으면 바로 귀가한다. 집에서 점심을 먹고 한 시간 정도 단잠을 청하는 것까지 규칙적이다. 이런 외부적 강제가 있어서 내

생활이 흐트러지지 않고 일정한 패턴을 가지고 돌아가는 것이다. 종종 계절학기가 진행될 때의 생활 습관을 방학 때도 계속 유지해 보겠다고 하지만 정말로 쉽지가 않다. 그런 외부적 강제가 없이 스스로 알아서 한다는 것이 그만큼 힘들다는 것이다.

젊은 시절의 생활은 천방지축 같았을지라도 나이가 들수록 행동에 일정한 규칙성이 있는 것이 편하다. 사람을 만나는 일도 그렇고 산책을 다니는 것도 그렇고 책을 보고 글을 쓰는 시간도 일정한 규칙성과 패턴이 있는 것이 편한 느낌이다. 철학자 임마누엘 칸트의 생활이 시계추처럼 규칙적이고 정확했다는 일화는 유명하다. 아침에 일어나는 시간, 차를 마시는 시간, 강의를 하는 시간, 글을 쓰는 시간, 점심 식사 때 사람들과 담소를 즐기는 시간들이 매일같이 반복되면서도 정확했다고 한다. 오후에 칸트가 산책하는 시간이 얼마나 정확했으면 사람들이 그것을 보고 시계의 시간을 조정했다는 말까지 나왔을까? 그런 꾸준하고 규칙적인 습관을 내면화한 칸트에게는 그것이 어떤 강제에 의한 것이 아니라 자기 스스로 부여한 법칙에 스스로 따르는 자율이 될 수도 있다. 그가 엄청난 업적을 남길 수 있었던 것도 그런 내면화된 자율성으로부터 나오는 창조적 생산력 덕분이 아닐까? 칸트처럼 자기가 만든 법칙을 내면화하기란 쉽지 않겠지만, 어떤 강제에 의해서라도 그렇게 행동하고 싶은 생각은 가득하다.

실존적 아포리아(aporia)

방학이 시작된 지 얼마 지나지 않은 어느 날, 평시보다 2시간쯤 늦은 8시가 넘어서 눈을 떴다. 늘 그렇듯 제일 먼저 핸드폰에 손이 간다. 문자로 들어온 메시지 하나가 눈에 띄는데, 보낸 시각이 6시 20분이다. 보통 문자 메시지나 카톡 메시지는 늦은 밤이나 이른 아침, 공휴일에는 서로 조심한다. 그런데 이른 새벽에 문자를 보낸 것은 그만큼 절박한 사정이 있기 때문이리라. 그것을 무려 2시간이나 늦게 확인을 했으니 일단 보낸 사람에게 미안하다.

메시지를 보낸 사람은 울산에서 회사에 다니는 여학생 제자다. 이 학생은 학교를 졸업한 지 꽤 됐지만 신상의 변화나 좋은 일이 있으면 연락을 꼭 준다. 미국에 어학연수를 갔을 때는 여행하면서 찍은 사진과 소식을 보내주기도 했다. 작년에 내가 대구에 학회 모임 차 갔을 때 연락을 했더니 다음 날 새로 사귄 남자 친구와 함께 와서 인사를 시켜 준 적이 있다. 그런데 그 제자가 새벽같이 메시지를 보낸 것이다.

일단 전화를 해 본다. 마침 출근하고 있다고 하는데, 사실은 고민으로 밤을 거의 지새운 느낌이다. 최근에 사귀던 남자 친구 이야기를 부모님이 알고서 막무가내로 반대하신다고 한다. 자신은 지난 2년 가까이 사귀면서 정말로 믿음이 가서 부모님께 소개시켜 주려고 했다고 한다. 그런데 부모님은 만나보는 것조차 싫어하신다고 했다. 남자 친구 부모님이 오래전에 이혼을 하시고, 아버지는 재혼한 것이 걸려서라고 한다. 부모님이 하도 완강하게 반대하시니 자신이 정말 잘못 판단하고 있는 건 아닌지 혼란스럽다고도 했다.

당사자의 결함도 아니고 부모의 문제를 이유로 반대를 한다면 상당히 부당해 보인다. 하지만 딸을 가진 부모의 입장에서 보면, 일리가 있는 반대로 볼 수도 있다. 부모 입장에서 애지중지 키운 딸의 행복한 미래를 생각하며 최선의 길을 찾고 싶을 것이다. 이 남자 친구는 제3자인 내가 작년에 만나서 거의 6~7시간을 함께 다니면서 이야기를 나눠 본 경험으로 말하자면 괜찮은 사람이다. 일단 직업이 확실하고, 성격도 차분하며 믿음직스럽게 행동을 하는 모습을 확인했다. 무엇보다 내가 오랫동안 옆에서 지켜보았던 내 제자의 올곧은 눈과 지혜로운 판단력을 믿는 구석이 있었다.

당사자에게 이런 상황은 풀기 어려운 아포리아(aporia, 難題)이리라. 내 제자의 심성이라면 부모의 의견이 부당해 보일지라도 무조건 거부할 수 없을 것이다. 이런 문제는 일단 시간이 필요하다. 나도 딸을 두고 있는 입장이지만, 부모의 생각으로는 딸이 마치 짚을 지고 불구덩이에 뛰어드는 것으로 보일 수도 있다. 부모님에게는 부모 나름의 논리와 근거가 있는 셈이다.

당위성이나 논리, 설득력 못지않게, 아니 그보다 더 위력적인 것은 대개 시간이다. 나는 일단 당분간은 부모님과의 관계에서 '수난의 시간'을 겪을 수밖에 없다고 말해 주었다. 물론 무조건 수난을 받아들이라는 것은 아니다. 과거와 달리 지금은 개인의 자유로운 선택에 의해 만나고 헤어지는 것이 비교적 자연스럽고, 또 그것이 흠결이 되지도 않는다. 다만 이런 합리적 판단을 할 수 있도록 부모님 스스로 자신들의 감정을 정리할 수 있는 시간도 필요하다는 것이다. 그 시간이 수난의 시간이고, 이 시간을 이용해서 최대한 합리적으로 대화를 나눌 수 있도록 해야 한다. 그래서 그 감정이 다소 누그러지면 일단 당사자를 보고서 판단할 기회를 가져 보는 것이다. 설령 부모의 이혼 경험을 결함으로 생각한다 하더라도, 그런 어려운 상황에서도 잘 컸다고 한다면 오히려 반전의 기회가 될 수도 있지 않을까?

부모와 남자 친구가 대립할 때 가장 힘든 사람은 중간에 끼인 당사자이리라. 이런 아포리아를 게임을 운영하는 것으로 생각해 보면 어떨까? 이 게임은 반드시 풀릴 것이고, 그 주도권은 아포리아를 경험하는 당사자가 쥐고 있다고 생각하는 것이다. 이 상황에 지혜를 발휘해서 주도권을 쥔다고 생각하면 양쪽을 이해시킬 수도 있지 않을까? 예컨대 수난의 시간을 거치면서 부모님의 감정을 서서히 풀고, 다음으로 최소한 당사자를 대면할 자리를 만드는 것이다. 그다음에 문제를 푸는 것은 남자 친구의 몫이다. 남자 친구도 사랑하는 여인을 얻는 과정에서 숱한 장애물 통과 시험을 볼 필요가 있다.

이때 시험은 합리적인 것도 있고 비합리적인 것도 있다. 이런 장애물을 통과하면서 두 사람의 사랑을 다지고, 평소 보이지 않던 여러 면을 살필 수도 있다. 그 과정에서 제자가 할 일은 남자 친구가 어려워할 때는 힘도 북돋워 주면서 충분히 풀어낼 수 있다는 자신감도 불어넣어 주는 것이다. 물론 이 과정이 게임처럼 쉽게 풀리지 않을 수도 있고, 또 예기치 않은 상황으로 치달을 수도 있다. 지혜(phronesis)는 이럴 때 필요하다. 너무 극단으로 치닫지 않도록 제3자에게 자문을 구할 필요도 있다. 나는 제자에게, 너의 마음의 소리에 정직하게 귀 기울이라고, 내가 아는 너는 스스로의 판단을 믿어도 좋다고 말해주었다.

모든 민족이나 문명은 성인이 되는 과정, 결혼하는 과정에서 통과 의례를 거치게 한다. 현대인의 시각으로 볼 때는 그것이 비합리적이고 거추장스러워 보일지 몰라도, 그것은 대체로 불가피한 과정이다. 한편으로 부모 세대가 그런 절차를 조건이나 따지는 속물적인 절차로 만든 책임이 없지 않다. 다른 한편 그런 절차를 무시하다 보면 너무 쉽게 만나고 너무 쉽게 헤어지는 폐단을 낳을 수도 있다. 개인의 자유로운 선택을 빌미로 쉽게 만나는 것도 선택이고 쉽게 헤어지는 것도 선택이라고 생각하는 것은 무책임한 개인주의일 수 있다. 개인의 인격과 주체성은 존중받아야 하지만, 세상은 또 혼자 사는 것이 아니지 않은가. 게다가 그런 자유로운 선택이 일정한 조건 하에서 이루어지는 것임을 무시하는 처사일 수도 있기 때문이다.

이겨낼 수 있는 고난을 '고난'이라고 부르는 건 사실 엄살이다. '고난다운 고난'에 직면하면 모든 판단력이 소실되고, 고난이라고 생각할 수조차 없게 된다. 바로 그 순간이 해결의 시작점이기도 하다. 궁즉통(窮卽通)인 법이다. 내 제자는 문제에 떠밀려 추락하는 대신, 첫째, 용기를 내서 다른 사람에게 도움의 손길을 청하였고, 둘째, 자신이 본래 가지고 있던 정답을 정직하게 받아들였다. 결국 제자는 내게 '답정너'의 질문을 한 셈인데, 인간은 누구나 자기가 해결할 수 있는, 해답을 알고 있는 문제만 묻는 법이다. 나는 그저 '네가 알고 있음'을 상기시켜 줬을 뿐이다.

인생의 난제에 부닥쳤을 때, 끝이 없을 것 같은 고난에 직면할 때, 우리는 문제의 본질을 회피하여 어떻게든 모면하려는 태도 대신, 그 고난을 정직하게 드러낼 줄 알아야 한다. 용기를 가지고 문제를 직시하면 그 답은 자기 자신이 가장 잘 알고 있는 법이다. 그 답을 따라 가는 것이 곧 성숙의 길이다.

운수좋은날

　어제는 하루 종일 일이 잘 풀려, '이런 날도 있나' 싶었다. 꿈속에서 예전의 한 친구 집으로 놀러 갔다. 이 친구가 옛날 기억을 잊어버렸다고 앨범을 열심히 찾는 모습을 보다가 깼다. 바로 페이스북 메신저로 한 후배가 책을 한 권 냈다고 보내주겠다고 소식을 전해왔다. 바삐 돌아가는 요즘 같은 세상에 마음 써 주는 게 고맙다. 오전에는 올 초 청소년 대상으로 여럿이 함께 쓴 책의 간사가 연락이 왔다. 인세를 보내준다고 한다. 사실 금액은 몇 푼 안 되지만, 방학 때 수입이 없는 나로서는 가뭄의 단비다. 이 책은 글 한 편 써준 건데도 청소년 권장도서로 선정돼서 그런지 벌써 4쇄를 찍어 분기별 인세가 쏠쏠하다. 길 가다가 공돈 줍는 느낌이다. 오후 한 시쯤 일전에 받은 종합검진 결과를 확인하러 집사람과 같이 모 병원으로 갔다. 담당 의사의 이야기로는 위에 자그마한 용종 몇 개가 있지만 악성은 아니고, 모두 제거했다고 한다. 대장 쪽도 직장 바로 밑의 용종을 제거했고, 이 또한 문제가 없다고 한다. 사실 검사를 받고 이상한 이야기를 들으면 어쩌나 신경이 많이 쓰였는데, 이런 이야기를 듣고 보니 기분 좋다. 이 나이에 이상한 병이라도 들어섰다고 하면 어떻게 되겠는가? 살아 있는 동안도 살아 있는 게 아닌 삶이 되지 않겠는가. 검사 결과가 좋아서 그런지 아내가 점심을 사주겠다고 한다. 집에서 멀지도 않은데 병원 근처에서 점심을 먹는다. 점심을 먹고 나니 더욱 너그러워져서 이왕 나온 김에 영화나 한 편 보고 들어가자고 하고는 은근슬쩍 아내 눈치를 본다. 아내도 좋은지 그러자고 한다. 아내가 테니스 엘보로 병원을 퇴직한 지 한 달 반 정도 됐다. 그 이후로 시도 때도 없이 자주 같이 돌아다니는 편인데, 아내도 좋은가 보다.

사실 영화를 보려는 이유가 있다. 오늘 나에게 중요한 결정 하나가 발표되는데, 그 시간을 기다리는 게 불편해서다. 그리고 그런 결정은 내가 직접 확인하기보다는 관심 있는 다른 사람의 말을 통해 듣는 게 속 편하다. 아무튼 자주 가던 일산의 영화관에 도착하니 3시가 조금 넘었다. 아뿔싸, 이 시간대에는 상영 중이다. 원래는 〈Begin Again〉이란 영화를 보려고 했는데, 5시도 한참 지나야 상영한다고 한다. 가장 빠른 게 4시대이다. 나는 기다리는 걸 끔찍하게 싫어하는 사람이다. 그래서 그냥 아무거나 보자고 해서 고른 게 〈In to the Storm〉이다. 미국의 토네이도와 관련된 재난 영화다. 과거에도 이런 비슷한 영화를 본 적이 있어, 스토리가 다 그려진다. 일단 표를 끊고 잠시 기다렸다가 상영관 안으로 들어간다. 영화가 막 시작하려는 즈음에 카톡이 하나 들어온다. '로또 당첨'이라고. 아끼는 후배가 학술진흥재단에 제출한 연구 프로젝트 발표 결과를 확인하자마자 보내온 것이다. 이 순간만 기다렸는데 뜻대로 되었다. 연구자들이 받는 '학진 로또'라는 것은 당첨과 낙첨의 중간지점이 없다. 'All or Nothing'이다. 떨어지면 참담한 기분이고, 붙으면 그냥 품위만 유지하는 것이다. 당장 옆 자리의 아내에게 보여주고, 강릉에 있는 딸에게도 카톡으로 전달하면서 자랑한다. 그래, 됐어. 오늘 하루 정말 잘 풀리네.

바로 영화가 시작한다. 그런데 별 기대를 하지 않고 본 이 영화가 또 대박이다. 기상이변이 심해지면서 대형 토네이도가 빈발한다. 일단 스펙타클 자체가 방대하고 박진감이 있다. 스토리 자체보다는 그런 생생한 현장 중계가 영화에 대한 몰입도를 높인다. 눈물이나 찔찔 짜면서 감성팔이 하는 영화나 여전히 국가주의의 망령에 사로잡혀 애국심을 강조하는 영화와 달리 부담도 없다. 장장 1시간 40분 정도 상영하는데 토네이도 관련 재난 장면이 압권이다. 이 영화 속에서 물에 빠져 구조를 기다리는 장면을 볼 때는 과거 비슷한 경험이 있는 우리 학생들 생각 때문에 가슴도 뭉클하다. 가족애와 재난자 구조를 위해 헌신하는 영웅적 희생도 가슴에 와 닿는다. 무엇보다 그런 토네이도 발생의 원인을 밝히기 위해 목숨을 걸고 현장을 취재하는 과학조사팀의 활약상이 대단하다. 그런 사람들의 헌신적 노력 때문에 자연재해의 원인도 밝혀지고 재난 방지책도 발전하는 것이다. 무엇보다 중요한 메시지는 재난에 부딪혀 탁상공론에 골몰하는 것이 아니라 실질적으로 문제를 풀려는 태도이다. 시간 때우기와 재미로 보려던 영화에서 의외의 수확을 거둔 셈이다. 영화의 진가와 달리 영화관 안은 한 50명도 안 돼서 편하게 보았다. 밖으로 나오니 6시 반이라 아직 훤하다.

오전에 페이스북에서 작가로 자처하는 양반이 내 글의 댓글로 "오늘 하루 좋은 일이 있을 겁니다"라고 자다가 봉창 두들기는 말을 했는데, 그래도 마음은 흐뭇했다. 그 말 때문인가, 하루 종일 일들이 잘 풀린 셈이다. 염상섭의 「운수 좋은 날」이 생각난다. 일하러 나가지 말라는 병든 아내의 손을 뿌리치고 나왔는데, 다른 날과 달리 일도 많고 팁도 받아 수입이 짭짤하다. 그래서 아내를 위해 기분 좋게 순대국을 한 사발 사들고 집으로 들어간다. 그런데 어찌된 일인가? 그 사이 아내가 숨져 있는 것이 아닌가? 하루 종일 인력거 품을 팔면서 오늘 하루 잘 돼 기분이 좋았던 게, 그렇게 열심히 품을 팔았던 게 모두 병든 아내의 병 수발을 위한 것인데, 아내가 죽었다! 아아, 한 치 앞을 보지 못하는 어리석은 인생이여….

돌아오는 차 안에서 내가 연신 떠든다. 그래. 아직 내 솜씨가 녹슬지 않았어. 나는 한 2년 전부터는 연구비를 겨냥해서 논문 쓰는 게 지겹다고 생각하고 연구 프로젝트 신청을 안 했다. 요즘은 옛날 같지 않아 경쟁도 심하고, 그런 연구 계획서 작성하는 일이 영혼을 파는 느낌도 들어 몸과 마음이 쉽게 따라주지 않았다. 그래서 2년 동안 신청도 안 했더니 선수의 감각도 잃어버린 것 같다. 그런데 올해 들어서는 그동안 받던 연구비도 다 끊어지고, 강의도 거의 다 끊어져 입에 풀칠하기도 어렵게 된 것이다. 당장 올 2학기에 두 강좌를 맡았는데, 한 강좌는 시작도 하기 전에 학생 수 미달로 폐강됐다는 통보를 받았다. 3학점 강의로는 입에 풀칠하기도 힘들다. 실업 급여를 받는 아내보다도 수입이 적으니 난감할 따름이다. 그래서 은근히 이번 학진 결정에 목을 매고 있었는데, 그게 확정이 됐으니 입이 한 바가지가 되지 않는 것을 이상할 것이다.

차 안에서 계속 그런 이야기를 반복하니까 아내가 처음에는 칭찬하더니 나중에는 지겹다고 자꾸 화제를 돌리려고 한다. 내가 한 가지 장점이자 단점이 있는데, 한번 시작한 이야기는 듣는 사람 신경 안 쓰고 끈질기게 끌어가는 것이다. 쉽게 말하면 분위기 파악을 못하는 것이다. 그러니까 집사람이 부아가 나는지 시니컬하게 한마디 한다. "그보다 더한 연구비 받았더라면 난리가 났겠네." '이런 썩을….' 집 앞의 마트에 들러 맛있는 것도 사고 와인도 한 병 사서 파티하자고 마음먹고 들뜬 분위기가 순식간에 찬물을 끼얹은 듯 변한다. 아내를 마트 앞에 내려주고 나는 그냥 차를 몰고 달린다. 이렇게 남자 마음도 못 알아주는 여자와 내가 살고 있다니…. 내 머릿속은 순식간에 온갖 망상으로 가득 찬다. 천국과 지옥이 그리 멀지 않다는 것을 다시 한번 절감한다. 마음이 갑자기 불타는 집으로 변한 것이다. 나는 화가나면 혼자 있어야 한다.

집 근처 공원 주차장에 차를 세워 놓고 노트북을 연다. 이때는 늘 그렇듯이 일기를 쓰는 것이다. 그냥 머릿속에 떠오르는 대로 아무 생각 없이 자판을 열심히 두들긴다. 감정을 손가락 끝으로 발산하는 것이다. 이런 상태로 한 30분 정도 두들기다 보면 저절로 감정이 누그러진다. 그래. 웬일로 오늘 하루 잘 나간다 했지. 수업료 안 내고 그냥 넘어갈 수 있겠나? 그래도 나는 그 인력거꾼보다는 낫지 않은가? 그는 아내의 죽음을 목도하지만, 나는 아내와 잠시 신경전을 벌인 것뿐이 아닌가? 살다 보면 이런 일은 늘 경험하지 않는가? 이런 식으로 글을 쓰다 보니 나도 모르게 내 감정이 정당화된다. 그때 갑자기 빗방울이 후두둑 떨어진다. 날도 이제 어두워졌다. 아직 오늘 하루가 끝난 것이 아니지 않은가? 운수 좋은 날이 끝에 어떻게 변할지 모르잖아. 아직 집에 들어간 것도 아니고, 아직도 오늘 하루가 다 가려면 몇 시간 더 남았잖아. 갑자기 소심 모드로 변한다. 좋게 말하면 진중모드다. 차를 빼서 집으로 들어간다. 강아지가 반긴다. 아내는 아직 집에 오직 않았다. 다행이다. 잠시 후 그렇게 싸늘하게 내뱉던 아내도 미안한지 이것저것 맛있는 것을 사가지고 들어온다. 못 이기는 척하고 저녁 잘 얻어먹는다. 그래, 사는 게 별거냐. 다 이렇게 조그만 일에 기뻐하고, 또 조그만 일에 상심하면서 매일 매일 부대끼면서 살아가는 것이 아니겠는가?

한국인의 내로남불

　한국인들의 내로남불은 유명하다. 내가 하면 아름다운 한편의 로맨스이지만 남이 하면 쳐 죽일 불륜이라는 거다. 운전하다가 나보다 빨리 달리면 미친 자이고, 늦게 달리면 멍청한 자라는 우스개 이야기도 있다. 모든 것을 자기 입장에서 재단하는 자기중심주의의 전형이다. 그런데 이런 현상이 특정 부문이나 특정 집단에 국한된 것이 아니라 배운 자나 안 배운 자나, 돈 많은 자나 없는 자나, 지위가 높은 자나 낮은 자나를 막론하고 거의 모든 곳, 모든 사람들에게 적용된다.

　오늘날 이런 내로남불은 정치인이나 일부 관료들의 경우에는 훨씬 두드러져 보인다. 뭇 사람들이 쳐다보는 위치에 그들이 있기 때문이리라. 정치적으로 예민한 사안에 부닥칠 경우에나 서로 간에 입장이 바뀔 경우에는 자신들이 언제 그런 주장을 했냐 할 정도로 조변석개한 입장을 아무 거리낌도 부끄럼도 없이 입에 거품을 물고 내뱉는다. 한국 정치에서 신뢰를 따진다는 것은 거의 헛수고에 가깝다. 오랫동안 독재의 꿀을 빨던 자들이 민주주의를 이야기하고, 민주화 운동에 평생을 바쳤다고 하는 자들이 주축이 된 다수 정당이 독재정권 시절 여당이 작전 치르듯 법안 통과를 하는 경우도 비일비재하다. 변명을 하고 현실적으로 일을 해야 하지 않느냐고 한다면 더 할 말이 없다. 하지만 이런 일이 정권이 바뀐다고 해서 달라지지 않는다. 그저 입장에 따라 똑같은 일이 반복이 되고 있을 뿐이다.

이런 현상은 법을 다루는 판검사들도 크게 다르지 않다. 한국 사회에서 법조계에 대한 불신이 큰 것은 법이 객관적이고 공정한 잣대 역할을 하지 못하기 때문이다. 그래서 '유전 무죄, 무전 유죄'라는 냉소와 법불신주의가 극도로 팽배해 있다. 오늘날 한국사회에서 권력과 재력을 가진 자들이 법을 제멋대로 농단하는 경우가 적지 않다. 기업 관련 소송의 승소율과 패소율 부분의 통계만 조사해도 바로 확인될 수 있을 것이다. 현직에 있던 자들이 옷을 벗고 사회에 나가면 전관예우를 당연시한다. 그것은 엄청난 법조 비리에 해당하지만 별다른 죄의식 없이 관행적으로 이루어졌다. 검사들이 뇌물이나 다름없는 스폰과 접대를 받는 현실을 관행으로 치부하고 넘어가려는 태도도 마찬가지이다. 그들이 비싼 양주잔을 마주치면서 '위하여'를 외치고 나눴을 이야기를 생각하면 내로남불이라는 말도 과분하다. 그걸 접대 비용 쪼개기로 누구는 기소하고 누구는 기소하지 않는 묘수를 부리는 장면에 이르면, 차라리 눈을 감고 입을 다물게 된다. 이런 맥락에서 본다면 한국인들치고 내로남불에서 자유로운 사람들은 없을지도 모른다. 문제를 이렇게 한국인 전체로 일반화하면 애매모호해지지만 그것 역시 하나의 현실이다. 내로남불은 한국인들의 전형적인 문화이자 관행이라 해도 틀린 말이 아니다. 때문에 한국인들이 지속적인 가치와 신뢰를 이야기하기에는 아직 거리가 멀다.

한국사회에서 왜 이런 현상이 반복되는지 궁금하기도 하다. 첫 번째로 20세기 내내 진행된 급속한 근대화의 과정에서 옛 가치관은 무너지고 새로운 가치관은 정립되지 못하는 아노미 상태가 오래 지속되었다는 점을 들 수 있다. 보수는 옛것과 지속 가능한 가치를 지키는 입장인데 이른바 보수 정당의 당명이 해마다 바뀌는 현실이 가장 적나라한 사례라 할 수 있다. 말이 보수이지 속은 그저 편의주의나 기회주의와 다르지 않다. 일본의 자민당이나 영국의 보수당 혹은 미국 공화당의 당명이 수십 년에서 수백 년 동안 바뀌지 않는 현실과 비교해 보면 그 한계가 적나라하고 분명하게 이해된다. 이렇게 가치의 혼란이 지속되는 상황에서는 생존 본능이 두드러지고 절대화된다. 내 생존이 절대화되다 보니 다른 모든 것은 하위가치가 될 수밖에 없다. 생존을 위해서는 얼마든지 입장을 바꿀 수 있고, 어떤 수단을 동원하든 정당화된다. 내로남불이 여기서 극대화된다. 종교와 교육이 이런 규범 부재의 대안을 제시해주어야 하는데 전혀 역할을 하지 못하고 있다.

경쟁에서 이기고 살아남는 것을 최고 가치로 여기다 보니 '상대를 쓰러뜨려야 내가 산다'거나 '이긴 사람이 모든 것을 갖는다'는 승자독식이 일반화된다. 이런 구조에서는 서로 타협하거나 합의할 수 있는 여지가 현저하게 줄어든다. 해방 후 한국의 정당사를 보면 분명하게 알 수 있다. 흔히들 정-반-합으로 이해되는 변증법에서 합을 도출하는 일은 잘못된 것을 버리고 옳은 것은 보존하면서 새로운 차원으로 끌어올릴 때 가능하다. 그것이 변증법적인 지양이다. 지양은 단순히 승패 가리기를 반복해서 되는 일이 아니다. 있는 자리를 한 치도 벗어나지 못하는 동어반복이나 진자운동이 아니라 현상을 부정하면서도 조금이라도 더 나은 것에 도달하려는 자기부정과 혁신을 통해 성취된다. 그것은 곧 상대를 인정하고 긍정하는 것, 즉 화해와 조화로 이어진다. 서로 간에 공유할 수 있는 가치를 도출하기 위해 협상과 타협이 필수이다. 내 것만 고집할 경우 협상과 타협이 있을 수 없다. 그런데 뒤집기와 적대적이고 절대적인 부정만 능사로 하는 한국사회에서는 타협을 이야기하는 것은 변절이고 배반으로 간주되기 십상이다. 제3 지대는 회색지대로 치부될 뿐이다. 자기가 속한 집단이 문제가 있다고 바로 상대 집단으로 옮겨 간다면 발전과 진보가 있을 수 없다. 오로지 집단 이익에 봉사해서 서로 상대를 부정하는 논리만 나온다. 자기 집단이 문제가 있다면 상대 집단으로 투항하기보다는 중간 지대로 옮기는 것이 양측의 전향적 발전을 위해 필요한 태도이다. 그렇지 않고 상대편으로 투항해서 모든 것을 아전인수하고 견강부회를 일삼고 편의적으로 정당화하는 모습이 너무 많이 보인다. 말이 좋아서 진영논리이지 이것은 전형적인 내로남불이다.

내로남불은 모든 사태를 자기 입장에서 해석하는 자기중심적 주관주의요 상대주의의 한 단면이다. 그런 면에서 현대는 신 소피스트의 시대이고, 한국인들은 이러한 시대의 선봉에 서 있다고 해도 틀린 말이 아닐 것이다. 일찍이 헤겔은 『철학사』에서 소크라테스와 소피스트의 차이를 분명히 한 바 있다. 실제로 소크라테스는 당대의 아테네인들에게 말로 먹고 사는 소피스트들하고 별 차이가 없는 인물로 인식되기도 했다. 극작가 아리스토파네스의 작품 〈구름〉에는 소크라테스를 전형적인 소피스트로 풍자하는 장면도 나온다. 그런데 헤겔은 그들 사이에 분명한 차이가 있다고 말했다. 소피스트들의 주관주의에서는 진실과 거짓,

선과 악, 옳고 그름의 경계가 없다. 그들은 모두 자기 입장에서 보기 때문에 절대적이고 객관적인 가치란 없다고 주장한다. 반면 소크라테스는 절대적이고 객관적인 가치와 진리를 추구했다는 점에서 그들과 완전히 다르다. 오늘날 포스트 모더니즘이 대세가 된 시대에 소크라테스와 같이 절대적인 가치나 진리를 추구하거나 플라톤 식으로 말하면 도덕이나 사회 문제에서 이데아를 찾는다는 것은 종교집단을 제외한다면 거의 불가능할지 모른다. 하지만 최소한 지속가능하고 합의 가능한 가치나 진리는 한 사회의 안정을 위해서도 필요하다. 이러한 가치야말로 앞으로 한국사회가 신뢰받는 사회로 자리매김하기 위해서 반드시 요구되는 덕목이고 가치다.

위험한 상상

뜬금없이 이런 생각이 들었다. 한 사람이 여러 번 결혼하는 게 좋을까, 아니면 한 번만 하는 것이 좋을까? 그도 아니면 요즘 추세대로 아예 비혼으로 사는 것이 좋을까? 결혼은 사회문화적인 영향을 많이 받기 때문에, 특정 형태가 절대적으로 옳다고 주장할 수는 없다. 우리는 결혼식을 한 번 하는 것을 당연시하는 반면 이혼율도 높다. 들어가는 비용을 생각하면 대단히 불합리하고 비효율적이라 볼 수 있다. 이혼에 따른 재산 분할과 위자료 등의 위험성(?)이 높기 때문에 프랑스에서는 이른바 꼬아비타씨옹(동거)이 훨씬 많다. 남녀 간의 만남은 철저히 사랑에 기초한 것이기 때문에 굳이 결혼이라는 제도로 묶을 필요가 없다는 생각도 깔려 있다.

반면에 결혼을 반드시 필요한 과정과 절차라고 보는 입장은 단순히 사랑의 감정을 공유하며 함께 사는 일을 넘어서 양쪽 집안이나 자식 세대의 구성, 그리고 가족 재산의 보존과 전승 같은 요소들도 결혼 생활의 중요한 일부라고 본다.

결혼은 해도 고민이고 안 해도 고민이라는 쇼펜하우어의 말을 대부분의 기혼자들은 공감할 것이다. 앞의 질문은 이런 고민을 한 번 하는 것이 좋을까 아니면 능력만 허락한다면 여러 번 해도 좋을까, 하는 질문으로 대체된다. 그런데 결혼 후 이혼을 할 때는 자식과 재산 문제에서 분쟁과 갈등의 소지가 훨씬 많아지므로 여러 번 하는 것이 반드시 옳다고 볼 수는 없을 것이다. 그런 불행한 결혼 대신 연애나 사랑으로 대체하는 것이 좋다고 볼 수 있다. 결혼한 상태에서 제3자를 사랑한다는 것은 오히려 도덕적으로나 법적으로 문제의 소지가 많다.

그런데 내 생각을 밝히자면 이렇다. 결혼은 한 번보다는 두 번 정도가 적절하지 않을까 하는 생각이다. 물건을 구입할 때 한 번에 만족하고 또 그것을 평생 가지고 산다면 금상첨화일 것이다. 하지만 그렇지 못할 경우에 그 반품이나 교환 요건을 제도적으로나 도덕적으로 지나치게 엄격하게 해놓을 경우, 불만이 상존하고 증폭될 가능성이 높다. 이것을 결혼제도에 적용할 경우 결혼생활이 불행해질 가능성도 높다는 말이 된다. 개인주의적 성향이 그다지 강하지 못한 한국 사람들의 경우에 불행한 결혼생활은 개인의 행복에 절대적으로 나쁜 영향을 미칠 수 있다.

요즘 말하는 '헬조선'의 근본 정조처럼 변화의 전망이 부재하다는 것이 불행을 더 키울 수 있지 않을까? 이런 불만이 증폭되다가 황혼 이혼을 하는 사례가 증가하는 것이 최악의 사태라 할 수 있다. 그러므로 불만을 오래 가져가기보다는 결혼 관계의 재조정을 좀 더 간단하게 하는 것이 좋지 않을까 한다. 쉽게 말하면 결혼 제도를 좀 더 유연화하자는 것이다.

이렇게 하기 위해서는 지금처럼 당연시하는 결혼식 비용이나 높은 혼수 비용 등을 절대적으로 낮출 필요가 있다. 그렇다면 서양의 경우처럼 성직자나 판사 앞에서 은가락지 하나 끼고서도 서로 사랑의 맹세를 하면 되지 않을까? 그리고 결혼으로 구성한 가정을 위해서 헌신하는 자세가 더 중요하지 않을까? 만일 그것이 힘들다면 한 번 정도는 무르고 새롭게 시작할 수 있는 기회를 주는 것은 어떨까? 결혼시장의 유연화는 경제적인 문제로 인해 결혼을 기피하는 젊은 세대한테도 환영을 받을 수 있을 것이다. 반면 나의 이런 생각이 가뜩이나 취약한 한국의 가정을 더 불안하게 하는 것이 아닌가 생각할 수도 있다. 그럼에도 나는 고비용의 불행한 가정보다는 개인의 자유로운 선택과 사랑, 그리고 행복에 기초한 삶의 질에 더 많은 비중을 두자는 입장이다. 그러기 위해서는 결혼제도에 대한 우리의 생각과 관행이 바뀌어야겠지만 말이다.

고령화와 한국 사회의 대응

고령화와 저출생으로 인한 한국사회 문제는 앞으로 점점 심 각해질 것이다. 이 문제에 관한 한 한국사회는 희망사회로 가는 길과 절망사회로 가는 길의 갈림길 앞에 서 있다. 어디로 갈 것 인가?

일전에 평일 날 강화도 전등사를 다녀왔던 경험담이다. 전등 사 아래 주차장에는 평일임에도 관광버스가 여러 대 주차되어 있었다. 절을 향해 올라가다 보니 내려오는 사람 대부분이 등산 복 차림의 50~60대이다. 이들이 관광버스를 대절해서 떼 지어 산이고 강이고 놀러 다니는 거다. 요즘 초로에 접어든 중고등학 교 동문들 모임은 거개가 이런 식이다.

'우리가 남이가'라는 말을 미덕으로 삼는 이 세대 사람들이 생 산하고 유통시키는 담론은 대부분 비슷하다. 이들이 모인 '단톡 방'을 떠도는 소문이나 동영상도 별 차이가 없다. '인생 뭐 별거

있나. 이렇게 사는 거지' 하며 결속을 다지고, 보수 담론을 양산하고 전파하고 재생산하는 거다. 서구의 노인들은 개인주의 문화가 익숙해 이렇게 떼로 몰려다니지 않는다. 떼거리 문화는 일본이나 중국 그리고 한국과 같은 동아시아 유교 문화권과 깊은 연관이 있다. 물론 사회적으로 이들 세대가 문화적 다양성을 향유할 수 있도록 제도나 기반을 만들어줘야 한다는 것은 다른 문제이다.

고령화에 따른 환경이나 조건으로부터 비롯되는 이런 문제를 어떻게 극복할 것인가? 한국사회는 이 문제를 풀지 못하는 한 정치적으로나 경제적으로 급속하게 퇴화해 갈 것이다. 지금까지는 고도성장을 하면서 이런 내부의 갈등과 에너지를 외부로 배출했다. 하지만 경제적으로 성장 동력이 급격히 감소하고, 정치적으로 개혁과 변화가 힘들어지면서 점점 더 그 갈등과 분열의 에너지가 내부로 향하게 된다. 그동안 지역 갈등과 계층 갈등이 주를 이루었지만 최근 들어 세대 간, 남녀 간 갈등이 새롭게 부각되고 있다. 갈등이 심화되면 이를 둘러싼 사회적 비용이 늘어나고 위험부담도 커지게 된다. 이런 우리 사회의 미래는 우리보다 앞서서 고령화 사회의 문제점을 보여주고 있는 일본 사회를 보면 가늠할 수 있다.

한국사회가 당면한 고령화 문제는 해결할 길이 없는가? 나는 오늘날 빠르게 늘어나고 있는 다문화, 다인종화의 흐름이 대안이 될 수 있다고 본다. 일본은 인종이나 타 문화에 관한 한 우리보다 훨씬 폐쇄적인 사회여서 외래 문화와 타 인종의 유입을 정책적으로 제한하고 있다. 하지만 인류 문명사를 보면 한 사회가 정체를 극복하고 성장을 구가하기까지는 끊임없이 외래 문화와 인종의 유입과 교류 혼종이 이루어졌음을 알 수 있다. 팍스 로마나(Pax Romana)와 팍스 아메리카나(Pax Americana)가 그 대표적인 예이고 영국이나 네덜란드, 그리고 과거 일본의 경우도 그 나라의 전성기에는 문화적 다양성과 인종적 개방성이 뒷받침됐다. 우리나라의 경우도 신라나 고려 전성기에는 외부와의 교류와 연계가 활발했다.

프랑스와 독일이 2009년 금융 위기 속에서도 비교적 견실하게 경제성장을 이룩할 수 있었던 것은 아프리카와 터키 등 동유럽권의 인구와 노동력이 지속적으로 유입된 덕분이라는 것이 중론이다. 한국사회도 지난 2~30년간 이른바 3D 업종과 농업 부문을 중심으로 동남아를 위시한 기타 지역에서 많은 노동력이 유입되고, 그에 따라 다문화화는 이제 우리 사회의 중요하고 돌이킬 수 없는 흐름으로 자리 잡고 있다. 대낮에 인사동에서 종로까지를 걷다 보면 서울이 거의 국제적인 도시가 되어 가고 있다는 사실을 확실히 느낄 수 있다. 지역의 중소도시에 가 보면 공장노동자나 인근 농촌의 농업노동자일 법한 외국인이 흔하게 눈에 띈다. 우리가 오랫동안 입에 달고 있었던 '단일민족'의 신화는 이제 문자 그대로 신화가 되었다. 이 점은 확실히 일본과는 차별화되는 특징이다. 나는 다문화 사회의 통합이 잘 이루어진다면 이들의 2~3세가 가까운 미래 한국사회의 주역이 될 것으로 생각한다. 다만 한국인 특유의, 개방성과 배타성의 양면성이라는 모순을 어떻게 극복하고 선순환시키느냐가 관건이다.

고령화와 저출생 문제는 한국사회의 미래와 직결되기 때문에 적극적으로 해결을 모색하지 않으면 안 된다. 젊은 세대가 결혼을 하지 않고, 결혼한 부부도 아이 낳는 것을 기피하는 데는 그만한 이유가 있다. 그 이유를 분명히 인식해야 해결책도 만들 수 있다. 우리 사회는 결혼 비용이 너무 많이 든다. 결혼식 비용도 그렇고, 혼수 비용도 그렇고, 무엇보다 신혼부부가 살 집을 마련하는 비용이 터무니없이 비싸다. 이 비용을 크게 줄이는 사회적인 노력이 필요하다. 허례허식을 피하는 방안이 절대적으로 요구된다.

결혼한 여성이 아이 낳기를 기피하는 이유 중에 임신하면 직장 생활을 계속하기 힘들고, 아이를 돌보기 위해서 경력단절을 감내해야 하는 문제도 크다. 또 아이 양육비용이 너무 많다 보니 자립적인 삶의 기반을 마련하기에도 급급한 젊은 부부에게는 부담이 너무 크다. 게다가 경쟁마저 극한으로 치달아, 아이도 못할 짓이고 부모도 못할 짓이라는 의식이 팽배하다. 한국사회가 겪는 세계 최저의 출생률 문제를 해소하기 위해서는 임신으로 인해 겪는 직장에서의 불이익 구조를 과감하게 해소하고, 아이를 낳아서 키우는 비용을 국가가 절대적으로 책임을 져야만 한다. 프랑스의 경우는 아이 셋만 낳으면 부모가 직장 생활하지 않고서도 지낼 수 있다. 우리 사회도 그런 제도와 정책을 적극 고려해야만 한다. 이제 출산 문제는 개인과 가정이 책임지는 수준을 벗어나 있기 때문에 획기적인 인식 전환과 대책을 마련해야 할 것이다.

고령화 시대의 삶의 기술-1

기대 수명이 늘어나니까 고민할 일도 늘어난다. 일단 노후의 경제생활을 어떻게 보장하느냐가 있다. 그동안 연금을 충분히 넣었고, 기본 재산이 많은 사람들은 큰 걱정 없이 노후를 보낼 수 있다. 그러나 그런 사람이 얼마나 되겠는가. 국가가 기본소득을 보장하면 좋겠지만 현실은 아직 미치지 못한다. 이 때문에 많은 사람들은 고령이 되어서도 여전히 일을 해야 한다. 그럼에도 고령자 일자리가 많지 않고, 젊은 세대의 눈치도 봐야 한다. 은퇴 전의 전문성을 계속 활용한다는 것이 쉽지가 않다 보니, 단순 노동을 해야 하는 경우도 많다. 몇 살까지 일을 해야 하는지는 개인의 건강과 경제 형편에 따라 달라질 수 있다. 하지만 한계 연령까지 생존을 위해 일을 해야 한다면 그 사회는 불행한 사회라고 할 수밖에 없다.

한편, 많은 사람들이 돈이 노후를 보장한다고 생각하지만 돈은 필요조건이지 충분조건은 아니다. 아무리 돈이 많아도 하루 세 끼 이상 먹는 것이 아니고, 자기가 누울 수 있는 공간도 한정되어 있다. 이런 한계에 대한 투철한 인식이 없다면 결국은 끊임없이 돈을 추구하다가 허망하게 삶을 마감할 수 있다. 오래전에 톨스토이가 「사람에게는 땅이 얼마나 필요한가」라는 단편 소설에서 던져준 메시지다.

다른 한편 풍요롭게 생활하던 젊은 시절만큼의 소득이 보장되지 않는다면 지출을 줄이는 수밖에 없다. 지출을 줄이려면 불요불급한 욕망을 차단해야 한다. 그러기 위해서는 바깥에서 욕구 충족을 하는 것이 아니라 내 안에서, 그리고 내 주변에서 욕구 충족하는 방법을 찾거나 시스템을 만들 필요가 있다. 많은 사람들이 어울려야만 놀 수 있다고 생각하는데 반드시 그런 것은 아니다. 혼자서 자신의 삶을 즐기는 법도 알아야 한다.

이와 같은 문제로 생각하기는 어렵지만, 정년퇴직한 학자들이 언제까지 연구하고 글을 써야 하는가 하는 문제도 있다. 사실 연구자들에게 정년을 이야기하는 것은 부질없다. 수행자가 죽을 때까지 수행해야 하는 것처럼 연구자들도 죽을 때까지 연구를 해야 하는 것은 숙명이다. 동서양의 대가들을 보면 그런 이들이 많다. 그런데 한국의 학자들 가운데는 50대만 되어도 대가인 양 행세하면서 조로하는 경우가 적지 않다. 반면 70대에도 열심히 글을 쓰는 분들을 보면 감동이 일고 귀감이 된다. 필자의 은사는 80대인데도 젊은 사람 못지않게 책 속에 묻혀서 열심히 글을 쓰고 있다.

일찍이 성철 스님이 도반을 병문안 간 적이 있다. 성철 스님이 '성성(惺惺)한가?'라고 물었고, 그 스님은 '성성하다'라는 말로 답했다. 그것으로 끝이다. 일반인들은 죽어 가는 순간까지도 온갖 걱정을 끌어안고 힘들게 생각하지만 선사에게는 오로지 마지막 순간까지 다음 생으로 이어지는 맑고 건전한 의식을 잃지 않는 것이 중요하다. 학자도 마찬가지다. 그들 역시 죽을 때까지 연구하고 글도 쓰면서 매진해야 한다. 어떤 이들은 그런 삶을 불행하다고 생각하겠지만, 그것이 학자들의 운명이다. 막스 베버는 '지금 내가 이 문제를 풀지 않으면 천년 후에 다른 이가 고생할 수도 있기 때문에 풀어야 한다'고 말했다.

나이 들수록 걱정되는 것이 주변 사람들에게 본의 아니게 걱정을 끼치고 짐이 되는 일이다. 많은 노인들이 이 문제를 걱정한다. 오래 사는 것은 좋지만, 통계적으로 생의 마지막 10년은 거의 병상에서 지내는 경우가 많다고 한다. 그런 의미에서 건강이 뒷받침되지 않는 데 오래 사는 것은 마냥 기뻐할 일은 아니다. 내 건강을 스스로 챙기는 것은 나만의 문제가 아니라 가족과 주위 사람들에게도 중요하다. 젊은 시절 별문제 없이 흡연과 음주를 즐겼더라도 나이를 먹으면 스스로 제한하는 것이 좋다. 타율적 강제에 의해서가 아니라 자율적으로 제한하는 것이다.

나도 젊은 시절 내로라하는 헤비 스모커였다. 하루 평균 담배 2갑 이상을 수십 년 동안 피웠다. 예전에는 대학 강의실이나 연구실에서 담배 피우는 것이 다반사였다. 학생 시절 도서관 계단에서 담배를 피우다가 교수에게 혼나면서도, 열심히 피웠다. 강의를 하던 시절 나는 늘 연희동 쪽의 후문으로 차를 몰고 드나들었는데 입구 쪽에 슈퍼가 하나 있었다. 이곳에서 Esse 2갑을 사 가지고 들어가도 저녁에 나올 때쯤이면 다 떨어졌다. 그런데 어느 날 내가 담배를 사러 들어갈 때 뒤뚱거리는 모습이 안타까웠는지 슈퍼 주인이 '경적을 울리면 담배를 들고 나오겠다'고 했다. 그렇게 해서 수년 동안 한결같이 담배를 폈다.

그러다가 10여 년 전 어느 날 갑자기 더는 담배가 몸에 받지 않아서 끊어 버렸다. 괴로운 금연 과정 없이 단숨에 끊어 버리고 그 이후 거의 담배를 손에 대지 않았다. 아내 이야기로는 내가 한 일 중에 그나마 잘한 일이 금연이라고 했다. 젊은 시절 술도 부지기수로 많이 마셨다. 대학원을 다닐 때는 한 달 내내 술을 마시는 것을 자랑으로 생각했는데, 지금 생각하면 왜 그렇게 무지하게 행동을 했는지 얼굴이 뜨거울 지경이다. 그 당시는 사회 분위기가 로맨틱하면서도 하드보일드했기 때문에 그것을 술로 풀었는지 모른다. 지금 나는 특별한 경우 아니면 술을 거의 마시지 않는다. 알레르기성 피부에 즉각 영향을 미치기 때문이다. 안 마시니까 몸도 변하는 것 같다. 노년에 술 담배만 줄여도 건강을 유지하는 데 큰 도움이 된다.

아리스토텔레스는 행복의 필요조건으로 재산과 친구를 꼽았다. 도덕 근본주의자가 아니라면 어느 수준 이하로 궁핍하게 살면서 행복을 말하기 어렵다. 마찬가지로 아무리 돈이 많더라도 함께 놀고 속 이야기 터놓을 친구가 없다면 그 또한 행복하다 할 수 없다. 그릇은 새것이 좋고, 친구는 오래될수록 좋다는 말이 있다. 오래 사귄 친구들은 세월이 주는 신뢰가 있다. 서로 간에 허물이 있어도 그동안 축적해 놓은 신뢰 자본을 통해 그 허물을 넘어설 수 있다.

친구 사이도 권태에 빠질 수 있고, 더 이상 자극을 주고받지 못하는 경우도 있다. 어느 시인은 서로 간에 아무런 자극을 주지 못하는 관계는 끊어야 한다고 했다. 하지만 굽은 소나무가 고향 선산을 지킨다는 말도 있듯, 오히려 이런 친구들이 위기 상황에 더 큰 지지를 해주는 경우가 많다. 어떤 이들은 일부러 고립을 자초하기도 하는데, 나는 찬성하지 않는다. 격의 없이 휩쓸리는 것이 바람직하지만은 않겠지만 좋은 친구들과 어울리는 기쁨이 크다. 다만 공자가 말한 것처럼 화이부동(和而不同)의 정신을 유지할 필요는 있다. 지금은 학연을 중심으로 단톡방에서 교류가 활발한데 폐쇄적이고 보수적으로 운영되는 경우들이 있다. 그것에 비하면 페이스북의 이웃들은 불특정 다수로 이어지지만 매일같이 글로 접하다 보니 서로 간에 성향이나 생각을 잘 알 수 있어서 그만큼 친근하고 개방적인 느낌이 든다. 이웃사촌이란 말이 '페친' 즉 '페이스북 사촌'이란 말로 대체된다 해도 지금 시대에는 틀린 말이 아니다.

이곳에서도 가끔씩 자신의 사회적 지위를 은근히 과시하면서 주목을 받고 싶어 하는 이들이 보이는데, 좋은 태도는 아니다. 이곳은 그야말로 계급장 떼고서 오로지 '벌거벗은 힘(naked strength)'을 가지고 만나는 것이 좋다. 또 정치 성향에 따라서 무시로 이합집산이 이루어지는 경우들이 많은데, 그것도 바람직한 것은 아니다. 나는 가급적 큰 문제가 없다면 성향이나 입장이 틀리다고 해서 거부하지 않으려고 하지만, 생각처럼 쉽지는 않은 것도 사실이다.

나이를 먹다 보면 젊은 시절처럼 '새로운 것'에 대한 호기심이나 열정을 갖기가 쉽지 않다. 학습 능력이 떨어져서 그런 면도 있다. 일부러라도 호기심을 갖고서 배우지 않는다면 따라가기조차 힘들어지는 나이이다. 낡은 것을 업데이트하기 위해서는 배움이 중요하다. 공자는 평생 배움을 강조했고, 그 스스로가 쉼 없는 배움에서 즐거움을 찾았다. 공자의 가르침이 세월이 가도 낡지 않고 늘 새롭게 현재화될 수 있는 이유다. 하지만 모든 것을 배울 수는 없다. 아무래도 분야를 한정해야 그만큼 집중을 할 수 있고 결과도 예측할 수 있다. 그래서 나이를 먹을수록 괴테의 말처럼 '한정(bestimmen)'해야 한다.

　나는 개인적으로 관심 갖고 있는 분야가 몇 가지 있다. 철학은 본업이니까 평생 해야 하는데, 말이 철학이지 그 안에 세분화된 분과들은 수도 없이 많다. 그래서 자기가 늘 연구해 오던 분야를 넘어서 새로운 것을 배우려 할 때 모험과 위험 부담이 따른다. 한국처럼 대학 시절 전공과 학위 논문을 엄격히 따지는 사회에서는 새로운 것을 공부하기가 쉽지가 않다. 논문 심사의 한 항목으로 '전공 적합성'이 있는데 말은 좋지만 결정적으로 새롭고 창의적인 시도를 막는 나쁜 말이다. 그러니까 한국사회에서는 '한 번 해병은 영원한 해병'이란 말이 자연스럽게 통용되는 것이다. 이렇게 배타성을 띠면 패거리 문화를 벗어날 수 없고 창의적인 실험을 하기도 어렵다. 한국사회가 한 단계 업그레이

드되기 위해서 반드시 극복해야 할 장벽이다.

수구초심(首丘初心)이란 말이 적절한지 모르지만, 나이를 먹을수록 개인적으로 동양과 한국의 정신과 철학에 관심이 많이 간다. 왜 젊은 시절 이런 철학에 접하지 못했는가를 안타까워 할 때도 있다. 하지만 현재 대학의 커리큘럼은 수십 년이 지났어도 여전히 동서양과 한국을 나누어 놓고 있다. 그저 인물 중심, 나라 중심, 동서양 중심을 벗어나지 못하고 있다. 이제는 문제 중심으로 동서양과 한국을 넘나드는 과목들과 교육들이 이루어질 때도 되지 않았는가?

자연과학과 예술은 나의 큰 관심 대상 중 하나이다. 개인적으로 컴퓨터를 너무 좋아하기도 하지만 현대의 복잡한 현상들을 이해하는 데 과학과 기술을 통하지 않고는 도저히 불가능하다. 인문학자 가운데는 자연주의적 전통에 오염된 탓인지 기술의 변화들을 쉽게 무시하는 사람이 많은데 그만큼 그들의 현실 분석이 추상에 흐를 가능성이 높다. 이 부분의 지식 발전이 너무 빨라서 지켜보는 것만도 쉽지가 않다. 오래전 학창 시절 한 선생님이 근대 물리학을 설명하면서 자연현상들이 단 하나의 수학적인 법칙으로 수렴될 수 있다고 했을 때 감탄한 적이 있었다. 지방의 국립대학에서 물리학 교수를 하는 내 친구가 술을 마시면서 자기는 PPT나 기자재 없이 분필 하나만 들고 판서를 하면서 강의를 한다고 했을 때 멋있다는 생각을 했다. 인간 정신의 창의적인 원리나 법칙은 굳이 복잡하게 소란을 떨 필요가 없다.

지금 내 버킷리스트에 올라 있는 것 중 하나를 소개한다. 내 부친도 그랬고, 형제들도 만나면 음주 가무로 즐기기보다는 말로 따지기를 좋아했다. 그래서 우리 집안은 예술과는 거리가 멀다고 생각했다. 그런데 2세들이 예술 방면으로 진출하는 것을 보면 그 생각이 편견일지도 모른다. 반면 내 처가 쪽 사람들은 정반대다. 그들은 어디를 가든지 어떤 도구를 접하든 그 안에서 화음을 만들어낼 만큼 예인(藝人)적 기질이 풍부하다. 내 처형도 그림을 잘 그리고 내 아내도 붓 터치가 자연스럽다. 악기도 자유자재로 다루는데 내가 가장 부러워하는 부분이다. 나는 예술적 체험을 중시하지만 아직 내 생각이나 관점을 충분히 이론적으로 가다듬지는 못했다. 앞으로 내가 계속 관심을 갖고 공부해 나갈 부분이다. 그중에서도 가장 배우고 싶은 것은 피아노다. 내가 콤플렉스처럼 갖고 있는 것 중 하나가 악기를 다루지 못한다는 것이다. 이런 것들은 어렸을 때 자연스러운 분위기에서 습득해야 하는데, 가난한 집안에서는 언감생심이었다. 하지만 여전히 피아노는 나의 '로망'이다. 오래전 한 지방대 철학과에 재직 중인 친구가 피아노 교습까지 받아가면서 열심히 공부한다는 소문을 들었는데, 한 번은 피아노가 있는 술집에서 즉흥적으로 연주를 하는 모습을 보고 감탄한 적이 있다. 그를 보면서 나도 언젠가 저렇게 연주할 수 있지 않을까 하는 꿈을 꾸고 있다.

나이를 먹는 일은 자연스러운 현상이다. 가끔씩 무례한 젊은 친구들이 고령자들을 '틀딱'이니 '거시기도 서지 않는다'니 조롱하는 경우가 있다. 하지만 그들도 세월의 흐름을 비껴갈 수는 없다. 지금의 젊은이들도 조만간 늙은이가 되고, 자신들이 내뱉었던 말들로 똑같이 조롱을 당할 수 있다. 그렇기 때문에 자연스런 변화를 가지고 욕하는 어리석음은 범하지 말아야 한다. 물론 사회적 자원을 둘러싼 세대 간 갈등이 격화되다 보니 그런 말도 나오게 되었겠지만, 어떤 경우라 하더라도 나이나 신체와 같은 조건을 들먹이는 것은 잘못됐다.

세월의 흐름을 피할 수 없다고 한다면 그대로 받아들이는 것이 지혜로운 자들의 태도다. 문제는 그것을 어떻게 받아들이고, 그런 변화 속에서 어떻게 행동하느냐이다. 지혜와 영성은 이런 변화를 순순히 받아들이는 태도를 통해 양성된다. 피해의식을 가지고 아무리 거부한다고 해도 달라지는 것은 없고, 오히려 자꾸 움츠러들 가능성만 높아진다. 그런 의미에서 삶에 대한 지혜로운 태도, '삶의 기술'이 필요해지는 시대이다.

고령화 시대의 삶의 기술-2

한국사회는 지나치게 빠르게 고령화 시대로 접어들고 있다. 나이가 많아지면 예전과 모든 것이 달라질 수밖에 없다. 젊은 시절처럼 몸이 마음대로 움직이는 것이 아니고, 경제적인 수입도 예전과는 판이하다. 사람들 사이의 관계도 많이 달라지고, 개인적인 관심사도 예전 같지 않다. 이런 때일수록 과거 어느 때보다 변화된 상황에 잘 적응을 해서 생존 능력을 높여야 한다. 노년을 지혜롭게 보낼 수 있는 지혜 몇 가지를 생각해 보았다.

하나. 혼자 즐기는 데는 독서만큼 좋은 일이 없다. 요즘은 지역 도서관이 잘되어 있어서 돈 한 푼 들이지 않고 얼마든지 책을 읽을 수 있다. 컴퓨터에서 볼 수 있는 전자책(eBook)도 마찬가지다. 각 도서관 홈페이지에 접속해서 아이디와 비번을 만들면 마음껏 이용할 수 있다. 처음에는 소설이나 쉬운 책을 읽는 것으로 시작하는 게 좋다. 일단 책을 읽는 일에 재미를 붙이는 것이 중요하다. 노쇠해진 신체조건상 책을 안 읽던 사람이 책을 꾸준히 읽기란 쉬운 일은 아니다. 그러나 한두 고비만 넘기면 그 매력에 곧 빠져들게 된다. 좀 이력이 붙으면 관심 영역을 세분화하면 좋다. 독서만큼 시간을 의미 있게 보낼 수 있는 것이 없다.

둘. 혼자 즐기기로는, 음악 듣기도 좋다. 예전에는 팝이나 클래식을 듣기 위해 고가의 앰프나 스피커를 갖추는 데에 신경을 많이 썼지만 지금은 그럴 필요가 없다. KBS의 'Kong'이란 프로그램을 PC에 설치해 놓으면 취향에 맞는 음악 방송들을 골라서 언제든 들을 수 있고, KBS 'World'로 영어 방송도 청취할 수 있다. 그냥 이것을 틀어놓고 웬만한 블루투스 스피커 하나만 연결해 놓으면 귀가 풍요를 누릴 수 있다. 음악은 많이 듣고 즐기는 것이 좋다. 공연히 비싼 오디오 시스템 장만하느라 부산을 떨 이유가 없다.

셋. 나이를 많이 먹을수록 집에 있는 시간이 많아지다 보니 영화 보는 시간도 많다. 넷플릭스 채널에 가입하면 거의 무한대로 드라마도 보고 영화도 볼 수 있다. 만원 남짓한 요금으로 4명까지 공유할 수 있으니까 분담해서 이용할 수도 있다. 영화관 한

번 가는 데도 만 원 이상이 들어가는데, 좋은 영화들을 무제한으로 볼 수 있으니 얼마나 좋은 세상인가? 책을 읽고 나서 독후감을 쓰듯 영화를 보고 나서 간단한 느낌이라도 적어 보라. 그러다 보면 자기도 모르는 사이 전문가 못지않은 리뷰를 쓰는 날이 올 것이다.

넷. 친구들과 화상 통화하는 것도 괜찮다. 비대면이 일상화된 상황에서 홀로 고립감과 싸우며 힘들어하기보다는, 화상으로라도 서로 얼굴을 보면서 이야기하는 것도 좋다. 카톡의 화상 통화나 마이크로소프트(MS)의 스카이프, 대학 강의나 세미나용으로 많이 활용되는 줌(Zoom)은 무료 버전일 경우 시간제한은 따르지만 쉽게 이용할 수 있다. 예전에는 국제전화 한 통 걸려고 해도 비용이 신경 쓰였는데, 지금은 공짜로 원거리 화상 통화도 마음대로 이용할 수 있는 세상이다.

다섯. 지금은 전문가들의 지식을 공짜로 이용할 수 있는 시대다. 유튜브에 들어가서 관심 영역을 검색해 보면 수도 없이 많다. 마음먹고 공부를 하겠다고 하면 얼마든지 할 수 있는 세상이다. 세계 유수의 대학들은 이미 고급스런 강의들을 온라인 상에 개방해 놓고 있다. 국내의 대학들도 점차 개방하는 추세이다. 그러니 돈이 없어서 공부 못한다는 말은 그야말로 옛말이다. 나이 탓을 하지 말고 지금부터라도 한 가지 정도는 공부거리를 만들어 놓는 것이 좋다. 노년에는 시간은 많은 데 할 일이 없어지는 경우가 많다. 인간의 뇌도 자극을 주고 활용을 하지 않으면 치매에 걸릴 확률이 높다. 몸은 건강한데 정신이 치매에 걸리는 경우도 적지 않다고 한다.

지금 세상은 오히려 노인들이 인생을 즐겁고 편하게 살 수 있는 세상이다. 조금만 노력하고 머리를 쓰면 얼마든지 노년의 삶을 풍요롭게 보낼 수 있다. 남 탓을 할 필요가 하나도 없다.

내가 바라는 엉뚱한 소망들!

나는 사람이 사람으로서 존중받았으면 좋겠다. 나이, 성별, 신분, 피부색 등과 상관없이 오로지 그가 사람이라는 것 하나만으로 차별 없이 똑같이 존중받았으면 좋겠다. 사람이 그 자체로 하늘로서 존중되고, 사람이 그 자체로 목적인 사회가 되었으면 좋겠다. 그리하여 가정에서, 학교에서, 직장에서, 사회에서 그가 사람으로서가 아닌 다른 어떤 편견에 의해 차별받고 무시되지 않았으면 좋겠다.

수많은 사람들이 살아가는 사회에서 차이와 다양성이 얼마나 많겠는가? 그런데 우리 사회는 그 모든 것들이 차별의 근거가 되는 경우가 너무 많다. 돌아보라, 우리가 속한 이 집단, 이 사회에 얼마나 많은 차별과 배타적 호칭들이 넘쳐나는가? 우리 사회는 그런 차별들이 없어도 이미 언어적으로 존칭어에 의해 선험적으로 위계질서가 잡혀 있는 사회이다. 그 위에 더해서 남자냐 여자냐, 정규직이냐 비정규직이냐, 장애냐 비장애냐, 전라도냐 경상도냐, 외국인이라 해도 피부 색깔이 어떻고 어디 출신이냐 등 끊임없이 차별의 구실을 만드는 사회가 우리 사회이다. 나는 그 모든 차별 규정들을 넘어서 사람들이 그 자체 인간으로서 존중받았으면 좋겠다. 다른 모든 규정들은 다만 사람들 간의 개성이고 차이일 뿐이라고 생각했으면 좋겠다.

나는 사람들이 좀 더 타인의 슬픔과 고통을 이해하고 공감했으면 좋겠다. 우리 사회는 유독 슬픔과 원한이 가득한 사회이다. 우리 사회는 매일같이 40명 안팎의 사람이 스스로 목숨을 끊는 사회이다. 이라크나 시리아의 전쟁터에서 죽어 가는 사람들보다 더 많은 사람들이 일상에서 스스로 죽어 가는 사회가 우리 사회다. 우리 사회의 일상이 곧 전쟁터이고 지옥이다. 그만큼 우리 사회는 슬픔과 고통이 넘치는 사회이다. 그럼에도 그 슬픔을 조롱하는 사회, 그만 슬퍼하라고 훼방하는 사회다. 전쟁과 국가 폭력으로 개인의 모든 삶이 찢겨 버린 위안부 할머니들의 슬픔, 분단의 고통으로 80~90이 되어서도 여전히 이산가족 문제로 슬퍼하는 사람들, 세월호 참사로 죽어 간 어린 학생들 때문에 슬퍼하는 사람들, 직장과 일터에서 쫓겨나 여전히 추운 거리에서 떨고 있는 사람들의 슬픔, 낙오되지 않기 위해 아등바등 경쟁하지만 희망과 전망을 상실한 젊은 세대의 슬픔, 열심히 살아왔지만 아무런 보호 장치 없이 사회 바깥으로 떠밀려 버리고 무시되는 가난한 노인 세대의 슬픔, 장애인으로 살아가는 사람들의 슬픔…. 그 밖에도 얼마나 많은 사람들의 슬픔이 넘치는가? 살아 있는 한 슬픔이 없을 수는 없다. 하지만 그 슬픔을 이해하고 공감하면서 덜어주기 위해 함께 배려한다면 이 사회의 슬픔을 크게 줄일 수 있지 않겠는가?

나는 사람들이 좀 더 자기 욕망에 충실했으면 좋겠다. 21세기 선진 자본주의 사회에 살고 있음에도 우리는 여전히 자기로서 살기보다는 타인의 시선에 따라 살고 있다. 자기주장을 펴기보다는 자기가 속한 집단, 진영, 연령, 성별 등 타인들의 주장에 휩쓸리는 경우가 많다. 사람들이 자기 욕망에 충실하기보다는 끊임없이 타인들과 자신의 삶을 비교하고, 타인들의 욕망에 자신의 삶을 맞추려고 애쓴다. 이런 삶은 주체적인 자기 삶이 아니다.

그러므로 나는 사람들이 좀 더 자기 욕망에 충실하고 자기 행동에 책임을 지는 성숙한 개인으로 살아갔으면 좋겠다. 우리가 아니라 나로서 살아가는 사회가 되었으면 좋겠다. '우리' 때문에 무엇을 한다고 하는 것이 아니라 '내'가 원하기 때문에 한다는 사회가 되었으면 좋겠다. 우리 뒤에 숨어서 비겁하게 비난하는 것이 아니라 당당하게 개인으로서 주장하고 비판했으면 좋겠다. 그리고 그런 개인들이 따돌림 받는 것이 아니라 존중받고 인정받는 사회가 되었으면 좋겠다.

민주주의라는 것은 결코 봉건적 집단성과 어울리는 개념이 아니다. 민주주의는 어떤 경우든 자유로운 개인들, 스스로 책임질 수 있는 개인들, 타인들을 자기처럼 배려할 수 있는 개인들에 의해 만들어지는 사회이다. 이런 성숙한 개인들이 전제되지 않는 한 선거를 백 번 해도 이 사회는 바뀌기 힘들다. 먼저 우리의 욕망이 바뀌고, 마음이 바뀌고, 정신이 바뀌어야 한다.

습관

  새해가 되면 사람들은 무언가 다짐하곤 한다. 금연이나 금주를 하겠다든지, 혹은 건강을 위해 규칙적으로 운동을 시작하거나, 외국어 공부를 시작하는 경우도 있을 것이다. 나 역시 새해에도 여전히 할 일이 많다. 그래서 할 일의 우선순위를 어디에 둘지 모를 정도다. 그런 중에 내가 특별히 다짐을 한 것이 있다. 새해부터 페이스북 포스팅을 매일같이 하는 일이다. 새해 들어 스물 하루가 지났으니 정확히 스물한 번째 포스팅을 하는 셈이다. 글을 쓰는 일이 기계적인 작업이 아닌 바에야 이런 다짐이 무슨 의미가 있을까 생각할 수도 있다. 하지만 많은 경우 글을 쓰고 책을 읽는 것도 습관적으로 이루어진다.

  사실 매일 꾸준히 무언가를 한다는 것이 쉽지 않다. 일시적으로 굳은 마음을 먹어도 행동의 관성이 다시 그것을 원래 상태로 되돌리는 경우가 비일비재하다. 그만큼 규칙적인 행동을 하기가 어렵고, 일단 그런 행동이 습관이 되면 다시 끊기도 어렵다. 이 점에서 습관은 제2의 천성이라 할 만큼 무서운 것이다. 관성이 물리학의 법칙인 것처럼, 습관은 우리 몸과 정신을 지배하는 법칙이 아닐 수 없다.

어디를 가든 유난히 부지런한 사람이 있다. 남이 보든 말든, 혹은 남들의 시선에 개의치 않고 열심히 일하고 즐기는 사람들이 있다. 페이스북에도 매일 좋은 글을 올리고 좋은 사진과 음악을 올리는 사람들이 있다. 그런 모습은 내가 그렇게 비난했던 동기들 카톡 방에서도 접한 적이 있다. 나는 그런 사람들을 보면 참 대단하다는 느낌이 든다. 자기 글이 아닌 경우조차 그들은 끊임없이 남들을 잠시라도 즐겁게 하기 위해 그런 행동을 하는 것이다. 그것은 어린 시절의 좋은 습관이거나 직업과 관련한 오랜 직무에서 만들어진 정신과 행동의 관성인 듯싶다. 그만큼 습관이 중요하다. 쉽게 바꿀 수 없는 좋은 행동이고 정신이다. 나에게는 아무것도 안 하는 것보다는 무언가를 하는 것이 더 의미가 있어 보인다.

아리스토텔레스(Aristoteles)의 『니코마코스 윤리학』에 이런 습관의 중요성을 일깨우는 구절이 있다; "봄날에 제비가 한 마리 날아온다고 해서 여름이 오는 것은 아니다." 일시적인 마음먹기나 한두 번의 행동이 변화를 가져오는 것은 아니라는 의미다.

반복적인 행동을 통해 좋은 습관을 갖춘 사람들은 무엇을 행하거나 배울 때도 많은 경우 저절로 하고 아는 경우가 많다. 그것이 잘 안 된 사람이 하기는 그만큼 쉽지 않다는 것이다. 여기서 헤시오도스(Hesiodos)의 『일과 날』에 나오는 구절을 인용한다.

모든 것을 스스로 깨닫는 사람은 더할 나위 없이 훌륭한 사람이요, 좋은 말을 하는 사람에게 귀를 기울이는 사람 역시 고귀한 사람이지만, 스스로 깨닫지도 못하고 다른 사람에게서 들은 말을 가슴속에 받아들이지 않는 사람은 아무 쓸모없는 사람이니라.
-헤시오도스

부끄러운 고백이지만 나는 이런 습관이나 정신의 관성 같은 것을 의도적으로 거부하기도 해서 나에게는 그런 좋은 습관이 별로 없다. 나는 모든 것을 즉흥적으로 결정하는 경우가 적지 않다. 내가 꼰대 짓이라고 비웃었던 이 습관의 중요성을 깨달은 것은 나이가 한참 들어서이니까, 분명 내가 늙었다는 것도 사실이다. 하지만 의도적으로라도 '어떤 강제'에 나를 밀어 넣고 내 정신과 행동을 훈련시키지 않는다면 나는 죽을 때까지 나쁜 버릇을 버리지 못할 것 같은 두려움마저 든다. 늦었지만 그곳이 새로 시작하는 출발점이라는 희망을 생각하면서이다. 남들에게는 무의미한 짓일지 몰라도 자신에게는 유의미한 다짐이고 규칙이기 때문이다. 젊은 시절에는 자유분망한 마르크스와 니체를 닮으려고 했지만 나이를 먹으니까 규칙적인 칸트 식의 삶이 자연스럽게 이해가 될 뿐이다.

페이스북에 보면 금연과 관련한 포스팅이 많이 나온다. 작심삼일이라고 하는데 20일도 지났으니까 언제 그런 다짐을 했는지조차 잊어버릴 수도 있다. 하지만 흡연도 습관이고, 우리의 정신이 그런 습관의 관성에서 헤어나지 못하고 있기 때문에 금연이 어려운 것이다. 그러니까 그런 관성을 넘어설 수 있는 있는 새로운 관성과 습관이 필요하지 않을까? 한 가지 다행스러운 점은 있다. 물리 법칙은 필연성의 법칙이지만 습관은 본능은 아니기 때문이다. 나는 죽을 때까지 이런 정신의 힘을 믿고, 또 그것을 습관으로 만들 수도 있다고 생각하는 것이다. 스피노자가 들으면 웃을 일이지만 '정신의 자유'를 믿고 있다는 것이다. 그러니까 금연을 결심한 사람들이여, 힘내시라!

페이스북과 라이프니츠

아침에 일어나면 노트북을 여는 것으로 하루를 시작하는 것이 일상이 되었다. 나는 프런트 페이지를 내 페이스북과 도이체 벨레(DW)로 지정해 놓았다. 페이스북에 접속하면 간밤에 들어온 메시지부터 확인한다. 요즘 내 글이 팍팍해서 그런지 딱 한 개다. 미국에 사는 페친이다. 메시지를 확인하고 나면 내 타임라인으로 들어온 소식을 확인한다. 페친들이 쓴 글들, 그들이 끌어온 글들을 따라 읽는다.

페이스북을 보면 제 눈에 안경이라는 말이 딱 어울린다. 먼저 내 눈으로 세상을 바라보고, 다음으로 나와 관계를 맺은 사람들을 통해 세상을 바라본다. 처음 시작할 때는 페이스북이 상당히 개방적이라는 느낌이 들었다. 하지만 관계라는 것은 결국은 비슷한 성향, 비슷한 관심사를 통해 맺어진다. 그래도 처음 시작할 때는 신선하고 개방적이었다. 괜찮은 글을 쓰는 사람이거나 내 글을 읽고 호감을 보인 사람들과 친구를 맺는다. 하지만 조금 지나다 보면 취향이 다르고, 식견도 다르고, 정치적 입장도 미묘하게 차이가 난다. 그러다 보면 거기서 갈라지게 된다. 결국은 자신의 입맛에 맞는 사람들과만 교류하는 것이다. 그나마 그걸 조금 벗어날 수 있는 있는 경우는 인간적인 배려를 잘 하는 사람들이다. 게다가 친구가 많으면 더욱 추종자, 이른바 '빠'들을 많이 거느리게 된다.

처음 시작할 때 수천 명의 친구를 거느린 페친을 보면서, 도대체 그게 어떻게 가능한가 물어봤다. 열심히 활동하다 보니 그렇게 됐고, 덕담인지 나도 그렇게 할 수 있는 가능성도 보인다고 했다. 하지만 나는 두 달이 됐지만 2백 명도 채 안 되고, 별로 늘리고 싶은 생각도 없다.(하지만 현재는 거의 3천명 가까이 된다.) 굳이 요란하고 시끌벅적하게 살고 싶지 않기 때문이다. 나는 다만 내 글을 쓰는 방편으로 페이스북을 활용하는 편이다. 아무튼 이런 유유상종 식의 친구 관계를 통해 결국은 자기 시각, 자기 욕망을 통해 재현된 세계만을 볼 수밖에 없다. 인식론적으로 말하면 일종의 시각(관점)적 재현이고, 이런 재현 속에 들어온 세계가 마치 세계 전체인 양 오인할 가능성도 높다. 이 세계 안에 주어지고 떠도는 콘텐츠가 이 세계의 담론이고 문제의식이 되어버린다. 그런 세계는 자기가 보는 세계, 자기가 재현한 세계, 자기가 구성한 세계일 뿐이다.

이런 세계가 극단화되면 "결국은 존재(ecce)는 지각(percepio)이다"라는 버클리 식의 자폐적이고 재현적인 관념론, 유아론(solipsism)에 빠지게 된다. 쉽게 말하면 우물 안 개구리가 된다는 것이다. 페이스북의 관계를 통해 좀 더 많은 사람들, 많은 관계들을 찾아 나선 것이 오히려 새로운 형태의 닫힌 세계를 만들 수도 있다는 것이다. 모든 SNS가 비슷한 한계를 지니고 있다. 그래서 어떤 경우는 SNS에서는 특정 주제가 굉장히 예민하고 활성화되어 있지만, 다른 일상의 세상에서 그것은 많은 주제들 중의 하나이고 덤덤한 주제일 뿐이다. 여기서 인지 부조화를 경험할 수도 있을 것이다.

이런 페이스북의 세상을 들여다보면 17세기의 뛰어난 철학자 라이프니츠(Gottfried Wilhelm von Leibniz, 1646~1716)의 모나드(Monad)가 떠오른다. 그는 세계를 철저히 유심론적으로 본다. 원자(atom)는 세상을 구성하는 가장 기본적인 단위이고 물질이다. 더는 쪼개지지 않는 것이다. 모나드도 그런 것이지만 다만 그것은 물질이 아니라 정신이다. 때문에 그것은 수동적이 아니고, 물질의 연장이나 형태, 운동과 같은 물리적 개념이 아니다. 모나드는 능동적이고 자기 관점에서 세상을 보고 재현한다. 이런 모나드들은 각기 독립적인 개별자들이다. 라이프니츠는 이런 수많은 개체들이 어떻게 조화를 이루며 존재할 수 있는가에 관심을 두었다. 이런 모나드들은 세계를 표상하는 의식성의 정도에 따라 등급이 나누어진다. 표상 능력이 가장 떨어지는 하위의 물질로부터 모든 것을 표상할 수 있는 신적 존재에 이르기까지 일종의 위계(Hierachy)가 형성된다. 그래서 유한한 모나드들에게는 우연적일 수도 있지만 모든 것을 표상하는 신의 모나드들에게는 이 세상은 완벽한 필연의 세계가 된다. 이 신적 표상 속에서 세계는 완벽한 조화를 이룬 세계이다.

이런 모나드는 두 가지 특징을 가지고 있다. 첫째, 모나드는 창이 없는(windowless) 모나드이다. 각각은 고립된 개체들일 뿐이다. 이는 더 이상 나누어지지 않는 근대적 사회 구성의 단위인 개인들을 연상케 한다. 이런 개인들은 각기 독립적인 욕망을 갖고, 독립적인 시각을 갖고, 독립적으로 노동하고, 독립적인 재산을 갖는 고립된 주체들이다. 둘째, 모나드는 우주를 반영한다. 고립된 개체이면서도 자기 역량에 따라 세계를 표상하고 구성하며, 관계를 맺는다. 관계는 이런 개인들의 표상 능력에 따라 하위의 관계에서 상위의 관계까지 얼마든지 달라질 수 있다. 수많은 친구들을 거느리면 세상에 떠도는 이야기들을 그만큼 많이 들을 수도 있고, 또 그들에게 자신의 메시지를 전달할 수도 있다. 하지만 나같이 얼마 안 되는 친구만 있다면 그만큼 반영하는 우주의 크기가 제한될 수밖에 없을 것이다. 각각의 모나드가 지닌 일종의 힘에 의해 관계가 만들어지고, 시공간이 결정되는 것이다. 하지만 앞에서 페이스북에서 구성된 세계가 일종의 유아론적 세계가 될 가능성이 있다고 한 것처럼, 모든 세계는 모든 유한한 단자들에 의해 구성된 우연적이고 상대적인 자기 세계일 뿐이다. 오직 신만이 명석하고 판명하게 세계를 표상하는데, 빅데이터나 빅브라더가 구성하는 세계는 그런 신적 세계를 지향할지 모를 일이다.

새로운 경험과 관계를 맺기 위해 뛰어든 페이스북이 새로운 형태의 닫힌 세계, 유아론의 세계라고 한다면 그것을 어떻게 벗어날 수 있을까? 물론 개인적 역량에 많이 좌우될 수는 있겠지만, 오히려 그런 역량이 더 많은 팔로워를 거느리게 되면서 우쭐하고 오만해지는 계기로 작용하고, 그리하여 더 독단적이고 폐쇄적인 세계를 구축할 수도 있다. 나는 얼마 안 되는 경험이지만 그런 경우들을 보았다. 그런 위험을 방지하기 위해 나는 종종 시점(Perspective) 이동을 하는 편이다. 안에서도 보고, 나를 벗어나서도 보려고 한다. 물론 쉽지 않다. 그런 것조차 나의 시각이고 관점일 수 있으니까. 온오프를 넘나들고, SNS로 주어진 세계를 넘어 직접 몸으로 부딪히는 세계를 경험하는 것도 좋은 방

편이다.

사실 이런 곳에서 맺는 인간관계는 어쩌면 멀리 있는 친척보다 매일같이 대하는 이웃사촌 이상으로 가까울 수도 있다. 매일 아침마다 '좋아요'와 댓글로 메시지를 보내주기 때문이다. 하지만 이 세계의 인간은 대개는 노트북만 닫으면 사라지는 환영이자 그림자일 수도 있다. 반면 현실 세계에서의 인간관계는 그렇게 쉽게 무너지고 사라지는 것이 아니다. 그만큼 대면 경험도 중요하다. 지금까지의 경험으로 보면 다행히 나는 아직까지는 좋은 사람들, 내가 배우는 사람들, 나에게 신선한 충격을 주는 사람들을 많이 본 편이다. 이들은 내가 매너리즘에 빠지고 닫힌 세계에 안주하지 않도록 하는 데 큰 도움을 주고 있다.

제2부

영화와 비평

영화는 종종 철학 수업이나 사유의 좋은 텍스트가 되기도
한다. 강의 시간에 좋은 영화를 보고 토론을 하는 경우가
있는데, 나름 깊은 메시지가 있는 영화는 생각의 자극제가
된다. 요즘은 대학 강의실에서 영화를 이용해서 수업을
진행하는 경우가 다반사이다. 나도 강의를 할 때 한두 번
정도는 영화를 상영하고 수업을 진행하는데, 학생들도
좋아한다. 좋은 영화는 웬만한 텍스트 이상으로 우리의
시야를 확장시켜 준다.

〈아제 아제 바라아제〉와 깨달음

오늘은 4월 초파일, 부처님이 오신 날이다. 한국 같았으면 거리 곳곳에 연등이 화려하게 달려 있을 텐데 이곳*은 티벳 불교를 숭배하는지라 한국과 같은 모습은 보이지 않는다. 부처에 관한 이야기가 미디어에 전혀 나오지 않는 것으로 보아 어쩌면 이날을 부처의 탄신일로 받아들이지 않는지도 모른다. 같은 불교이지만 나라마다 받아들이는 양태가 사뭇 다른 것 같다. 나는 불교 신자는 아니지만 심정적으로 불교의 정신이나 철학에 많이 끌리는 편이다.

오래전에 강수연이 주연하고 임권택이 감독한 수작 〈아제 아제 바라아제〉라는 영화를 본 적이 있다. 일종의 구도 영화이다. 이 영화의 핵심 메시지는 대략 이런 것이다. 순녀(강수연)는 속세

---

* 몽골의 울란바타르. 필자는 2016.9-2017.8까지 몽골 Huree ICT 대학의 교수로 일했다.

의 삶 속에서 끊임없이 고통을 당하는 것을 벗어나기 위해 머리를 깎는다. 그녀는 깨닫기 위해 만행을 하고 토굴 생활도 해 보지만 별다른 진척이 없다. 이로 인해 괴로워하다가 마침내 성속(聖俗)이 둘이 아니라는 것(不二), 말하자면 속세의 삶과 구도의 삶은 하나일 수밖에 없다는 것을 깨닫게 된다. 입적을 하면서 사리를 찾지 말라는 스님의 말을 따르지 않고 사리를 찾는 순녀의 모습을 보고 허망한 것에 집착하고 미망에 빠져 있다고 비난을 하자 순녀는 미망에 갇혀 보지 않고 어찌 중생을 구하겠느냐고 답변한다. 그녀는 저잣거리로 돌아가 그 속에서 천 개의 탑을 세우겠다고 말한다.

내가 구도자의 삶을 살지는 못하지만 나는 이런 구도의 영화나 소설 등을 좋아한다. 젊은 시절 헤르만 헤세나 도스토 옙스키와 톨스토이의 소설, 최인호의 『길 없는 길』 같은 소설을 많이 좋아한 것도 그런 이유일 것이다. 아무래도 내 영혼 속에는 미처 찾지 못한 것에 대한 갈망이 크게 자리 잡고 있는지 모르겠다. 언젠가 어떤 도(道) 관련 일을 하는 처사가 나의 전생을 이야기하면서 구도를 하다가 실패한 사람이라고 한 말이 생각난다. 전생에 깨달음을 이루지 못한 미련이 금생에도 이어져, 도(道)를 갈망하는 것인지 모른다. 하지만 이런 갈망이 있다고 한다면 사생결단으로 그것을 찾아 나가는 구도자적 삶을 살아야 하는데

나에게는 동경(Sehnsucht)과 갈망의 형태로만 남아 있는 것 같다. 이런 낭만적 동경이 현실을 떠나지 못하면서도 현실에 뿌리 내리지 못하는 원인이 될 수 있을 것이다.

만일 그렇다면 이런 깨달음에 대한 갈망이 나의 고통의 원천이 아닌가? 영화 중간에 토굴 속에서 어떤 스님이 왜 석가가 이 세상에 나와 우리 같은 사람—깨달음을 갈망하면서도 그것을 찾지 못해 고통스러워하는 자들—을 힘들게 하느냐는 말이 나온다. 그런데 '이 뭐꼬'라는 화두를 통해 그들이 깨닫고자 하는 것의 본질이 무엇인가? 과연 그것이 가능한지, 그 상태는 참으로 범인들의 의식과 이성과 다른 것인지, 다르면 그 세계는 어떤 것인지…? 해답은 찾지 못할지라도 끊임없이 이어지는 이런 의문이 삶의 직접성에 매몰되는 것을 막고 있는 것인지도 모르겠다. 과연 산다는 것의 진상은 무엇인가? 미망의 삶과 깨달음의 삶의 차이는 무엇인가? 우리가 몸을 가지고 살아가는 한 우리 모두 먹고 싸고, 말을 해야 하고, 잠자야 하고 또 일을 해야 하지 않는가? 과연 성속(聖俗)의 차이가 있단 말인가? 왜 우리는 주어진 일상의 삶을 부정하는가? 부정할 수밖에 없고, 결코 만족할 수 없는 것이 일상의 삶이라면 그것은 무엇인가? 왜 우리는 우리의 삶을 긍정하지 못하는가?

상구보리 하화중생(上求菩提 下化衆生). 위로는 미망의 일상을 벗어나 깨달음을 구하고 깨달은 후로는 다시 중생을 교화시킨다. 불교의 전형적인 구도자상이라 할 수 있다. 이런 모습은 플라톤의 동굴의 비유가 암시하는 바와도 유사하다. 동굴 속에서 거짓된 그림자의 세계에 갇혀 있던 자가 어느 날 우연히—플라톤에게서 최초의 깨달음의 계기는 불교의 의식적 출가와 달리 이런 우연인지 모른다. 누가 동굴을 벗어나려고 애를 쓰는가? 동굴 밖을 본 사람은 그야말로 우연히 벗어난 것이 아닌가?—동굴 밖의 참다운 빛의 세계를 경험한다. 이러한 빛은 존재의 빛일 수도 있고, 참다운 이성의 빛일 수도 있다. 아무튼 참다운 세계를 본 자는 다시 동굴 속으로 돌아가 그림자의 세계에 갇혀 있는 동료 죄수들을 해방시키려고 노력한다. 그의 삶은 전형적인 계몽(Enlightenment)의 과정이고, 이러한 계몽이야말로 서구 정신의 본질이라 할 수 있다.

플라톤 식의 계몽(啓蒙)과 불교 식의 하화(下化)는 과연 동일한 것인가? 플라톤이 본 이데아의 세계와 불교의 도와 법이 동일할 수는 없을 것이다. 전자는 사물의 진상이고, 후자는 생로병사의 고통의 원인을 알고, 그것으로부터 해탈하는 도(道)이다. 전자는 다분히 인식론적인 문제이고, 후자는 윤리적이고 실천적인 문제라 할 수 있다. 물론 이러한 구분이 절대적일 수는 없으며, 다만 문제의 발생론적 측면을 비추어볼 때 그렇다는 것이다. 게다가 하화(下化)를 중생에 대한 계몽적 교화의 의미보다는 중생과 더불어 사는 삶, 중생의 고통과 함께 하는 삶, 그 고통 속에 머무는 것으로 받아들인다면 어떨까? 아무튼 구도(求道)는 그 자체가 끊임없는 회의와 물음의 과정일 수밖에 없다. 직접성과 현재성에 매몰될 수 없는 이유이다.

〈가을비 우산 속에〉와 〈안티고네〉의 갈등 해법

배우 신성일이 죽었다(2018.11.4)는 소식을 듣고 그의 작품들을 찾아보다가 〈가을 비 우산 속에〉를 보게 되었다. 1979년 석래명 감독이 메가폰을 잡은 이 작품에는 당대 최고 여배우인 정윤희와 지금은 고인이 된 김자옥이 출연했다. 외투 깃을 올려 세운 정윤희의 모습이나 환한 미소의 김자옥의 한창 때 모습을 보니 40년의 세월이 무색한 느낌이다.

이 영화의 줄거리는 지금 관점에서 보면 상투적이고 뻔하다. 동원(신성일)은 화가로서의 능력에 회의를 느껴 설악장에서 번민을 하다가 자살을 시도한다. 마침 대학을 졸업하고 엄마가 운영하는 설악장에 내려온 선희(정윤희)가 이를 발견하고 자기 피를 수혈하여 그를 살린다. 동원은 선희와의 사랑을 통해 삶의 의욕을 회복하지만 둘 사이의 관계를 엄마가 끊어 놓는다. 결국 짐을 싸 들고 서울로 돌아온 동원은 그림과 담을 쌓고 그를 사랑하는 정은(김자옥)과 평범한 결혼 생활을 한다. 정은은 동원의 예술혼을 일깨우기 위해 그에게 작품 구상을 하도록 설악산으로 보낸다. 문제는 여기서 발생한다. 7년여 만에 설악장을 찾은 동원은 그곳에서 동원의 아들을 낳고 오매불망 자기만을 기다려온 선희와 재회한다. 하지만 이미 서울에는 정은과의 사이에 똑같은 나이의 아이가 있다. 선희와의 만남은 부서진 행복을 되찾는 기쁨이지만, 이미 또 하나의 삶이 된 정은의 사랑도 무시할 수 없을 만큼 깊다. 정은은 동원과 선희의 상태를 알지도 못하고 결혼을 한 것이다. 때문에 동원은 둘 사이의 선택에서 번민과 고통을 하며 국전 출품작을 준비한다. 이 국전에서 대상을 획득한 날, 선희와 정은은 진심으로 기뻐하지만 동원은 괴로워하면서 술을 마시고 거리를 배회하다가 교통사고로 죽는다.

　여기까지의 줄거리만으로 보면 눈물샘을 자극하는 통속 영화의 범주를 벗어나기 힘들다. 하지만 나는 이 작품에 나타난 갈등 구조와 해결 방식에 관심을 기울인다. 특히 그것을 소포클레스의 『안티고네』의 그것과 비교하면서 한국적인 해결 방식에 주목하고 싶다. 〈가을 비 우산 속에〉서는 동원이나 선희와 정은 누구도 갈등 구조의 형성에 책임이 없다. 그들은 행동을 했지만 무지한 상태에서 했기 때문에 결과에 대해 책임을 물을 수가 없다. 동원은 선희를 사랑했다가 떠났지만, 자신이 원한 것이 아니다. 선희는 동원을 사랑해서 아이를 낳았지만, 동원에게 책임을 묻기는 힘들다. 그녀는 오직 동원이 돌아오기를 기다렸을 뿐이다. 정은은 동원을 사랑해서 결혼을 했지만 동원의 과거 여자에 대해서는 몰랐다. 그들의 처지가 모두 안타깝지만, 그들에게 죄가 있다면 사랑한 것뿐이다. 그들 모두가 한 가족으로 공존하면 좋겠지만, 근대의 가족제도 하에서 한 사람이 두 명의 아내를 가질 수는 없다. 둘 중의 하나는 희생하거나 떠날 수밖에 없는 구조이다. 이 상황에서는 어떤 선택도 하기 힘들다. 이런 갈등은 불가피한 처지로 인한 구조적 갈등이라 할 수 있다.

소포클레스의 『안티고네』도 비슷한 갈등 구조를 보여주고 있다. 잘 알다시피 『안티고네』는 조국을 배반한 한편의 오라버니와 그 조국을 수호하는 다른 오라버니가 싸움을 벌이다가 전사하는 데서 시작한다. 새로 왕이 된 크레온은 반역자의 시신이 까마귀밥이 되도록 방치하고 그 시신을 거두는 자를 똑같이 취급하겠다고 선언한다. 여기서 두 형제의 누이동생 안티고네의 고민이 시작된다. 결국 안티고네는 오라버니의 시신을 거두라는 신의 법을 지키려다가 인간의 법인 왕의 명령을 위반해서 죽임을 당한다. 안티고네와 크레온은 각각 자신이 처한 상황과 구조를 대변하지만, 양자의 화해는 불가능하다. 결국 필연적인 구조적 대립으로 인해 둘 다 파멸하는 비극적 결말을 맺는다. 『안티고네』의 대립적 구조 속에서는 어떠한 개인의 선택도 허용되지 않아서 갈등의 양 당사자가 파멸하는 비극으로 끝난다.

반면 선희와 정은의 갈등은 양 당사자가 선택을 통해 해결하고자 한다. 당신을 죽여서 내가 차지하겠다는 것이 아니라 당신이 떠나지 않으면 내가 떠나는 형태이다. 어느 한쪽이 희생을 감수하는 것이고, 다른 한쪽은 남은 아이를 책임질 것을 약속하는 것이다. 이런 상황에서 어떤 경우든 양자택일을 할 수 없는 동원의 죽음으로 갈등 구조를 해소한다. 정은은 동원의 유골을 들고 선희를 찾아서 그의 죽음을 알린다. 이 자리에서 선희는 자신이 떠나려고 했다고 고백을 하고, 정은은 동원이 죽은 마당에 함께 살자고 하면서 영화가 막을 내린다.

여기서는 어느 누구도 상대방을 비난하거나 증오하지 않는다. 〈가을비 우산 속에〉에 보이는 한국적 갈등은 극한 대립을 해소하기 위해 갈등의 원인이자 중재자라 할 수 있는 동원의 죽음과 함께 상대방을 위해 자신을 희생하는 선택을 하는 것이다. 반면 『안티고네』의 경우는 죽음을 불사하면서도 상대방을 부정한다. 다시 말해 『안티고네』가 파멸과 죽음을 선택했다고 한다면, 〈가을비 우산 속에〉는 자기희생을 통한 갈등의 해소이자 화해를 추구한 것이다. 아마도 이런 대비에서 서양의 갈등 해법과 한국의 갈등 해법의 극명한 차이가 드러나지 않을까?

〈거래〉(Arbitrage)와 빼어남의 악덕

영화는 종종 철학 수업이나 사유의 좋은 텍스트가 되기도 한다. 강의 시간에 좋은 영화를 보고 토론을 하는 경우가 있는데, 나름 깊은 메시지가 있는 영화는 생각의 자극제가 된다. 요즘은 대학 강의실에서 영화를 이용해서 수업을 진행하는 경우가 다반사이다. 나도 강의를 할 때 한두 번 정도는 영화를 상영하고 수업을 진행하는데, 학생들도 좋아한다. 좋은 영화는 웬만한 텍스트 이상으로 우리의 시야를 확장시켜 준다.

여기서는 며칠 전에 본 리처드 기어 주연의 〈Arbitrage(거래)〉라는 영화 이야기를 하고자 한다. 이 영화는 감독의 연출 의도 이상으로 해석의 여지가 많은 텍스트다. 문제의 정답을 이야기하려는 것보다는 그 문제를 바라보는 우리의 시선을 생각하게 하기 때문이다.

헤지 펀드(Hedge Fund)를 운영하는 로버트 밀러는 화목한 가정의 가장 역할도 충실하게 하고 있다. 그의 60회 생일 축하 자리에는 자식들과 손주들까지 두루 모여 기쁨을 함께 나눈다. 성공한 가장이 이룩한 화목한 가정의 전형적인 모습이다. 그의 부인도 그를 사랑한다고 한다니 이보다 더 큰 행복이 어디에 있을까? 오랜 시간 살을 맞대고 살아온 부인의 인정과 사랑만큼 한 남자의 성취를 돋보이게 할 수 있는 것이 있겠는가? 그는 자신이 지금까지 열심히 일을 한 것은 모두가 가정을 위한 것이고, 가정의 행복에서 가장 커다란 의미를 느낀다고 말한다. 사회적 성취를 이룬 데는 무엇보다 가정의 행복이 밑바탕이 되었고, 가정의 행복이야말로 성취의 궁극 목적이라는 것이다. 이것은 사회와 개인이 분열된 근대 자본주의 사회 이래로 핵가족 사회에서 개인이 누릴 수 있는 최고의 행복일지 모른다. 공동체의 인정보다 가족의 인정이 더 일차적인 것이다. 사회적으로 성취했다 하더라도 가정적으로 불행하다면 부르주아 사회의 행복의 기준에서 그는 결코 행복하다거나 성공했다고 할 수 없을 것이다. 이 점에서 밀러는 사회적으로 성공한 행복한 가장의 전형을 보여주고 있다.

그런데 그의 핸드폰에는 정부(情夫) 줄리의 문자가 들어와 있고, 그는 욕망에 이끌려 업무 핑계를 대고 줄리를 만나러 간다. 완벽한 가정 속에 감추어진 커다란 구멍. 젊은 여성 줄리는 그가 투자한 갤러리의 대표이자 밀러가 숨겨둔 정부이다. 자신의 생일 축하를 받아주지 못하는 밀러에 대해 투정하는 장면이 보인다. 하지만 잠시 그들은 불같은 사랑을 나눈다.

이어서 장면은 밀러가 처한 회사의 어려움을 보여준다. 그는 회사를 매각하려 하지만 상대방은 계속 모습을 드러내지 않아 밀러의 불안감을 더해 준다. 그는 이미 러시아의 동광에 투자했던 많은 돈을 날린 상태다. 어려워진 회사의 재정 상태를 감추기 위해 친구에게 4천억을 빌려 잠시 예치해 놓은 상태로 매각을 추진하고 있다. 약속 기간이 길어지자 불안해진 친구가 그 돈을 돌려놓을 것을 재촉한다. 친구와의 채무 관계, 회사 매각의 지연 등으로 진퇴양난에 빠진 밀러. 사업상 통상 벌어질 수 있는 상황이겠지만 이번의 경우는 지금까지 쌓아 올린 공든 탑을 하루아침에 무너뜨릴 수 있는 절체절명의 위기다.

복잡한 상황이 연출되자 그는 집에서 잠을 자다가 새벽에 줄리에게 간다. 줄리는 사람들과 파티를 하다가 밀러의 강압으로 친구들을 돌려보낸다. 채워지지 않은 사랑에 대한 줄리의 안타까운 갈망은 밀러에 대한 투정과 비난으로 이어진다. 하지만 밀러는 자신의 가정을 포기할 수 없는 상황이다. 양립 불가능한 유부남의 불륜이자 일탈적 사랑의 전형이다. 이런 사랑이 대안이 될 수 있는가? 안정적 가정이 투자라면, 일탈적이며 위험이

크지만 매혹적인 불륜은 투기인가?

　나쁜 회사 상황이 옥죄어 오자 밀러는 줄리에게 먼 곳으로 도망가자는 제안을 한다. 그날 밤 둘은 차를 몰고 떠난다. 떠난다는 것의 의미가 무엇일까? 잠시 머리를 식히려는 것인가, 아니면 총체적 난국을 해결할 수 없을 것 같은 두려움으로, 완전히 증발하려는 것일까? 물론 사업가의 스마트한 두뇌가 후자를 선택할 가능성은 없을 것이다. 그런데 졸음운전을 하던 밀러가 차량 전복 사고를 일으킨다. 이런 상황은 물론 예외적 상황이리라. 하지만 모든 정상은 이런 예외와 비정상을 안고 있는 것은 아닌가? 차에서 간신히 깬 밀러가 옆 자리의 줄리를 보니 죽어 있다. 만약 사고가 언론에 보도되면 밀러는 불륜의 당사자로 그동안 쌓아 놓은 모든 명성에 먹칠을 하게 되고, 회사 매각과 관련된 비즈니스도 중단되고, 마침내는 사기 횡령죄로 감옥에 갈 수도 있는 상황이다. 이런 계산을 한 밀러는 줄리를 남겨 두고 차에서 나오는데, 그 순간 차량은 화염에 휩싸인다. 이때 밀러는 일전에 죽은 자신의 운전기사의 아들에게 전화를 걸어 도움을 구한다. 물론 핸드폰이 아니라 공중전화를 이용한다. 미심쩍어 하는 지미에게 흔적을 남기지 않도록 톨게이트를 통과하지 말도록 당부한다. 위기 상황에서도 투자와 관련된 합리적 판단으로 단련된 머리가 치밀하게 돌아가고 있다. 투기꾼의 합리적 사고는 어떤 상황에서도 계산을 멈추지 않고 합리적 선택 (rational choice)을 지향하는 것이다. 지미의 도움을 받아 몰래 귀가한 밀러는 상처의 흔적을 지우고 조용히 아내의 침대로 기어 들어간다. 밀러는 문제가 발생했을 때 정서적으로 반응하기보다는 차가운 이성을 통해 합리적 계산하는 냉정한 두뇌의 소유자이다. 고대 아리스토텔레스의 윤리학의 기준에 비추어 본다면 분명 밀러는 탁월함(Virtue)의 소유자이다. 그러나 칸트의 윤리학의 기준에 비추어 본다면 밀러의 탁월함에 대해 다른 해석도 가능하다. 이런 탁월함조차 그 밑바탕에 선의지(Good Will)가 전제되어 있지 않다면 얼마든지 더 큰 악의 수단이 될 수 있는 것이다. 탁월함이 큰 악덕(Bad Virtue)으로 전도될 수 있다는 의미다. 고대 그리스 아리스토텔레스의 '빼어남'의 윤리학과 근대 철학자인 칸트의 '선의지'의 윤리학이 근본적으로 갈라지는 지점이다.

이 사건을 담당한 형사 로스는 사고 당사자, 현장 주변과 통화 기록 등의 조사를 통해 부자 밀러가 깊이 연관되어 있음을 직감한다. 해서 밀러를 기소하기 위해 압박해 들어가는데 밀러는 여러 가지 증거 인멸과 알리바이를 통해 로스의 수사망을 빠져나가려고 한다. 그는 자신이 구속될 경우 회사 매각이 결렬되고,

그로 인해 수많은 사람들이 다칠 수 있다는, 일견 합리적인 이유를 내세우며 자신의 행동을 합리화한다. 그는 상황을 모면하기 위해 회계 부정까지 일삼는다. 목적을 위해서는 얼마든지 수단을 정당화하는 이런 태도를 우리는 도처에서 볼 수 있다.

하지만 그가 처한 난처한 재정 상황은 이미 딸에게도 드러나, 충분히 사기횡령이 될 수 있다고 비난하는 딸과 언쟁을 벌인다. 회사의 회계 담당 이사인 딸의 입장이 난처해질 수밖에 없다. 비리를 묵인할 경우 형사처벌도 받을 수 있고, 앞날이 막혀 버릴 수도 있다. 하지만 부정의 당사자가 누구인가? 바로 친아버지가 아닌가? 법을 따를 것인가, 아니면 육친의 정과 도리를 받아들여야 하는가? 충분히 경험할 수 있는 딜레마이다. 밀러는 딸을 설득하려하기보다는 딸에게 판단을 맡긴다. 자신의 태도를 정당화하고 강제하려는 우리의 정서보다는 그나마 낫다고 할 수 있는 부분이다. 내가 보기에 유일하게 거래를 넘어서는 부분일 것이다. 부모와 자식의 관계는 거래의 대상이 될 수 없기 때문이 아닐까 하는 생각도 해본다.

그가 구속되느냐 아니면 빠져나가느냐의 열쇠는 이제 지미에게 달려 있다. 밀러는 지미에게 20억의 신탁 자산을 가지고 입을 막으려 한다. 반면 형사 로스는 지미의 차량 기록을 가지고 전과가 있는 지미의 협조를 압박한다. 상대는 돈과 권력을 갖고 있는 부자이고, 최고로 실력 있는 변호사를 동원할 수 있다. 일개 수사관이 상대하기에는 벅찰 수도 있다. 무리수는 종종 이런 지점에서 두어진다. 유죄에 대한 심증이 앞선 수사관은 증거 조작이라는 위법적 절차를 밟게 된다. 이런 증거로 인해 검사 역시 로스를 지원한다.

이제 지미가 진실을 털어 놓는 것은 어쩔 수 없는 상황인데, 여기서 반전이 일어난다. 반전의 묘미가 재밌다. 동일한 증거자료가 똑같이 반증자료로 사용될 수 있음을 보여준 것이다. 텍스트는 해석에 있는 것이 아닌가? 지미가 톨게이트를 통과한 적이 없다고 한 말에 주목한 밀러는 변호사를 동원해 차량 기록이 조작되었음을 밝힌다. 결국 영화는 위법적 절차이기는 하지만 진실을 찾으려는 형사 대신 다수의 이익과 행복을 내세우며 양심을 속이고 위선적으로 행동하는 밀러의 손을 들어준 셈이다. 이 대목에서도 많은 생각을 불러일으킨다. 불법을 밝히기 위해 똑같이 불법적 수단을 사용하는 것이 정당한 것인가, 혹은 합법의 형태로 수사망을 빠져나가는 피의자를 멀뚱히 쳐다만 볼 것인가? 이런 형사 사건의 경우에서도 재벌을 상대로 하는 소송이 힘든데, 한 개인이나 집단이 거대 로펌을 앞세운 재벌이나 행정당국과 어떻게 법적 분쟁에서 이길 수 있을까? 삼성의 노동자들, 태안의 기름 유출 피해자들, 쌍용의 해고 노동자들, 혹은 노동

현장의 파업으로 인해 손해배상 소송에 걸린 노동자와 노조 등, 쌍방 간의 법적 불평등과 불균형을 생각하다 보니 끝이 없다.

이때 밀러의 부인은 밀러의 부도덕한 본색을 문제 삼아 재단을 딸에게 넘기라고 강요하지만 밀러는 그것도 거부한다. 마지막 부부간의 대화는 그동안 화목하고 행복했던 부부로 믿었던 것이 얼마나 위선이었고, 또 다른 방식의 거래일 수 있는가를 적나라하게 드러내 준다. "부르주아의 행복이란 것의 허구, 결혼은 성기의 배타적 점유를 위한 계약"이라는 칸트의 말을 연상케 한다. 그 배타적이고 독점적인 계약이 깨졌을 때 부부관계는 새로운 형태의 거래관계로 변질될 수밖에 없는 것일까? 밀러는 회계장부까지 조작한 회사도 강하게 배팅해서 성공적으로 매각한다. 결국 모든 상황을 자신의 목적을 달성할 수 있도록 바꾸어 놓은 성공적인 비즈니스맨의 모습이다.

거래(Arbitrage)는 쌍방 간의 가격 차이를 이용해 최상의 결과를 얻고자 하는 장사꾼들의 합리적 행동을 지향한다. 이 점에서 본다면 밀러의 행동은 성공적인 거래의 전형을 보여주었다고 할 것이다. 가정에서도 그렇고, 불륜 상대인 줄리와의 관계에서도 그렇고, 자신을 추적하는 형사와 위증을 통해 자신을 지지하는 지미와의 관계에서도 그렇고, 성공적으로 회사를 매각하는 배팅에서도 그렇다. 위험천만하지만 그러나 성공적인 이런 거래의 이면에는 끊임없이 도덕적 정당성의 문제가 제기된다. 합법의 형태를 취하고 있지만 부도덕한 현실, 그리고 진실을 왜곡하는 추악한 모습.

과연 진실은 무슨 의미이고, 돈과 권력의 역할을 무엇인가? 영화의 마지막은 그가 이런 모습의 전형임을 만천하에 보여주는 수상(受賞) 장면이다. 수상을 발표하는 자리는 그의 딸이 사회를 맡고, 딸은 모든 찬사를 밀러에게 바친다. 밀러는 부인에게 행복한 키스를 보내고, 많은 사람들이 그의 수상을 축하하는 박수를 친다. 하지만 마이크를 건네주는 딸의 모습은 냉랭하다. 겉으로 드러난 사람의 모습과 이면에 감추어진 진실의 허구를 극명하게 대비시켜 준다. 성공한 이미지 정치의 아이러니다. 행복한 가정과 사회적 성공의 이면에 은폐된 커다란 구멍, 삶은 늘 그렇게 위태하다.

이 영화에서 특히 돋보이는 것은 이중적이고 위선적인 양면을 한 인격 속에 무리 없이 잘 연기해 낸 배우 리처드 기어다. 역시 빼어남은 그 자체로 하나의 덕목이다. 오래전에 보았던 〈사관과 신사〉 이래로 나는 배우 리처드 기어를 좋아한다.

〈1911, 신해혁명〉과 북한 체제

중국 신해혁명 100주년 기념으로 만든 영화 〈1911, 신해혁명〉을 보았다. 신해혁명은 외세 침략과 오랜 봉건 왕조의 수탈로부터 중국의 인민을 해방시키기 위해 손문이 주도한 근대 민주주의 혁명이다. 물론 혁명의 과실은 원세개에게로 넘어가 1차 혁명이 완성되지는 못한다. 하지만 적어도 민족과 민생, 그리고 민권을 표방한 손문의 삼민주의에 기초해 혁명의 당위성과 이념을 알리는 데는 성공했다.

마지막 장면에서 손문은 말한다. "어째서 혁명을 했는가?" 동맹회의 추옥은 "어린아이들에게 따뜻한 세상을 만들어주기 위해서 했다"고 말하고, 황해 열사 임각민은 아내에게 보내는 편지에서 "혁명은 영원한 행복을 주기 위해서"라고 적었다. 손문에 따르면, 혁명은 '사람들에게 사회 발전의 이념을 심어주기 위해서, 사람들을 각성시켜 봉건 왕조 체제에 저항함으로써 세상을 바꾸려는 것'이다.

이러한 손문의 이념은 무엇보다 현재의 북한의 세습 독재정권에서 요구되는 것이 아닌가? 한편으로 인간 해방을 내세우는 사회주의 체제를 표방하면서, 다른 한편으로 '백두혈통' 운운하며 권력을 세습하고 봉건 독재체제로 사유화하며, 민생을 도탄에 빠뜨려 인민들이 기아와 공포 속에 떨게 하고, 소수 지배 엘리트들의 기득권을 보장하기 위해 나라의 자원을 헐값에 외국에 팔아먹고 있는 김정은 정권에 혁명이 요구되지 않는다면 도대체 어디에 혁명이 필요하겠는가? 체제는 유기체와 똑같지만은 않아서 자연적인 노화로 소멸하지 않는다. 이 노화된 체제, 적응력이 떨어지는 체제, 내부적으로 모순된 체제를 소멸시키기 위해서는 혁명 세력이 필요하다. 북한 체제를 내부로부터 전복시킬 수 있는 혁명은 어디서 시작할 수 있는가? 지배 엘리트들의 내부 혁명을 통해서인가, 아니면 기아와 공포에 시달린 인민들의 자연발생적 혁명을 통해서인가? 이도 저도 아니면 우발적인 계기들을 통해 동시다발적인 원인을 통해서인가?

〈십계〉와 기독교의 본질

오래전에 보았던 영화 〈쿼바디스〉를 EBS의 크리스마스 특집으로 다시 보았다. 처음 봤을 때 강한 기억에 남았던 영화를 다시 보니 감회가 새로웠다. 로버트 테일러와 데보라 카의 사랑이 주 테마이지만 폭군 네로 시대를 배경으로 박해 받는 기독교도들의 모습을 보는 것도 흥미로웠다. 장장 3시간 이상 상영되는 대 스펙타클 영화. 당시에 동원된 인력과 물량은 오늘날처럼 인건비가 비싼 상황에서는 감당할 수 없을 것이다. 로마의 야전 사령관이 기독교인인 여인을 만나 사랑에 빠지고, 박해받는 기독교도들을 돕는 내용은 어쩌면 통속적인 이야기일 수도 있다. 여기에는 로마로 들어간 초기 기독교 12사도 중의 바울과 베드로가 등장하기도 한다. 이 영화를 다시 보면서 내가 특별히 주목하는 부분은 두 가지이다. 하나는 초기 기독교의 모습이고, 다른 하나는 폭군 네로의 모습이다.

네로에 관한 선입견을 배제하고 순전히 영화에 드러난 모습만을 본다면 그는 폭군의 이미지보다는 광기에 사로잡힌 예술가의 이미지에 가깝지 않을까 한다. 스스로 지은 시를 가지고 작곡을 하고 연주하면서 자기 도취하는 모습은 전형적인 예술가의 모습이다. 실제로 네로 당시에 로마의 예술과 문화가 크게 번성했다고 한다. 네로는 자신의 그런 모습을 인정받기를 갈구하기도 한다. 그가 이런 광기를 예술로만 승화시켰다면 상당히 인정받는 예술가가 되었을지 모른다. 하지만 그런 광기가 무소부재의 권력을 휘두를 수 있는 황제의 자리를 통해 표현된다면 이야기가 달라질 수 있다. 통치는 항상 피치자로서의 타자를 의식하고 그들의 삶을 개선하고 관리하는 행위이다. 만일 국민을 자신의 창작 이미지를 실현하는 도구나 수단으로만 간주하면 국민들은 독재자의 광기와 만행에 희생당할 가능성이 높다.

영화에서 네로는 자기가 구상한 새로운 로마를 건설하기 위해 1000년을 지속해 온 로마를 불태운다. 그는 오로지 새로운 창작품에 대한 기대와 희열에 가득 차서, 그로 인해 백성들이 입게 될 고통이나 희생을 전혀 고려하지 못한다. 통제되지 않는 자기 생각의 이미지를 구현하는 일에만 관심 갖는 황제에게 백성의 삶이나 생명은 아무런 의미가 없다. 네로는 역사적으로 기독교를 탄압한 황제로 기억된다. 하지만 순전히 영화의 내용으로 판단해볼 때 처음부터 기독교도들이 탄압의 대상은 아니었다. 로마가 불타오른 것에 분노한 로마 시민들이 네로 황제에게 분노의 화살을 돌릴 때 기독교도들은 일종의 희생양이 된 것이었다. 이는 많은 독재자들이 종종 보이는 모습이다. 히틀러가 독일의 상황을 호도하기 위해 유대인들을 제물로 삼은 것이나, 관동 대지진 때 민심을 무마하기 위해 조선인들을 희생양으로 삼은 일본이 그랬다. 문제는 네로의 광기에 더 큰 원인이 있지 않을까 싶다. 예술가의 광기가 공적 영역에서 표현될 때 이토록 위험해지기 때문에 플라톤은 시인들을 공화국에서 추방하려 했던 것은 아닐까?

기독교의 본질이 무엇일까? 창세기는 가부장적인 절대자가 이 세상을 창조하여 인간의 역사를 지배하고, 인간은 다른 신을 섬기지 말고 여호와에 순종해야 한다는 것을 보여준다. 그러나 인간은 에덴동산을 떠날 때부터 신으로부터 멀어지는 타락의 역사를 걷는다. 구약과 신약 중에서 기독교의 참모습은 무엇일까? 적어도 이 영화에서 기독교의 신은 사랑의 신으로 나타난다. 신약의 신은 죄와 사망의 굴레에 갇힌 인간들의 죄를 대속하고 구원하는 사랑의 신으로 다가온다. 산상수훈에 등장하는 사랑의 신은 칼과 창으로 세계를 정복하는 로마의 무자비한 신들과 대비된다. 고통 받는 인간들에게 사랑과 구원의 메시지를 줄 수 있는 종교가 참다운 종교의 모습이 아닌가?

　로마에 전파되기까지의 기독교는 적어도 군림하는 패권자로서의 가부장적 신이 아니라 박해받고 수탈당하는 약자들의 고통에 동참하고 그들에게 구원을 약속하는 '사랑의 신'이다. 하지만 이런 기독교도 국교로 제도화되자 초기교회와는 전혀 다른 모습으로 바뀐다. 구원의 종교, 사랑의 종교에서 지배의 종교, 패권의 종교로 탈바꿈한 것이다. 오늘날 한국의 기독교는 어떤 모습으로 변질되었는가? 차가운 시멘트 바닥의 거리에서 노동자들이 오체투지를 하고, 70미터 고공에서 생존권을 위해 투쟁하는데 도대체 신은 어디에 있는가? 쿼바디스 도미네!

〈필라델피아〉와 이반의 사랑-1

살다 보면 바뀌는 것도 있고, 안 바뀌는 것도 있다는 것을 알게 된다. 한국사회가 지난 한 세대 동안 너무 숨 가쁘게 달려왔기 때문에 당연히 외형적인 변화도 급격하기 이루어진 것은 말할 필요도 없다. 너무 다이내믹하다 보니 2~3년만 지나도 도시의 외관이 달라지고 도로가 달라지고 건물이 달라지는 경우가 숱하다. 그러다 보니 그 도시에 사는 사람들의 생각이나 마음도 당연히 크게 바뀐 것 같다.

크게 달라진 것 중 하나가 동성애에 대한 태도이다. 종종 대학 강의실에서 토론 주제로 동성애를 다루는 경우가 있는데, 의외로 학생들이 남녀 불문하고 동성애에 대해서는 대단히 관대하다는 것을 알 수 있다. 한 세대 전 우리가 대학 다닐 때, 게이나 레즈비언이란 이름만 들어도 소름이 돋고 외계인 취급을 했던 것과는 천양지차다. 나는 대학 시험에 합격을 하고 겨울에 고대 타임 반 동계 특강을 다닌 적이 있다. 이 타임 반은 상당히 유명해서 동계 강좌인데도 불구하고 수강생들이 많았던 것으로 기억한다. 이 강좌는 『타임』 잡지를 선배들이 읽고 설명해주는 형태로 진행된다. 그런데 그때 타임지 표지 모델로 여자 2명이 팔짱을 끼고 걷는 모습이 나온 적이 있다. 그중의 한 여자는 가방을 들고 바지를 입고, 다른 여자는 선글라스를 끼고 스커트를 입은 것으로 기억된다. 『타임』 표지 모델로 레즈비언이 처음 등장한 것이다. 1976년이니까 미국 사회에서도 동성애자들이 사회의 주목을 받던 초기였으리라. 그때 강독을 이끌던 고학번 선배가 이 중에 누가 여자 역할을 하고 누가 남자 역할을 하는가를 맞추어 보라고 주문했다. 그 당시 나는 그런 장면이 너무나 희한하고, 또 그런 것들이 논쟁거리가 된다는 것이 도무지 이해가 가지 않았다. 그럼에도 거의 40년 가까이 지난 지금도 기억을 하고 있을 만큼 그 장면이 인상적이었다.

그 뒤로는 별로 그 문제를 생각하지 않았다. 그러다 10.26 사태가 일어나고 나서 교회를 내 발로 찾아간 적이 있다. 지금도 인상적인데 그 교회의 남성 반주자는 피아노도 잘 치고 얼굴도 예쁘장한 사람이었다. 신앙생활도 아주 잘해서 교회에서 남녀노소를 불문하고 인기가 많았던 사람이다. 그 사람이 당시 중고등학교 남학생들을 여러 명 '건드렸다'는 소문이 돈 적이 있다.

내가 혈기 방장하던 시절이라 그 문제 처리를 위해 교회와 각을 세우다가 혼자 떨어져 나오고 말았다.

그런데 90년대 중반 이른바 PC 통신이 한창 유행할 때다. 알 만한 사람들은 알겠지만 그 당시 하이텔이나 나우누리 같은 통신망들의 대화방은 밤만 되면 북적거리던 시절이다. 대화방에 가면 숱하게 많은 남자와 여자들이 밤을 새워 밀담을 즐긴다. 입담 좋으면 여자 만나기도 쉬워 이른바 번개도 유행했던 것으로 안다. 그런데 어느 날 '이반'이라 이름 붙인 대화방에 들어가려니까 일반인지 이반인지 묻는 것이다. 그래서 나는 '몇 학년 몇 반' 정도로 생각해서 그냥 일반이라고 하니까 일반은 안 된다고 하면서 입장 불허하는 것이다. 하도 이상해서 나중에 다른 사람들에게 물어보니 그곳은 동성애자들의 방이라고 한다. 일반은 일반인을 말하고, 이반은 그냥 2반이 아니라 일반을 일탈한 '이반'이라는 의미를 갖는다는 것이다. 그 사정을 알고는 그 방 근처만 가도 머리가 쭈뼛 서는 느낌을 받았다. 그만큼 당시의 우리 세대에게는 동성애는 낯선 코드이고, 편견도 적지 않았다. 이런 편견을 극복하는 데는 시간이 많이 필요했다. 아무튼 당시 이메일을 통한 소통과 연애는 톰 행크스와 맥 라이언의 〈You've got a mail〉에 잘 나타나 있고, 대화방은 전도연이 주연한 〈접속〉처럼 아름다운 추억의 장소로 기억되고 있다.

그런데 동성애에 대한 호불호는 문화적 영향을 많이 받는 것 같다. 서구에서 유대 기독교의 영향을 받던 시기는 동성애에 대한 거부감이 컸다. 가부장적이고 남성적인 중심적인 사회에서 동성애는 악마적이고 자연에 거슬리는 행위로 취급된다. 서구에서도 지금까지 가장 동성애에 대해 반대가 심한 곳은 기독교적 전통이 큰 교회이다. 기독교가 서구의 중심에 자리 잡기 전만 해도 동성애에 대단히 관대한 문화가 유지되고 있었다. 특히 그리스 문화에서는 성인 남자가 어린 미소년과 사귀는 일종의 원조교제가 유행처럼 번지고, 사회적으로도 인정을 받았다. 이런 문화는 철학적 정당성도 얻고 있었다. 남녀 간의 사랑은 육체를 매개로 하는 저급한 욕망에 기초해 있지만, 성인 남자와 미소년의 관계는 순수한 영혼의 교류라는 것이다. 그만큼 더 사랑의 이데아에 가깝다는 이야기일 터이다. 소크라테스 주변에 늘 젊은이들이 함께했다는 것은 잘 알려진 이야기다. 그중에 한 사람이 나중에 그리스의 유명한 정치인이 되었던 알키비아데스이다. 그는 명문가 출신인데, 용모도 빼어나고 명민한 두뇌의 소유자이다. 그는 소크라테스를 대단히 연모하였다. 한 번은 둘이서 바닷가에서 밤을 지새운 적이 있었다. 하지만 이 사랑은 짝사랑이다. 파도 소리가 들리고, 별이 보석처럼 밤하늘을 장식한 바닷가에서 사랑하는 연인이 밤을 새운다고 상상해 보라. 얼마나 가슴이 설레겠는가? 알키비아데스도 그런 분위기 속에서 대단한 무언가를 기대했을 것이다. 그런데 돌부처 같은 우리의 소크라테스는 동이 틀 때까지 우뚝 서서 꿈쩍도 안 하고 동쪽 하늘만 바라다보았다고 한다. 이제 막 사랑에 눈뜬 젊은 알키비아데스의 실망이 말할 수 없이 컸으리라. 플라톤의 『향연』에 보면 그가 여러 사람들이 논쟁하는 곳에서 노골적으로 소크라테스에 대한 연정을 토로하는 장면들이 나온다. 그만큼 고대 그리스 사회에서는 동성애가 일반화되어 있었다고 할 것이다.

20세기의 가장 뛰어난 철학자들 가운데 한 사람인 비트겐슈타인이 동성애자라는 것도 낯선 이야기는 아닐 것이다. 이 집안 사람들은 대단한 천재들이고 예술적 재능도 타고났다. 오스트리아 철강 재벌인 덕분에 그의 집에는 늘 당대의 뛰어난 재사(才士)와 예술가들이 북적거렸다. 하지만 그의 형제들 대부분은 비극적 운명으로 일찍 죽거나 자살을 하고, 사고를 당하기도 했다. 클림트의 에로틱한 그림에는 그의 누이동생이 모델로도 나온다. 유명한 〈볼레로, 왼손을 위한 피아노 협주곡〉은 전쟁에서 오른팔을 잃고 돌아온 그의 형 피아니스트를 위해 작곡가 라벨이 헌정한 곡이다. 그가 1차 세계대전 당시 포로수용소에서 틈틈이 메모로 썼던 『논리-철학 논고』(1922)라는 책은 20세기 영미 분석철학의 성전 역할을 하기도 했다. 철학도들의 입에서 끊임없이 회자되는 이 책의 명제 몇 가지를 보자. "언어는 세계의 그림이다." "언어의 한계는 세계의 한계이다." "말할 수 없는 것에 대해서는 침묵하라." 거의 잠언 수준이다.

집안 내력 때문인지 비트겐슈타인은 평생을 독신으로 살면서 우울한 감정을 떨치지 못했다. 하지만 그가 캠브리지 대학의 강의를 마치고 집으로 오는 도중에 사창가가 있었는데 종종 그곳을 들렀다는 보고도 있는 것을 보면 동성애자라는 것은 확증된 사실은 아닌 것 같다. 이 문제는 지금도 논란이 많다.

한때 포스트모던 철학의 기수로 선풍적인 인기를 끌었던 미셸 푸코도 동성애자이다. 그는 친 동성애자 운동, 소수자 차별반대 운동을 주도하던 행동하는 철학자이기도 했다. 결국 그는 1984년에 AIDS에 걸려 사망했다. 그는 근대의 정신과 몸을 지배하는 지식과 권력 체계를 비판하는 일에 주력했다. 근대의 합리적 이성이 이성과 반이성을 나누고, 광기를 추방하고, 의학적 지식이 이런 지배의 도구 역할을 한다는 것을 고발했다. 감옥과 병원의 탄생, 그리고 학교의 탄생이 근대적 지식의 담론 속에서 동일한 출생지를 갖고 있다는 것을 밝히기도 했다. 미시 권력의 네트워크와 생산적 권력의 개념은 한국사회를 분석하는 좋은 도구가 될 수 있다. 『광기의 역사』, 『감옥의 탄생』 등은 지금도 많이 읽히는 그의 주저들이다.

〈필라델피아〉와 이반의 사랑-2

　80년대 후반에 나온 영화 〈필라델피아〉는 동성애자에 대한 사회적 차별을 고발한 빼어난 법정 영화이다. 로펌의 잘나가는 변호사인 주인공 톰 행크스는 동성애자라는 것이 밝혀지자 업무 미숙을 이유로 부당 해고를 당한다. 그 당시만 해도 AIDS 환자에 대한 무지와 불신이 커서 동료 변호사들도 그의 소송을 대리하려고 하지 않는다. 편견으로 주저하던 흑인 변호사 댄젤 워싱턴이 사건을 맡으면서 톰 행크스와 함께 로펌을 상대로 진행하는 법정 공방은 법과 정의가 무엇인가를 강렬하게 일깨워준다.

　배심원 측이 회사 측의 부당 해고를 인정하면서 원고의 손을 들어주자 법원은 원고에 대한 피해 배상 외에 우월적 지위를 남용하던 피고 로펌에 천문학적인 징벌적 손해 배상을 선고한다. 왜 한국의 법정에서는 이 징벌적 손해 배상 제도가 도입되지 않는가?

이 영화에서 더 인상적인 것은 동성애자를 감싸주는 가족들의 태도이다. 오늘날에도 한국 사회에서 동성애자임을 커밍아웃하려면 여전히 가장 먼저 신경 쓰는 일이 가족들의 반응이다. 사실 그들도 우리와 다르지 않은 사람이고, 성적 기호만이 다를 뿐이다. 이러한 차이가 차별의 근거가 될 수 없다는 것은 너무나 당연한데 종종 우리의 편견은 그것을 잊고 있다.

이 영화의 또하나의 빼어난 장면은 최종 판결 전에 죽음을 예감한 톰 행크스가 변호사 워싱턴 앞에서 마리아 칼라스의 'La mamma morta(어머니는 돌아가시고)'를 들으면서 몸으로 연기하는 장면이다. 안 본 사람은 꼭 한 번은 볼 일이다. 변호사가 동성애자 의뢰인에게 진정으로 마음을 열고 공감하는 계기가 되는 아리아다. 동성애자들의 빼어난 예술적 취향을 보여주려는 뜻도 없지 않은 것 같다.

사랑의 종착역은 결혼이다. 사랑이 사랑으로만 끝나면 너무 무책임하지 않은가? 인류지대사의 기초는 사랑하는 사람끼리 가정을 이루는 일이다. 나는 군이 남자와 여자라는 표현을 쓰지 않고 사랑하는 사람이라고 했다. 동성 결혼이 우리나라에서는 아직도 인정이 되지 않고 있고, 세계적으로도 네덜란드와 벨기에, 그리고 미국의 매서츄세츠 주 등 소수의 국가만이 인정을 하고 있다. 문화적으로 진보적이라고 생각되는 파리에서도 동성 결혼을 반대하는 시위가 격렬하게 일어난 적이 있을 만큼 아직은 거부감도 크다. 하지만 동성결혼을 합법화하는 것은 세계적 추세이기도 하다. 머지않은 미래에는 우리 역시 이 추세를 거부하지 못할 것이다. 이미 영화감독 김조광수는 법적으로 인정을 받지 못했지만 공개적으로 동성결혼을 선언한 적이 있다. 그렇다면 결혼을 남녀로 국한하는 혼인법이나 가족법, 기타 이와 관련된 친족 상속법, 민법 등 많은 법 개정이 불가피할지도 모르겠다. 미래의 가족은 우리가 그간 알아 왔던 형태와는 상당히 달라질 것이다. 이미 1인 가구가 일반화되었고, 다양한 형태의 가족들이 존재하고 있다.

　일단 결혼이란 이성 간의 일만이 아님을 받아들이게 될 때가 곧 다가올 것이다. 이 부분은 문화적인 인정과 사회적인 합의가 있기까지 진통도 클 것이다. 특히 기독교는 신의 섭리, 창조 질서 등을 앞세우면서 반대를 심하게 할 것이다. 동성 간의 결혼을 인정할 때 2세 생산도 과거와는 크게 다르게 이루어질 수 있다. 입양과 시험관 아기, 정자와 난자의 기증 및 매매, 2중 대리모와 대리부 등 이성 간의 결혼에서 생각하기 힘든 방식이 표면화되고 그중 많은 것들이 점점 합법화될 것이다. 무엇보다 자식에 대한 부모들의 과도한 집착과 교육에 대한 태도도 많이 달라질 것이다. 미래에는 교육과 관련한 한국사회의 고질적인 병폐가 동성결혼으로 인해 충격을 받을 수도 있다고 본다. 이러한 변화가 긍정적이 될지 아니면 부정적이 될지는 지금 예단할 필요는 없다. 오히려 그 변화를 긍정적인 것으로 만들어가는 것이 현대의 한국인이 할 일일 것이다. 덕분에 우리 시대는 죽을 때까지 새로운 변화를 이해하고 받아들이기 위해 고민해야 할지 모르겠다.

통쾌하지만 씁쓸한 영화 〈암살〉

영화 〈암살〉이 천만 관객을 동원한 영화 중의 하나로 이름을 올렸다(2015.8.15. 천만 돌파). 개봉한 지 꽤 오래 되었음에도 광복 70주년이라는 예민한 시기에다가 흥미 만점이라는 입소문 때문인지 상영관이 꽉 차 있다. 이런 상태라면 천오백 만 명을 바라볼 수도 있을 것이다. 런닝타임이 2시간 반 가까이 되는데도 별로 지루한 느낌은 받지 못했다. 전지현, 이정재, 하정우 등 기라성 같은 배우들이 동시 출연한데다 연기 수준도 상당하여, 몰입도가 높았다. 30년대 시대상을 그대로 옮겨 놓은 세트 구성이나 박진감 있는 액션, 리얼리즘을 따라가는 탄탄한 스토리 구성 등은 한국 영화의 높아진 수준을 웅변하는 것 같다. 그런데 이 영화를 보면서 통쾌하고 후련한 재미가 적지 않지만 씁쓸한 비애감이 드는 것도 숨길 수가 없다.

이야기 하나. 먼저 오늘날 문화산업과 관련된 이야기부터 해보자. 무엇보다 이 영화는 최근세사를 반영하는 시대극이다. 올해는 일제 식민지로부터 해방된 지 70주년이고, 남북 전쟁이 발발한 지 65주년이 되는 해이다. 그걸 염두에 두어서인지 방송에서도 연일 식민지와 전쟁의 참화를 겪고도 지난 70년 동안 우리가 성취한 괄목할 만한 성과에 대한 보도가 넘치고 있다. 흥행에 민감한 영화 제작자들이 이런 시대 상황을 놓치지 않는 것은 당연한 일이다. 임진왜란을 배경으로 한 영화 〈명량〉이나 드라마 〈징비록〉, 80년대의 인권 상황과 온몸으로 싸워나간 변호사 이야기를 그린 〈변호인〉, 가족사를 배경으로 남북 전쟁 이후의 고단한 성장사를 그린 영화 〈국제시장〉은 이런 시대 상황 속에서 흥행 가도를 달린 작품들이다. 이런 영화들을 전 국민의 30%나 되는 천오백 만 이상이 관람했다는 것은 아무리 문화적 현상이라 해도 기형적일 정도로 쏠린 것이다.

그런데 〈암살〉도 이런 시대극의 흥행 가도에 올라탈 가능성이 농후하다. 이런 것을 보면서 한편으로 영화가 다른 모든 문화적 자원을 블랙홀처럼 빨아들이는 것이 두렵다는 느낌도 든다. 한 달에 책 1권도 보지 않고, 연극이나 다른 공연들은 거의 관람하지 않는 사람들이 오직 영화로만 쏠리는 것은 극심한 문화적 편식 현상이라 할 만하다. 편식이 심할수록 건강은 유지하기 어렵다. 정신건강도 예외가 아닐 것이다. 게다가 이런 흥행 영화의 이면에는 거대한 자본의 논리가 관철되고 있다는 점도 무시할 수는 없을 것이다.

이야기 둘. 영화는 신임 조선 총독을 접견하는 조선 제1의 부자 강인국의 발언으로 시작한다. 권력 앞에서 한없이 비굴한 태도로 강인국은 말한다. '가난한 조선을 일본이 발전시켰다'는 식의 이야기이다. 조선을 식민지화한 일본 덕택에 조선이 근대화의 대열에 올라섰다는 이야기이리라. 일각에 퍼져 있는 식민지근대화론의 핵심이다. 그는 나중에 안옥윤이 자신을 향해 총을 겨눌 때도 자신의 행동을 변호하면서 이런 말을 한다. "다 가족을 위한 것이고, 민족을 위한 것이다!"

이런 말들에 일맥상통하는 논리가 있는 것 같지 않은가? 가족주의와 민족주의, 그리고 식민지근대화론의 밑바탕에 놓인 가부장적인 가장의 목소리가 그렇다. 영화는 이런 모순의 연결고리로서 친일파 강인국과 식민지 군대의 장군인 가와구찌를 혼맥으로 연결한다. 그래서인지 이 영화에서는 근친 살해와 살부(殺父) 이야기가 가진 의미를 무시할 수 없다. 여기서 아버지는 친일파이고 식민지 모국의 대리인이고 가족주의를 유지하는 부권의 상징이다. 청부업자 상하이 피스톨(하정우 분)은 본래 친일파 아버지들을 살해하기 위해 자식들이 결성한 '살부계'의 일원이었다. 그들의 계획이 실패하자 죽거나 전문 청부업자로 변신한 것이다. 강인국은 자기 지위가 위태로워지는 것을 방지하기 위해 아내를 죽이고, 나중에는 오인한 상태로 딸 미츠코도 죽인다. 그의 행각은 역설적으로 가부장적인 부권이 유지되는 한 가족이 해체될 수밖에 없다는 코드로 읽어볼 수도 있을 것이다. 이런 아버지를 처단하기 위해 총을 겨눈 안옥윤은 끝내 강인국을 죽이지 못하는데, 하와이 피스톨이 그 역할을 대신한다.

이야기 셋. 이런 드라마나 영화를 보다 보면 정서적으로 상당한 감동과 공감을 느낀다. 이런 현상은 억지로 강요할 수도 없고, 가르칠 수도 없이 그저 자연스럽게 이루어진다. 아리스토텔레스는 『시학』에서 비극 공연을 보면서 아테네인들이 느끼는 감정의 카타르시스(catarsis) 효과가 비극의 중요한 역할이라고 말한다. 그들은 아버지를 죽이고 어머니와 혼인했다는 진실을 안 오이디푸스가 눈을 찌르고 스스로를 유배하는 모습에 안타까워하고, 안티고네의 호소를 무시했다가 아들과 아내를 잃는 크레온에 대해 함께 분노하고 무지를 안타까워하기도 한다. 이런 정서적 유대를 통해 아테네인들은 자신들이 살고 있는 공동체와의 일체감을 확인하고, 옳고 그름을 판단하는 사회의식과 민주주의를 훈련하기도 했다.

하지만 그런 비극의 효과가 오늘날의 영화에서 똑같이 주어지는지에 관해서는 의문의 여지가 많다. 오늘날 시대와 역사를 배경으로 하는 이런 영화들은 공감은 불러일으키지만, 그 이상으로 대리 배설과 면죄부 효과를 제공해 주는 경우가 허다하다. 현실과 역사를 소모품처럼 허비할 뿐 이성적인 역사의식이나 사회의식으로 이어지지 못한다는 말이다. 게다가 자칫하면 영화에의 정서적 공감이 편협한 집단의식으로 이어지는 경우도 많다. 〈국제시장〉이나 〈연평해전〉에서 보듯 지나친 가족주의나 애국심에 편중되는 현상이 그렇다. 한 편의 드라마나 영화를 보면서 너무 많은 것을 기대한다고 불평할 수도 있다. 하지만 오늘날 문화산업 중 영화가 차지하는 비중이나 영향을 생각한다면 영화는 단순한 감정의 소모품이나 오락거리 이상으로 선전과 교육의 이데올로기적 수단일 수 있으므로, 다각도의 기대가 요구될 수밖에 없다.

이야기 넷. 〈암살〉의 마지막 5분은 해방 후의 상황을 에필로그 형식으로 보여준다. 그런데 엔딩 신을 보면서 나는 깊은 비애감마저 들었다. 그게 감독의 고도의 연출이고 메시지일 수도 있다. 염석진 같은 변절자가 역사의 이름으로 처단되어야 한다는 분명한 메시지를 전달하기 위해 감독이 의도적으로 그 장면을 배치했을지도 모른다. 갑작스럽게 다가온 일본의 항복, 천황의 항복 선언 메시지를 듣고 나서 김원봉은 홀로 죽은 투사들을 기리는 술잔을 비운다. 그는 수많은 투사들의 이름이 기억되지 않을지도 모른다는 두려움을 고백한다. 그런 두려움이 무색하게 김원봉은 해방정국에서 오히려 친일 경찰의 고문을 받고 월북한다. 해방 후 경찰 간부 행세를 하던 염석진은 49년 반민특위 법정에서 변절 행각에 대해 심판을 받는다. 하지만 그는 자신의 벗은 몸 곳곳의 상처와 흔적을 보여주면서 혐의를 부인하고, 법정은 결국 증거 부족을 이유로 그를 방면한다. 그는 법정을 나와 시장통을 걸어가다가 안옥윤을 발견하고 그를 따라갔지만, 동지를 배반하고 팔아먹은 대가로 안옥윤의 총에 의해 암살당한다. 변절자가 처단당하는 장면을 보면서 관객들은 통쾌한 감정의 카타르시스를 느낄지 모르겠다. 하지만 나는 마지막 5분을 보면서 앞서 말한 슬픔과 비애의 정체를 확인한다. 김원봉의 말처럼 우리는 독립을 위해 헌신하고 희생했던 전사들과 투사들, 그리고 지사들을 거의 완벽하게 망각했다. 반민특위는, 새로운 조국을 건설할 인재가 필요하다는 명분으로 친일파를 등용하려는 이승만에 의해 해체되고 말았다. 덕분에 친일분자들은 신분을 완벽하게 은폐·세탁할 수 있었고, 해방된 조국에서 여전히 권력을 행사하고 부를 축적할 수 있게 되었다. 부끄러운 역사를 청산하지 못한 한국 근대사의 비극의 씨앗이 싹트는 순간이었다. 감독은 그런 역사적 현실을, 에필로그에서 그리고 있다. 법이 그들에게 면죄부를 쥐어 주는 생생한 현장이고, 엄옥윤의 복수는 억눌린 관객-한국인의 분노를 달래주려는 헌정 장면이라고 할 것이다.

하지만 과거사를 역사의식과 법률적이고 정치적인 차원에서 청산하지 못하고 사적인 복수에 의존하게 한다는 것 역시 한국 근대사의 또 다른 비극을 말해줄 뿐이다. 이는 법이 역사를 바로 세우고 정의를 실현하는 최종 보루가 될 수 없었던 한국 근대사의 무기력한 현실을 역설적으로 보여주는 것이 아닐까? 근대화된 문명국가에서 사적 복수는 통쾌한 감정의 배설 창구 이상으로 문제와 갈등의 합리적 해결을 봉쇄할 뿐이다. 부정의하고 무능한 국가로 인해 다시금 개인이 역사의 전면으로 떠밀리는 형국이다.

아무튼 그 이후 남북의 동족 간에 참혹한 전쟁과 군부 독재로 점철된 한국 근대사의 참혹한 역사는 해방 공간에서 친일잔재의 정상적인 청산이 이루어지지 못했기 때문이라고 해도 과언이 아니다. 내가 영화 〈암살〉을 보고 느낀 슬픔과 비애는 아마도 그런 것들과 맞닿아 있을 것이다.

〈아임 얼라이브〉와 좀비들 세상

　"철학은 사상 속에 포착한 그 시대"라고 헤겔이 그의 유명한 책 『법철학 강의』 서문에서 말한 바 있다. 똑같은 논리로 "영화는 영상 속에 포착한 그 시대"라고 할 수 있을 것이다.

　코로나19 팬데믹 사태로 세상이 아비규환이 되면서 세계적으로 좀비 영화가 유행이다. 한국에서도 〈부산행〉의 성공 후 최근 들어서 심심찮게 좀비 영화가 나오더니, 2021년에는 넷플릭스를 통해 본격적으로 좀비 영화가 쏟아졌다. 시리즈물 〈킹덤 1.2〉과 강동원 주연의 〈반도〉 그리고 유아인과 박신혜가 열연한 〈살아있다〉(Alive), 반인 반좀비의 활약을 그린 〈스위트홈〉을 손꼽을 수 있다. 많은 이들이 좀비 영화에 열광한다는 것만으로도 그것을 하나의 '문화적 현상'이라 할 만하다.

　좀비는 서양의 드라큐라의 변형들이라 한국적 귀신과는 거리가 멀다. 이 좀비가 한국 영화에서 중요한 테마로 등장했다는 것은 토착 귀신들이 외래 귀신들에 의해 밀려나서 귀신의 세계화 현상에 편입된 것으로 보아도 좋겠다. 이제 하얀 소복에 머리 풀고 나오는 토착 귀신들은 급속하게 뒷방으로 밀려나고 있다. 이런 추세로 가면 조만간 한국형 귀신은 찾아보기도 힘들지 모른다.

물론 좀비들이 서양에서 직수입된 형태로 유행하는 것은 아니다. 한국은 무엇보다 빨리빨리 문화가 지배하는 곳이다. 그래서인지 한국형 좀비들은 서양의 좀비들과는 비교가 되지 않을 만큼 속도가 빠르다. 이들이 떼로 달려들며 아귀처럼 물어뜯으면 혼비백산조차 할 겨를이 없다. 서양인들도 이런 한국형 좀비에 빠르게 중독되어 간다고 한다. 이제는 수입된 좀비가 한국문화의 틀 속에서 재가공되어 전 세계로 역수출되는 실정이다.

요즘은 좀비와 사람 간에 경계를 확정하고 정체성을 구분하기가 힘든 경우도 많다. 현실이 워낙 드라마틱해서 영화와 구분이 안 되고, 영화만큼이나 '영화 같은 현실'을 적나라하게 묘사하는 경우도 없지 않기 때문이다. 멀쩡하던 인간들이 평소와 전혀 다르게 약 먹고 뽕 맞은 것처럼 떼거리로 몰려다니면서 이상한 짓거리들을 할 때 보면 과연 이들이 사람인지 좀비인지 구분이 가지 않는다.

2022년에 있었던 브라질 대통령 선거 무효를 주장하면서 보우소나루 전 대통령 지지자들이 의회에 난입한 사건(2023.1.8.)이 벌어졌다. 2년 전인 2021년 1월 6일 트럼프 대통령 지지자들이 미 의사당에 난입했던 사건의 브라질 버전이다. 이처럼 민주주의 국가의 본령을 깨고 의사당에 난입하는 사람들의 모습은 영락없는 좀비다. 그 사람 하나하나는 한 집안의 가장이고 직장에서 성실하게 행동하고 합리적 이성을 가진 건전한 인간일 텐데, 이들이 집단화되면 거의 정신을 잃어버린 상태에서 정상인으로는 하지 못하는 행동들을 일삼는다. 이런 좀비들의 막장 행위로 인해 오랜 전통을 자랑하던 제국의 민주주의 정신도 헌신짝처럼 짓밟히고 말았으니 그들의 실체를 결코 가볍게 보아서는 안될 것 같다. 한국에서도 그와 비슷한 현실이 대통령 선거를 전후로 난발한 적이 있었다.

좀비 현상이 포스트모더니즘의 부산물이 아닐까 하는 생각도 해본다. 포스트모더니즘은 멀쩡하게 정신을 차리고 살아도 힘든 세상에서 이성을 포기하고, 대책 없는 감성들을 천방지축으로 풀어 놓았다. 해서 그 사이 지하 깊숙이 처박혀 있던 '안 죽은 자들(un-dead)'까지 우수수 쏟아져 나왔으니, 앞으로 이 좀비들이 무슨 짓들을 못하겠는가? 정신분석학자 자끄 라깡에 따르면 '안 죽은 자들(un-dead)'은 산 자도 아니고 죽은 자도 아닌 제3의 존재이다. 이 괴물 같은 존재는 인간 안에 '내재하는' 끔찍한 '과잉(surplus)'이다. 칸트 이전의 세계에서 인간은 동물적 쾌락이나 신적 광기와 싸우는 이성적 인간이었던 반면, 칸트 이후 독일 관념론에 들어서면서 싸워야 할 과잉은 절대적 의미에서 내재적인 주관성 자체가 되었다. 다시 말해 인간 안에 내재하는 비인간이라 할 수 있고, 그것이 좀비로 표상된 것이다.

현실이나 영화나 좀비들이 넘쳐 나는 이 세상에서 몸 보전하려면 어떻게 처신해야 할까? I'm Alive!

〈페르시아 수업〉과 우연, 언어, 이성, 인간, 기억

영화 〈페르시아 수업〉(Perussian Lessons)을 아주 인상 깊게 보았다. 나치 수용소 안에서 벌어진 사건을 배경으로 한 것인데 여러모로 생각할 거리를 던져준다. 나치 시대에 벌어진 비인간적인 광기에 관한 영화들이 많지만, 〈페르시아어 수업〉은 유독 색다른 방식으로 이 문제에 접근하고 있다. 페르시아 어라고 하는 '언어'가 이 영화를 끌어가고 있는 '아드리아네의 실'이다. 나는 이 영화를 언어 외에도 다른 몇 가지 키워드를 가지고 살펴보고자 한다. 내가 의미를 부여하고 있는 주제어는 우연, 언어, 이성, 인간, 기억이다.

첫째, 우연. 포로수용소로 끌려가던 질은 먹을 것을 달라고 애원하는 사람에게 샌드위치를 주고 대신 책을 받는다. 그 책은 페르시아 어로 쓰여 있다. 그도 이 책의 주인은 아니고 남의 집에서 들고 나온 것이다. 독일군은 중간에 유대인들을 차에서 내리게 한 다음 집단 총살을 한다. 그때 질은 먼저 쓰러지면서 자신은 유태인이 아니라 페르시아 인이라고 거짓 애원을 한다. 독일군 바우어 병장은 그의 정체에 대해 다소 의심을 품었지만 마침 수용소 부대의 주방을 맡고 있는 코흐 대위가 페르시아 인을 찾고 있다고 해서 질을 대위에게로 끌고 간다. 그 자리에서 다시 한 번 심문을 받지만 그는 생각나는 대로 페르시아 조어(造語)를 만들어서 위기를 벗어난다. 우연히 샌드위치와 바꾼 책이 그의 생명을 구한 셈이다. 이후 그는 매일 4~5개 정도의 가짜 페르시아어를 코흐 대위에게 가르치는 일을 한다. 그가 만든 페르시아어도 필연적인 것이 아니라 질의 머릿속에서 우연히 만들어진 것들이다. 살고 죽는 것이 어떤 필연적 운명이 아니라 우연임을 보여준다.

둘째, 언어. 질은 페르시아 어를 모르지만 어쨌든 그 언어는 질의 목숨을 구한 것이다. 하지만 전혀 모르는 언어를 자신의 목숨 줄을 쥐고 있는 자에게 가르친다는 것이 얼마나 고역이고 위험천만한 일일까? 생존을 위해 질은 매주 20~30개의 단어를 만들어서 코흐 대위에게 가르쳐 준다. 이를테면 아버지를 바우바우라고 하고, 어머니를 안타라고 하는 식이다. 페르시아 말을 해 보라고 코흐가 주문을 하니까 멋대로 중얼거린 다음 "당신은 서서히 해가 지는 모습을 보지만 갑자기 어두어지면 깜짝 놀라게 된다."라고 시구를 암송한 것처럼 이야기한다. 그야말로 꿈보다 해몽인 셈이다.

영문을 모르는 코흐는 그 말을 곧이곧대로 믿고, 학습 시간이 한참 흐른 다음에는 이 가짜 언어를 가지고 질과 코흐가 대화까지 나누게 된다. 아무튼 그런 식으로 6개월 정도 지나고 보니까 질은 꽤 많은 단어를 가르쳤고, 코흐는 배웠다. 거의 1,600개나 되었다. 아무리 생존을 위해서라지만 전혀 모르는 단어를 만들어서 가르친다는 것이 가능할까? "사적 언어는 없다"고 한 비트겐슈타인의 말처럼 언어는 공적이고 보편적인 메커니즘을 지니고 있다. 질이 새로운 단어를 만들기 위해 자신이 경험하는 모든 사람이나 사물, 그리고 사건을 가짜 페르시아어 제조에 사용하는 규칙도 이런 공적 메커니즘의 하나라 할 수 있다. 이런 행동이 반복되다 보니까 나중에는 난수표처럼 일정한 규칙을 만들어낸다. 이를테면 그가 식당에서 사람들에게 밥을 떠줄 때마다 이름을 확인해서 그 이름으로 조합을 하거나, 그의 행동거지를 대변하는 개념으로 표현하는 것이다. 이런 방식은 그가 나중에 수용소를 탈출해 과거 수용소에서 죽은 사람들의 이름을 기억하는 데 큰 역할을 한다. 무려 2,840명의 사람들의 이름을 기억한다는 것이 상식적으로는 불가능할 터이지만, 그 사람들 하나하나의 이름은 질의 생명을 연장시켜준 도구라고도 할 수 있다. 이러한 도구가 없었다면 질의 생명은 바로 위험에 처할 수가 있기 때문이다. 실제로 수용소 장교들이 야외로 놀러 갔을 때 그 자리에서 코흐 대위가 질문한 단어를 중복 사용한 탓에 질은 코흐 대위에게서 무차별적인 폭행을 당한다. 그가 사적으로 만든 언어가 조작이라는 것이 판명되는 순간 그의 생명도 끝날 수 있음을 보여주는 것이다.

반면 이런 사적 규칙에 의해 제조된 언어가 목숨을 담보로 할 경우에는 거의 무의식적 차원에서 확실한 언어로 살아날 수도 있다. 질이 의식 불명인 상태로 수용소로 돌아와서 신음소리를 낼 때 그는 자신이 만든 가짜 페르시아 어로 신음한다. 그것을 보면서 질을 의심하던 바우어 병장조차 알아들을 수 없는 페르시아어로 생각해 그것을 코흐 대위에게 보여준다. 누가 그런 거짓말을 무의식적인 잠꼬대 상황에서 반복할 수 있겠는가? 질이 만든 가짜 페르시아 어는 죽음을 담보로 질의 무의식 차원에까지 각인된 셈이다. 이로 인해 코흐 대위도 질에 대한 의심을 거두고, 그의 생명을 구출하기 위해 노력한다. 그리고 이처럼 무의식에 각인된 가짜 페르시아 어 때문에 질은 수용소에서 죽어간 수많은 사람들의 이름을 상기할 수 있었던 것이다. 독일군들은 후퇴하면서 수용소에 관한 모든 기록들을 소각했기 때문에 질의 기억이 없었다면 그들의 희생이 소환될 수 없었을 것이다.

셋째, 이성. 나치 시대를 그린 많은 영화들처럼 이 영화에서도 나치의 잔인한 모습들이 잘 그려지고 있다. 유대인을 집단 사살하고 수용소 안에서 비인간적인 대우를 하는 독일인의 모습을 보면 이해가 되지 않을 정도이다. 도대체 20세기에 유럽에서도 가장 이성적이라고 하는 독일인들이 그런 야만적인 행동을 자행하는 것을 어떻게 이해할 수 있는가? 괴테와 쉴러의 나라, 모짜르트와 베토벤의 나라, 칸트와 헤겔의 나라인 독일이 어떻게 저처럼 지극히 야만적인 행동을 할 수 있었는가? 왜 독일인들은 그토록 유대인들을 증오하고, 광기의 희생자로 만들었는가? 독일군들이 거수경례를 하며 한결같이 "Heil Hitler!"라고 할 때 그 모습은 히틀러에 대한 절대적 충성의 표시이지만, 그것은 '만세(Heil)'가 아니라 오히려 하나같이 '지옥(Hell)'을 외치는 느낌을 준다.

근대의 이성은 계몽(Enlightenment)이라는 말에서 보듯 낡은 미신과 관습을 타파할 수 있는 밝은 빛(light)의 역할을 했다. 하지만 이성은 자신의 빛에 대한 확신이 너무나 강하기 때문에 이성과 계몽에 반하는 모든 것을 어둠과 악마로 간주해서 몰아내고자 했다. 데카르트의 생각하는 이성(Cogito)에서 알 수 있듯 이성은 다른 모든 것을 의심해도 의심할 수 없는 자기 확신에 기초해 있다. 그러므로 데카르트에게 진리는 더 이상 주관과 객관, 사유와 존재의 통일과 같은 존재론적 차원이 아니라 사유하는 주체의 자기 확신이라 할 수 있다. 하지만 이처럼 자기 확신이 강할수록 자기가 세워 놓은 프레임을 벗어나기가 힘들다. 종교적 확신과 같은 양심의 경우도 나르시스적 자기 확신과 자기도취에 빠지기 쉽다. 그렇기 때문에 이성의 자기 확신은 얼마든지 광기(Madness)로 이어질 수 있는 것이다. 자기만 옳다고 생각하는 수많은 제왕들이나 독재자들의 광기를 보여주는 예들은 역사적으로 무수히 많다. 때문에 정신분석학(Psychoanalysis)에서는 이성과 광기를 동전의 양면으로 간주하기도 한다. 그런 면에서 독일인들의 이성은 히틀러의 광기로 언제든 표출될 준비가 되어 있었던 것이 아닐까?

넷째, 인간. 나치 시절 히틀러 정권이 저지른 만행은 세계 역사를 통해서 유례를 찾아보기 힘들다. 독일이 일으킨 제2차 세계대전에서 무려 5천만 명이 죽었다. 물론 이 숫자를 히틀러 정권이 다 책임질 수 있는 것은 아니지만, 독일은 이탈리아와 일본과 함께 제2차 세계 대전을 일으킨 전범 국가이다. 집단으로서의 독일인들이 저지른 만행 외에도 전쟁터나 수용소 어디든 개인으로서 저지른 행동 역시 그것 못지않을 것이다. 〈페르시아어 수업〉에서 이런 악업을 떠맡은 이가 바로 바우어 병장이다. 그는 처음부터 질의 정체성에 의심을 품고 어떡하든 그것을 밝혀 그를 죽이려고 했다. 굳이 자신의 이해관계와 직결된 것이 아님에도 불구하고 그런 행동을 할 때의 모습은 악마가 멀리 있지 않다는 것을 알 수 있다. 이렇게 개인이건 집단이건 인간성 자체를 말살하는 행위는 인간 본성의 선함에 대한 믿음을 깨트릴 만한 것이다.

그러나 인간은 결코 하나의 모습만 가지고 있는 것은 아니다. 나중에 수용소에 들어온 유대인 형제 중 동생이 독일군에게 죽을 만큼 구타를 당했을 때다. 질은 코흐에게서 다시 신뢰를 회복하면서 받은 음식을 막사로 들고 가겠다고 말한다. 그때 코흐는 그의 마음을 읽고서 통조림 몇 통을 더 준다. 질은 그것을 가져와서 다 죽어 가던 유대인 동생을 살린다. 이것 역시 질이 그렇게 해야 할 특별한 이유가 없지만 질은 그렇게 했다. 그 이후 수용소에 페르시아 출신인 영국인 조종사가 들어온다. 그것을 본 바우어 병장은 질의 정체를 밝힐 수 있는 호기로 생각해서 대질심문을 위해 질을 막사로 데려간다. 질의 목숨이 경각에 달린 순간이다. 하지만 막사로 갔을 때 이미 페르시아 조종사는 죽어 있었다. 바우어는 질을 의심했지만 유대인 형제 중의 한 사람이 나서서 자신이 살해를 했다고 말한다. 그 모습을 보고 바우어는 즉시 그를 사살한다. 유대인이 왜 그런 행동을 했는지는 분명하다. 그는 질의 도움에 대해 목숨을 바쳐서 보은을 한 것이다.

인간 이하의 처절한 상황에서 한편으로는 악마처럼 행동하는 이가 있고, 다른 한편으로는 천사처럼 행동하는 이가 있다. 그런 의미에서 인간은 천사에서 악마에 이르는 다양한 스펙트럼을 지녔다고 할 수 있겠다. 이처럼 극명하게 구분되는 두 가지 속성이 인간에게 공존하기 때문에 인간은 존재론적으로 천사나 악마보다 우월한 것인지도 모른다. 그리고 이 두 가지 속성이 인간의 문명을 파괴시키기도 하고 보존·발전시키기도 하는 것이라 할 수 있을 것이다. 아무튼 이 두 상반된 얼굴이 인간에 대한 절대적 실망이나 절대적 신뢰 모두 옳지 않을 것임을 보여준다. 인간의 자리는 아마도 악마와 천사 중간에 있을지 모를 일이다.

다섯째, 기억. 앞서 언급했지만 연합군 포로수용소에서 질이 심문관에게 수용소 안에서 죽은 희생자들의 이름을 밝히는 장면은 압권이다. 이 점에서 실로 이 영화의 가장 핵심적인 키워드는 언어와 기억이라 할 수 있을 것이다. 생존을 위해 어떡하든 가짜 페르시아 어를 만들고 그것을 기억해서 코흐에게 가르치는 일은 매일같이 이루어지는 질의 노동(Arbeit)이다. 나치의 유대인 수용소로 들어가는 입구에는 "노동이 너희를 자유롭게 하리라"(Arbeit machen Sie frei!)라는 현판이 달려 있었다. 하지만 질에게 사물에 이름을 붙이고 그것을 기억하고 교육하는 일련의 행동은 끊임없이 죽음에 대한 공포, 질의 표현을 빌리면 '지긋지긋한 공포'를 조장할 뿐이다. 질은 이 지긋지긋한 공포로부터 벗어나기 위해 연합군을 피해 유대인들의 수용소를 옮길 때 그를 빼내려는 코흐의 노력과 상관없이 다른 유대인과 옷을 바꾸어 입고 그 대열에 끼어든다. 나중에 코흐가 알아채고 그를 다시 빼내지만, 질에게 공포(두려움)는 죽음보다 더 두려운 것이다.

그러나 역설적으로 매일 반복되는 이 공포가 그의 기억을 무의식 차원으로까지 연장하여 유지시켜 주었고, 마침내 그가 나치의 수용소에서 이름 모르게 죽어 간 수많은 유대인 희생자들의 이름을 소환할 수 있게 해 주었다. 그런 의미에서 인간의 기억은 인간 자신의 문화와 문명을 끌어가는 아주 강력한 견인차라고 해도 틀린 말은 아닐 것이다. 인간은 개인 차원에서뿐만 아니라 종(種) 차원에서도 이 기억을 바탕으로 자신들의 행적과 정체성을 유지해 왔다. 만일 이런 기억과 기록이 없었다고 한다면 인간 문명 자체도 성립하기 어려웠을 것이다. 인간은 이 기억을 지속하기 위해 문자를 만들고, 이 문자의 기록에 바탕해서 과거의 역사와 전통을 보존하고 전승한다. 하지만 기억은 문자보다 원초적이다. 독일군이 수용소의 모든 기록들을 파괴했을 때 그 기록을 되살린 것은 질에게 각인된 기억이었다.

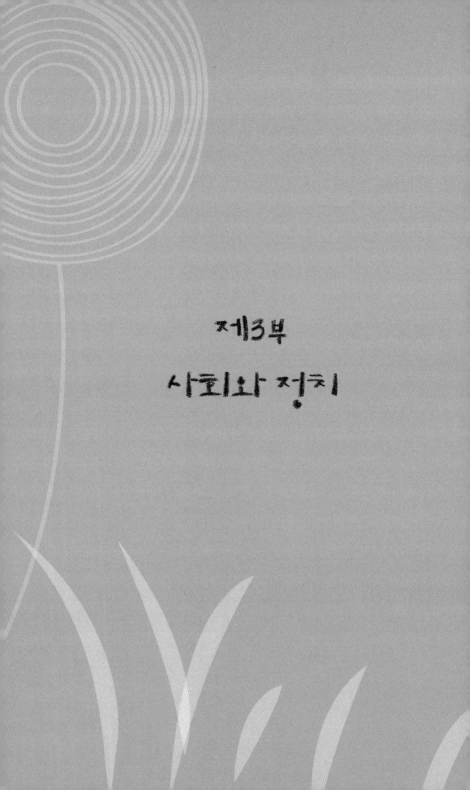

제3부

사회와 정치

한국사회는 여전히 이데올로기 싸움에 그칠 뿐 계급과
자본에 포섭된 영역은 좌우가 거의 비슷하게 공유를
하고 있다. 진보적 의식을 갖고 있지만 부와 불평등이나
그 밖의 여러 부분에서는 진보와 보수 간에 별 차이가
없다는 비판도 크다. 따라서 좌우가 공유하는 계급과
경제 영역에서의 정의 문제가 본격적으로 논의되어야 할
것이다.

5월에 부침[*]

　한국의 5월은 신록의 계절이다. 산이 많고 숲이 울창한 한국의 산야는 5월이면 온통 녹색으로 치장을 한다. '모란이 뚝뚝 떨어져 버린 날'이어도 '봄을 여읜 설움'에 잠기기에는 한국의 5월이 너무도 눈부시게 아름답다. 이 5월에서 10월까지 이어지는 계절은 한반도의 가장 아름다운 시간이기도 하다. 3년간의 코로나 감옥을 벗어난 사람들은 5월이 되면서 본격적으로 산과 들로 놀러 다니고 싶은 유혹을 받을 것이다.

　그러나 인간의 시간 5월은 두 얼굴을 하고 있다. 5월 초하루는 노동절이다. 이날이 노동자의 날이 되기까지 수많은 노동자들이 희생당했지만, 여전히 한국에서 노동자로 사는 것은 힘들다. 비정규직이 일상화된 신자유주의 체제, 이른바 플랫폼 노동

---

[*]　이 글은 〈브레이크뉴스〉에 게재한 글을 일부 수정한 것이다. (2020.5.1)

자로 알려진 특수직 노동자들의 노동 강도와 임금 수준은 그들의 삶을 더욱 벼랑 끝으로 내몰고 있다. 한국이 선진 국가에 들어선 것을 자랑하지만 여전히 수많은 노동자들이 이런저런 사고로 매일 일터에서 죽어 가고 있다.

포스트코로나의 시작점에서 다시 분명하게 점검할 사안이 있다. 이제 시장만능주의는 시효가 다했다. 더 이상 강한 자들만이 지배자가 되는 시장만능주의가 아니라 인간의 얼굴을 한 국가와 법이 약한 자들을 보호할 수 있어야 한다. 과거로부터 배우려 하지 않는다면 한국의 미래가 밝을 수는 없을 것이다.

5월은 가족의 달이고, 인간의 달이다. 5일은 어린이날이고, 8일은 부모를 공경하는 어버이날이고, 15일은 스승의 날이다. 가족은 사회를 구성하는 개인들의 일차적 집단이다. 인간이 아무리 보편적 휴머니즘을 주창하더라도 내 새끼를 아끼고 내 부모를 받드는 일보다 앞설 수는 없다. 이런 사랑을 가족주의라는 말로 폄하해서는 안 된다. 가족을 공유하려 한 그리스의 철학자 플라톤이 실패했고, 겸애주의를 주창한 중국의 묵자가 실패한 까닭을 헤아려야 한다.

교육은 가족을 벗어나 인간을 사회화하는 수단이다. 지금은 스승의 권위와 가치가 땅에 떨어졌지만, 교육을 중시하는 한국인들에게 스승은 감히 그림자도 밟기 어려운 존재였다. 배움을 강조한 공자는 "세 사람이 길을 가면 그중에 반드시 내 스승이 있다"고 했다. 오직 배움만이 인간을 사회적으로 성숙시키고, 교육만이 자원이 부족한 한국의 토대를 다지는 길이다. 그런데 현재 한국의 교육은 어디로 가고 있을까? 아이들은 오로지 입시 경쟁에 내몰리고, 학교는 폭력으로 얼룩지고, 교권은 땅에 떨어져 있다. 세상은 하루가 다르게 변해 가도 한국의 낡은 교육 시스템은 여전히 이런 변화를 외면하고 있다.

16일은 '5.16'이 일어난 날이다. 이날은 현재의 한국사회에서도 가장 논란이 많은 날이다. 어떤 이는 군인들의 무자비한 쿠데타로 폄하하지만, 다른 이들은 이날을 근대화의 깃발이 올려진 날로 칭송한다. 두 입장 다 맞기도 하고, 틀리기도 하다. 그게 내 생각이다. 이 부분에 대한 역사적 평가는 좀 더 시간을 요할 것으로 생각한다.

지난 60년 사이에 한국은 식민지와 전쟁의 폐허에서 세계 10대 경제 대국으로 성장했다. 식민지에서 해방된 나라가 식민 모국과 경쟁할 정도로 성장하는 경우는 유례가 없는 일이다. 한국인들은 이런 현실에 대해 충분히 자부심을 가질 만하다. 마찬가지로 한국인들은 자유를 거저 주어진 선물로 받지 않고, 끊임없는 투쟁을 통해 쟁취했다. 그럼에도 한국의 민주주의는 여전히 취약하다. 정권이 바뀌면 하루아침에 무너지는 곳이 너무 많다. 더욱 관심과 노력을 기울이지 않으면 도로 옛날로 돌아갈 가능성이 농후하다. 이웃 일본의 경험에서 보듯, 고령 세대가 늘어날수록 보수로 기울어질 가능성도 높다. 민주주의를 지킨 5월의 정신을 상기해야 할 것이다.

17일과 18일로 이어지는 시간은 한국사회에서 가장 불행한 날이기도 하다. 민주주의를 향한 5월의 함성이 17일에는 크나큰 난관에 직면했다. 40년이 지난 지금도 나는 1980년 17일 전후 한 주간의 전개를 잊지 못한다. 학생 시위대가 대학 교문을 벗어나 광화문으로 진출하고 급기야는 서울역까지 장악했다. 그때는 시민들도 박수를 쳤고, 지금과 달리 주요 언론들도 서울의 봄을 합창했다. 하지만 5월 16일에 서울역 회군을 결정하고, 5월 17일에 전국 총학생회장단 회의가 이화여대에서 열렸다. 나는 그 시절 도로 건너편 대학이 제공한 고시원에 있었다. 그날 밤늦게 갑자기 내 방문을 두드리는 소리에 문을 열었을 때 들린 말이 지금도 내 귀에 선연하다. "당했다"는 한마디다. 당시 대학 시위를 주도하던 모 선배가 급습당한 이대를 탈출해 고시원의 내 방으로 피신하면서 한 말이다. 5월의 시위는 신군부의 각본대로 움직인 것이 맞다. 그 대가가 너무 컸다. 5월 18일. 광주 금남로에서 공수부대는 무자비하게 학생들과 시민들을 학살했다. 해방 후 한국의 근대사에서 1960년 4월 18일과 더불어 가장 불행한 시간이었다. 하지만 광주의 시민들을 굴복하지 않고 저항했다. 그들이 뿌린 피가 80년대의 민주주의 운동을 이끌었고, 그 이후로도 한국의 민주주의는 5월 광주에게 빚진 바가 크다. 결코 잊을 수 없고, 잊어서도 안 된다.

봄볕 내리는 날 뜨거운 바람 부는 날

붉은 꽃잎 져 흩어지고 꽃 향기 머무는 날

묘비 없는 죽음에 커다란 이름 드리오

여기 죽지 않은 목숨에 이 노래 드리오

사랑이여, 내 사랑이여…

이렇듯 봄이 가고 꽃 피고 지도록

멀리 오월의 하늘 끝에 꽃바람 다하도록

해 기우는 분수 가에 스몄던 넋이 살아

앙천의 눈매 되뜨는 이 짙은 오월이여

사랑이여, 내 사랑이여 (〈오월의 노래〉)

눈부신 신록과 낭자한 선혈이 대비되는 한국의 5월은 아름답기도 하고 슬프기도 하다. 세대 별 차이는 있겠지만 한국인이라면 간접적으로라도 이런 경험을 공유할 것이다.

이제 길었던 코로나 바이러스 팬데믹의 터널의 끝물에 이르렀다. 민주주의와 산업화를 동시에 성취한 한국은 전 세계를 초토화시켰던 코로나19 팬데믹에 대한 대처에서 독보적으로 그 실력을 인정받았다. 한국은 민주주의 정신에 기초해서 문을 열어 놓고 바이러스와 싸워서 이겼다. 오직 뛰어난 역량을 갖춘 국가만이 할 수 있는 일이다. 세계인들은 한국의 대응력을 보고 감탄을 금치 못했다.

이런 반응을 통해 20세기 초 일제 식민지 상태와 중엽의 남북 전쟁, 그 이후 수십 년간의 가난과 기아, 독재와 분단 체제에 상처받은 마음을 위로받고 있다. 이제 포스트코로나 시대에 한국은 경제를 회복하는 이상으로 한반도의 평화와 통일을 새로운 화두로 삼아야 한다. 그리하여 분단 시대의 아픈 유산과 기억을 말끔히 씻어내고 새로운 미래를 지향해야 한다. 그럼에도 지금 다시금 한반도에는 신냉전의 기류가 깊어지고 있다. 한반도를 옭아매고 있는 족쇄는 질기고도 질기다. 우리에게 통일은 진정 요원한 일인가?

민란과 직접민주주의의 전통

민주화운동에서 승리의 경험을 공유하는 것은 정말 중요하다. 이런 경험은 과거의 실패와 비애감 같은 것을 씻어 버리고, 미래를 좀 더 긍정적이고 밝게 전망하는 데 중요한 자산이 된다. 이런 승리의 경험을 SNS를 통해 할 수 있다는 것은 참으로 귀중한 기회가 아닐 수 없다. 한국에서 SNS는 민주주의를 경험하고 학습하는 민주광장일뿐더러, 이를 기록하고 전파하는 플랫폼이라 할 수 있다. 아울러 이런 경험을 단편적인 사건이 아니라 역사적인 맥락에서 이해하려는 노력도 필요하다. 요즘은 지식인들도 양심이니 위선이니 하면서 사회 문제를 주관화하고, 사건들을 전체적인 맥락으로부터 분리시켜 파편적으로 이해하는 우를 범하고 있다.

따지고 보면 한국의 직접 민주주의 경험은 꽤 오랜 전통을 가지고 있다. 폭정과 문란한 세정으로 고통을 받던 조선조 말 백성들이 일으킨 수많은 민란도 그런 뿌리의 하나를 이룬다고 할수 있다. 고통을 참고 참아도 도저히 해결이 안 될 때 그들은 민회나 향회를 통해 자신들의 문제를 공론화했다. 지방의 수령에게 탄원해 봐야 효과가 없으니 분을 풀고자 한다면 민회만 한 것이 없다는 생각이 그때 이미 팽배했다. 그들은 이런 민회를 통해 자신들의 억울한 처지를 공유하면서 울분을 토로했다. 그런 울분이 공유되고 세력화될 때 민란으로 발전해 나갔다. 때문에 이런 민회나 향회는 한국의 저항적 민주주의가 싹틀 수 있었던 중요한 공론장의 역할을 했다.

하지만 이런 민란들이 성공하는 예는 드물었다. 자연발생적인 민란의 한계가 클 뿐 아니라, 조선의 통제 수단이 강고한 측면도 있었을 것이다. 19세기 초 서북 지방의 차별에 저항한 홍경래 난, 동학농민혁명 등에서 수탈당하던 백성들의 저항의 물결이 거대한 세력을 이루고 일정한 성과를 거두기는 했지만 결국은 관군 토벌대에 의해 진압을 당하고, 동학농민혁명 때는 일본군에 의해 초토화되는 경험도 겪었다. 근대식 무기에 의해 살육 당한 동학농민군들의 시신이 산을 이루고, 그 피가 강처럼 흐르기도 했다. 그런 쓰라린 경험을 당할 때 이름 없는 민초들의 분노와 원성은 하늘도 달랠 수가 없었을 것이다.

20세기 들어서도 저항 운동은 계속됐다. 그중 3.1운동은 한국의 민족민주주의 운동사에서도 백미를 이룬다. 충분히 폭력적으로 진행될 수 있었음에도 불구하고 비폭력으로 일관한 이 운동은 당시 아시아 민중들에게는 하나의 횃불 역할을 했다. 중국의 5.4운동도 이에 자극을 받고 일어났다. 이런 강력한 저항의 에너지를 바탕으로 한국은 일제강점기 36년 동안 국내외에서 투쟁과 저항을 멈추지 않았다.

4.19혁명은 이승만 독재체제에 분노한 학생들이 주도하여 이룩한 최초의 승리 경험이다. 비록 이듬해 일어난 군부 쿠데타로 좌절되기는 했어도 '성공한 혁명'의 기억은 두고두고 새로운 혁명의 모델이자 동력이 되었다. 70년대 엄혹한 유신독재 시절 4.19세대의 역할이 컸다. 80년 광주민중항쟁을 겪으면서 대중의 저항은 훨씬 격렬한 형태로 전개되었다. 전두환 군부독재가 1987년 균열을 일으키면서 시민들의 요구에 따라 대통령 직접선거를 치렀다. 선거에서 다시 좌절을 경험하기는 했어도, 1987년에 정점을 이룬 민주화운동이 결국 성공한 것이라는 점은 누구도 이의를 제기하지 않는다. 한국의 민주화운동 역사에서 87년은 가장 큰 자산 중의 하나이다.

이런 전통은 21세기에 들어서도 쉽게 사그라들지 않는다. 노무현 대통령이 당선될 때, 87년 민주화운동을 주도하고 경험한 세력과 계층이 주축이 된 강력한 지지자들의 역할이 컸다. 이들은 대통령 한 사람에 대한 지지가 아니라 한국의 민주화운동의 전통 계승과 최종 승리를 위해 강력한 구심체를 형성할 수 있었다. 이들은 노무현 사후에 이명박-박근혜 보수 정권이 전횡을 일삼을 때 가장 앞장서서 저항했다. 이들이 2016~2017년 촛불시위로 박근혜 정권을 몰락시킨 것은 세계 민주화운동사의 압권이라 해도 과언이 아니다.

한국은 중견 국가의 수준에 올라와 있음에도 불구하고 여전히 수많은 형태의 사회적 갈등을 내장하고 있다. 진보-보수, 여-야 간의 진영 갈등, 정규직과 비정규직의 갈등, 급격한 고령화 사회로 진입하면서 나타나는 세대 간의 갈등, 남북 간의 평화 체제와 통일 문제를 둘러싼 갈등, 한일 간의 갈등과 대일본 정책을 둘러싼 국내 갈등, 미군 주둔 및 군사기지 문제나 한미 간의 갈등 등 헤아릴 수 없을 만큼 많다. 그만큼 해결할 과제가 많고, 그로 인해 여전히 한국사회의 개혁을 요구하는 사람들의 역할이 필요하다. 바로 이 점에서 같은 동아시아권에 있는 중국이나 일본과도 다르게 한국사회에서 시민운동이 차지하는 비중이 큰 것이다.

마지막으로 개혁 피로감과 사회의 기득권층이 된 386 세대에 대한 거부감 문제를 살펴보자. 한국사회는 이념 간의 갈등이 오래 지속되다 보니 과거 80년대 민주화운동을 주도한 세력이 사회 곳곳에서 동일한 정체성을 공유하면서 활약하고 있고, 특히 정치권에서 막강한 힘을 발휘하고 있다. 마찬가지로 그 반대편에서는 군부 세력이 퇴조하는 대신 공안 검찰과 법조 세력을 중심으로 보수 진영을 구축하고 있다. 이들 세력의 대립이 오랫동안 지속되다 보니 제3자 혹은 중간 지대의 사람들에게는 '그놈이 그놈이다'라는 생각도 들고, '이제는 더 근본적으로 물갈이를 해야 할 때가 아닌가'라는 생각도 한다. 개혁 세력의 역할을 폄하하고 싶지는 않지만 이런 민심을 반영할 수 있는 실질적인 조치가 따라야 한다. 한국사회는 여전히 이데올로기 싸움에 그칠 뿐 계급과 자본에 포섭된 영역은 좌우가 거의 비슷하게 공유를 하고 있다. 진보적 의식을 갖고 있지만 부와 불평등이나 그 밖의 여러 부분에서는 진보와 보수 간에 별 차이가 없다는 비판도 크다. 따라서 좌우가 공유하는 계급과 경제 영역에서의 정의 문제가 본격적으로 논의되어야 할 것이다.

노무현 전 대통령의 개방정책

전 대통령 노무현에 관한 책들을 몇 권 읽었다. 새로 구입한 것이 아니라 오래전에 구입해서 읽었던 책들을 다시 읽은 것이다. 오연호의 『노무현, 마지막 인터뷰』, 유시민의 『운명이다-노무현 자서전』 그리고 변양균의 『노무현의 따뜻한 경제학』이다. 이 책들을 읽고 지식인과 그 지지자들이 가졌던 피상적 견해를 반성해 보는 기회를 가졌다.

노무현 대통령 재임 중 지지자들의 큰 반발과 이탈을 가져온 대표적인 정책이 이라크 파병과 한미 FTA 체결이다. 전자는 '미국이 저지른 전쟁에 왜 우리가 용병이 되어야 하는가'로 극심하게 반발했다. 하지만 노무현은 대한민국이 처한 현실 논리를 앞세워 최소한의 비전투 병력을 파견하는 것으로 마무리 지었다. 잘 알다시피 국제관계는 도덕과 가치에 따라 행동하기 어려운 생존 논리가 작용한다. 과거 미국의 군사적 도움을 받았고, 현재도 남북 대치 상황에서 미군이 주둔해 있는 현실을 감안할 때 노무현이 직면한 현실적인 고민을 외면해서는 안 된다. 오히려 도덕주의자들과 편협한 이념주의자들이 더 문제이다. 그럼에도 불구하고 노무현은 이라크 파병으로 지지자들의 비난과 이탈을 감수해야 했고, 외려 보수 진영의 칭찬을 받았다.

한미 FTA가 타결된 것이 2007년인데, 그 이후의 상황 전개로 보면 그것이 얼마나 현명한 판단이었는가를 알 수가 있다. 당시 노무현은 한국 같은 수출 경제 중심의 나라가 개방을 하지 않고 어떻게 생존할 수 있느냐는 논리를 폈다. 그는 한국이 식민지와 전쟁을 겪으면서 단기간에 경제성장을 이룬 것은 박정희 식 수출 주도 경제의 개방적인 무역정책 때문이라고도 말했다. 그에게 한미 FTA 체결은 좌-우, 보수-진보 간의 이념 문제가 아니라 대한민국이 냉혹한 세계 시장 속에서 생존할 수 있는 현실적이고 경제적인 선택지였다. 하지만 그의 지지자들은 극렬하게 한미 FTA를 반대했다. 그 반대의 근거는 매판자본론, 종속이론, 신식민지 국가독점 자본주의 등 다양한 형태를 가지고 있다. 물론 이론으로서는 검토해 볼 수 있지만 지금 생각해 보면 얼마나 편협한 이론들인지 다시 거론할 필요도 없다. 여기에는 이론가들이나 지식인들도 예외가 아니었다. 그런 것을 보면 얼마나 지식인들이 현실을 피상적으로 이해하고 있는가를 여실히 알 수 있다. 그로부터 10년이 지나서 트럼프가 오히려 보호주의를 역설하면서 한미 FTA의 개정을 요구하는 것만 보아도, 당시 FTA 협상 조건이 일방적으로 불리한 것이 아니었음을 알 수 있는 것이다.

노무현 대통령은 한미 FTA 반대자들을 설득하면서 문명의 흥망성쇠 중에 개방정책을 취한 나라만이 흥하고 폐쇄 정책을 택한 나라는 몰락했다는 역사를 거론했다. 사실 그리스가 거대한 페르시아와의 전쟁에서 이길 수 있었던 것은 개방적인 사회였기 때문이고, 로마가 세계 제국을 건설한 것도 철저히 이민족의 우수한 문화와 인물을 받아들인 개방정책 덕분이었다. 15세기 이후 유럽의 성장을 이끈 이베리아 반도의 국가들 그리고 그 뒤를 이어 세계를 제패한 네덜란드나 영국의 경우도 마찬가지다.

칭기즈칸의 몽골이 짧은 시기에 세계 대제국을 건설할 수 있었던 것도 철저한 인재 중심의 개방정책을 폈기 때문이다. 몽골은 당시 경교나 가톨릭, 불교와 이슬람교 등 다양한 종교들에 대해서도 개방정책을 펴서 종교 간 대화를 유도하기도 했다. 몽골은 우수한 인재나 기술이 있으면 나라를 불문하고 받아들여 바로 전쟁에 활용했다. 칭기즈칸 치하의 몽골이 빠르게 성장한 이유는 빠른 정보의 운송 수단에도 있다. 이에 반해 폐쇄를 고집한 국가는 오래 지속되지 못했다.

폐쇄정책을 택한 대표적인 경우로 노무현은 의외로 세종의 대외 정책도 조선이 폐쇄화되는 주된 원인이 되었다는 점을 지적했다. 우리는 세종을 위대한 대왕으로 기억하고 있는데 노무현은 세종의 그릇된 정책을 비판한 것이다. 물론 명의 영향력 안에 있던 조선이 독립적으로 개방정책을 펴기 어려운 점을 감안하면 세종에게 모든 책임을 묻기는 어렵다. 이것만 보더라도 노무현이 개방정책에 대해 얼마나 준비를 많이 했고 학문적으로도 연구를 많이 했는지 알 수 있다. 지금은 남북 관계가 꽁꽁 얼어붙고 말았지만 김대중, 노무현 대통령 당시에는 정상회담도 여러 차례 하고 역사적인 선언도 많이 있었다. 그러나 그 이후 보수 정권에서 폐쇄와 고립 정책을 쓰는 순간 남북은 다시 철천지원수지간으로 퇴보하고 말았다. 이처럼 우리나라의 경우만 보아도 지도자의 개방 철학이 얼마나 중요한가를 알 수가 있다.

노무현의 세종 비판 얘기를 좀 더 자세히 따라가 보면 이렇다. 15세기 이후 서유럽 여러 나라들이 대항해 시대를 열면서 콜럼버스가 신대륙을 발견했다고 하지만, 이미 명나라 영락제 시절에 정화 장군은 대 범선 군단을 이끌고 수년간에 걸쳐 전 세계 대양을 탐험하고 전모를 파악했다. 그 당시에 인도양을 넘어서 유럽인들은 생각하지도 못한 아프리카 남단 케이프타운을 거쳐 이른바 신대륙-아메리카까지 항해를 했다고 한다. 이 성과를 이어 나갔다면 세계 역사의 판도는 중국을 중심으로 전개되었을지도 모른다. 하지만 명의 영락제가 몰락한 후 정화 장군의 오랜 해양 항해의 경험과 성과들이 폐기처분되고 말았다. 명은 스스로 개방 정책을 포기하고 다시금 자기 울타리 안에 갇히는 어리석음을 범하고 만 것이다.

문제는 영락제(1360~1424)가 몰락한 시기가 세종(1397~1450)이 본격적으로 통치 활동을 하던 시기와 중첩된 데 있었다. 명나라가 폐쇄적 정책을 펴면서 소중화를 표방한 조선과 세종이 대외적으로 개방정책을 쓰기가 어렵다는 점도 있었고, 스스로 명의 중화사상에 안주한 측면도 없지 않다. 당시 세계 최고의 지식 수준을 자랑했던 조선의 세종조차 폐쇄화의 덫을 벗어나지 못한 것은 조선의 뼈아픈 실책이다. 대내적으로는 개혁을 표방하고 백성과의 소통을 중시해서 훈민정음을 창제한 세종이 대외적으로는 소중화 의식에 갇힘으로써 조선의 폐쇄정책의 초석을 만든 후과를 노무현 대통령이 지적한 것이다. 그는 긴 안목으로 역사를 공부하고 자기 철학을 가지고 있었던 드문 지도자였다. 철학이 없는 대통령이 한 나라를 얼마나 쉽게 말아 먹는 지를 우리는 그 이후로 여러 차례 확인했다.

이에 반해 일본은 해양 세력과 연결이 되면서 조선 및 명과 직

거래를 하고, 동남아시아 및 멀리 유럽의 네덜란드와 교역을 하며 유럽으로 진출하기까지 했다. 일본이 에도 시대에 폐쇄정책을 쓴 적도 있지만 이런 교역 관계의 경험은 나중에 개방하는 데 큰 역할을 했다. 조선은 세종 이후에도 여전히 소중화와 폐쇄적인 성리학적 세계관의 우물에 갇혀 개방을 외면하다가 20세기 들어 일본의 식민지로 전락하고 말았다.

그 밖에 북한이나 쿠바, 멀리는 소비에트나 죽의 장막 시절의 중국을 보더라도 폐쇄정책을 펴는 국가의 한계는 분명하다. 개방이 일시적으로 한 사회나 국가에 큰 충격을 줄 수는 있지만 리스크를 최대한 관리하며, 개방을 지속하는 것이 가야만 할 길인 것이다. 그런 철학에 기대어 시도한 노무현의 소통과 개방정책은 오히려 피상적이고 근시안적인 지지 세력과 그 이데올로그들의 엄청난 반발과 이탈을 야기했을 뿐이다. "노무현의 실패에서 배우라"고 할 때 우리는 이 점과 관련해 분명히 짚어야 한다. 비판적이라고 일컫는 진보적 지식인들의 피상적인 세계 이해를 가볍게 볼 수 없다. 나는 이들이 자신들의 오판을 반성했다는 이야기를 들어본 적이 없다. 노무현의 가치와 철학은 언제든지 다시 검토해 볼 필요가 있다고 본다.

미국 사회의 흑백 차별과 기독교 근본주의[*]

만약 종교가 차별을 정당화하고 인간의 마음속에 증오를 심어주는 일에 앞장선다면 그런 종교를 우리가 믿어야 할까?

흑인 플로이드(Floyd)의 죽음(2020.5.25)을 계기로 다시 한 번 미국 사회의 인종차별과 백인우월주의가 도마에 올랐다. 이미 50년 전 말콤 엑스(Malcolm X)의 죽음(1965.2.21)으로 흑백 인종차별 반대 운동이 벌어졌는데, 그사이 별로 달라진 것이 없는 것 같다. 법적으로야 여러모로 개선이 이루어졌겠지만, 인종 간 경제적 불평등이나 흑인 멸시 같은 문화적 차별은 과거와 다를 바 없는 것이다.

경제적으로 열악한 흑인이 정상적인 가정환경에서 제대로 된 교육을 받을 가능성이 적고, 안정적인 직업을 얻어 사회생활을

---

* 이 글은 〈브레이크뉴스〉에 게재한 글이다. (2020.6.2)

하기란 더 어려울 것이다. 결국 흑인들은 상대적으로 빈곤과 일탈 사이를 오갈 가능성이 커진다. 이런 현실은 코로나19 팬데믹 사태를 겪으면서 흑인들이 의료 혜택에 대한 접근성이 떨어지고 사망률은 백인들보다 훨씬 높았다는 데서도 나타난다.

인종차별은 오로지 피부색을 이유로 인간을 멸시하고 차별하는 비인간적인 행태다. 개방적인 자유주의 국가라는 미국에서 왜 이런 차별과 불평등이 오늘날까지 지속되고 있을까? 이미 240여 년 전 미국의 독립선언문은 "인간은 평등하게 태어났고, 누구든지 자유와 생명과 행복을 추구할 권리가 있다"고 규정했다. 인간의 평등과 존엄은 근대 인권 사상의 핵심이기도 하다.

그 후 100년이 지나서 에이브러햄 링컨은 노예해방을 위한 남북전쟁을 치르고 1863년에 노예해방선언을 했다. 그 후 또 다시 150여 년이 흘렀음에도 불구하고 인종차별은 미국 사회에서 사라지지 않고 있다. 미국은 세계 그 어느 나라보다 개인의 자유와 창의성을 중시하는 나라라고 자랑해 마지않는데, 왜 이런 현상이 벌어질까? 누구든지 자신들의 능력과 노력에 의해 꿈을 성취할 수 있다는 아메리칸 드림(American Dream)이 인종차별에는 적용되지 않는가? 어떻게 오로지 피부색 하나를 가지고 흑인 혹은 유색인종에 대한 사회적 차별이 변함없이 남아 있을 수 있을까?

나는 이 문제에 대한 하나의 가설을 수립하고 있다. 즉 '미국

사회에 내재한 뿌리 깊은 근본 신앙이 이런 인종차별을 정당화하는 것은 아닐까' 의심하는 것이다. 종교가 드러내놓고 인종주의를 표방하거나 흑백 인종차별을 정당화하지는 않을 것이다. 하지만 미국인들의 근본 신앙은 정치적 보수주의와 결합해서 차별을 정당화할 소지가 많다. 기독교 근본주의는 대체로 모태 신앙에 기반을 두고 있으며, 성인으로 성장하는 과정에서 종교 교육은 한 인간의 정체성과 세계관을 형성하는 과정에서 중요한 역할을 한다. 프랑스의 사회학자 부르디외가 사용하는 '아비투스(Abitus)' 개념이 이런 현상을 잘 설명해 준다. 아비투스는 인간 행위를 결정하는 무의식적 성향을 말하는데, 이러한 성향은 사회화 교육 과정에서 반복적인 행동이나 습관을 통해 내면화된다. 개인이 이 아비투스에 저항하거나 선택할 수는 없고, 오히려 이 아비투스가 사회를 보는 개인의 시각과 세계관을 규정할 수 있다. 이 점에서 나는 기독교 근본주의가 종교교육을 통해 아비투스로 작용하면서 미국인(백인)의 사고에 뿌리 깊은 영향을 미치고 있다고 생각한다. 이런 사고는 쉽게 변하지 않으며, 평생 지속되는 경우가 많다.

이런 종교관은 정치적 보수주의와 결합해서 모든 문제를 개인의 자유와 책임 문제로 귀속시키는 경우가 비일비재하다. 아메리칸 스타일은 개인의 능력과 노력을 강조하면서 그 꿈을 성취할 수 있는 개인을 높이 평가한다. 하지만 반대로 개인의 실패와 좌절, 가난과 무능 역시 철저하게 개인의 책임으로 환원시킬 수 있다.

이를테면 한 개인이 사회적으로 성공을 하면 그것을 신의 축복이라고 하고, 만약 그 개인이 가난하고 불행한 삶을 살고 있다고 하면 그것은 신의 저주를 받아서 그렇다고 생각한다. 다시 말해 한 개인의 행/불행, 성/패를 개인의 운명과 같은 종교적인 축복과 저주로 환원시키는 것이다. 이런 논리는 사회 구조적인 문제로부터 개인을 분리시켜 종교적인 은혜의 유무로 판단할 가능성이 높다.

만일 흑백 인종차별의 문제도 이렇게 본다면 백인들은 당연히 자신들의 부당한 차별 행위를 신을 끌어들여 정당화할 수 있다. 흑인들이 이런 백색인종주의에 길들여질 경우 그들은 자신들의 불행하고 차별받는 삶을 신의 결정에 의한 것으로 간주해서 차별에 저항할 의지를 상실할 수 있다. 설령 저항을 하더라도 플로이드 사건처럼 돌출적인 사건에 대한 대응적 행위로만 표출된다. 이것이 종교가 현실의 차별을 정당화하는 메커니즘이라고 할 수 있다. 그로 인해 법적 차별을 상당 수준 극복했음에도 불구하고 미국 사회에서 인종차별이 사라지지 않는 이유가 그렇다. 종교가 차별을 정당화하는 경우는 미국의 기독교 근본주의 신앙뿐만 아니라 대부분의 종교들에서도 나타난다. 『금강경』에서 말하는 '선인선과 악인악과'라는 불교 식 인과론이나, 카스트 제도를 지탱하는 인도의 힌두교는 차별을 정당화하는 종교의 한 예이다. 이런 인과론을 좀 더 확장해서 보면 현생에서 불행한 삶을 사는 것은 전생의 업보(業報)라고 하는 것과 다르지 않다. 전생의 업보라는 것은 내가 알 수도 없고, 설령 있다고 해도 그것이 지금의 나의 삶과 어떤 연관이 있는지 증명할 수도 없는 일이다.

"콩 심은 데 콩 나고 팥 심은 데 팥 난다"는 물리적 인과와 전생의 업보는 전혀 비교될 차원이 아님에도 불구하고 동일시되고 있다. 때문에 자연스럽게 전생의 업보를 강조하면서 현생의 차별을 정당화하는 인식이 종교에서는 자연스러운 것으로 자리 잡고 있다. 이런 종교관이 교육을 통해 전승이 되고, 한 인간의 정체성을 결정하고, 세계를 바라보는 시각을 제공하고, 거의 습관처럼 당연시되다 보니 법적으로는 차별을 금지해도 실제 세계에서 쉽게 사라지지 않는 것이다. 그러므로 종교인들이 흔히 쓰는 축복이니 은혜니 하는 말들은 부지불식간에 차별로 이어질 수 있다는 것을 알아야 한다. 전 세계인들은 흑인 플로이드가 경찰의 무릎에 깔려서 '숨 쉴 수 없어(I can't breathe)'라고 말하면서 죽어 간 8분여 과정에 경악을 금치 못하고 있다. 그 경찰이 그렇게 할 수 있었던 것은 다른 이유도 있겠지만 흑인을 인간으로 생각하지 않을 정도로 흑인에 대한 차별의식이 뿌리 깊기 때문이 아닐까? 그리고 그러한 차별의식을 정당화하는 데 기독교 근본주의가 큰 역할을 하였고, 아비투스, 즉 제2의 본성처럼 전승되면서 더 바뀌지 않는 것은 아닐까? 이런 차별이 종교와 결합되어 지속된다면 플로이드만 숨을 쉴 수 없는 것이 아니라 '우리 모두 숨을 쉴 수 없어(We can't breathe)'라고 외칠 수밖에 없을 것이다. 종교가 사랑과 평화를 가져오기보다는 차별을 정당화하고 인간의 마음속에 증오를 심어주는 일에 앞장선다고 하면 도대체 그런 종교를 왜 우리가 믿어야 할까? '종교는 인민의 아편'이라는 말이 괜히 나온 것이 아니다.

제4부

도구와 기술

도덕적 행동이란 주어진 규칙이나 규범을 잘 따르는
타율적 행동이 아니다. 그것은 아무리 힘들고 두렵고
혐오스러워도 마땅히 옳은 일을 행해야 한다는 의지의
판단에 따르는 자율적 행동이다. 인간의 이러한 의지는
다른 동물이나 AI가 흉내내기 어려운 영역이 아닐까? 물론
'최대 다수의 최대 행복'을 추구하는 공리주의의 경우,
위험을 회피하고 쾌락을 증진시키라는 알고리즘에 의해
AI도 구현할 수 있을 것이다. 하지만 자유와 자율에 기초한
인간의 고유한 능력으로 간주하는 칸트 식의 도덕은 AI가
공유하기 힘들 것이다.

흔글과 글쓰기

　어제 한 신세대 박사와 통화를 하는 중에 워드프로세서 기능에 대한 이야기가 나왔다. 나는 그가 젊고 외국에서 활동을 많이 하는 학자라 사용하는 워드프로세서도 당연히 MS의 '워드(Word)'일 것으로 생각했다. 그런데 그는 '아래아 한글(이하 흔글)'을 많이 쓴다고 하면서 흔글이 워드보다 기능이 훨씬 많아서 좋다고 한다. 워드는 기본 포맷은 잘 돼 있어도 아기자기하고 세세한 기능들은 흔글에 훨씬 못 미친다는 것이다. 흔글의 이런 기능들에 재미를 붙이면 거의 중독성이 있어서 빠져나오기 힘들다고 한다. 그래서 자신의 러시아 지도교수도 흔글을 쓰고 있고, 일본의 학자들 가운데서도 흔글을 쓰는 사람들을 여럿 보았다고 한다.

　그런 면에서 본다면 한류 콘텐츠의 특성 중의 하나인 '중독성(addiction)'이 워드프로세스 프로그램에도 나타나는가 보다. 외국인이 '한글'의 자체 워드프로세서(흔글)를 잘 몰라서 그렇지 홍보만 이루어지면 보급이 많이 이루어질 것이라고 그는 말한다. 이를테면 흔글 독일어 버전이나 프랑스어 버전, 마찬가지로 일본어 버전이나 중국어 버전으로 확장을 해나가는 것이다. 내수용뿐만 아니라 수출용으로도 생각하라는 것이다. 물론 이 경우는 흔글이라는 이름을 바꿀 필요가 있을 것이다. 흔글은 기능이 탁월하고 확장성도 높은데 왜 이런 생각을 하지 않는지 모르겠다.

요즘 세대는 상대적으로 워드를 많이 사용한다. 하지만 우리 세대는 흔글 1.0 버전부터 손에 익어서 워드로 잘 눈이 가지 않는다. 워드프로세서는 붓이나 만년필처럼 글쓰기 도구라 한 번 손에 익으면 바꾸기가 쉽지 않다. 그런데 한국처럼 자기 워드프로세서를 실제 가지고 사용하는 나라는 거의 없다. 특히 영어권은 물론이고 언어적 자부심이 높은 프랑스나 독일도 MS Word의 프랑스어 버전이나 독일어 버전을 쓴다. 그 점에 비추어 본다면 흔글은 세종이 발명한 훈민정음 못지않게 디지털 시대의 의미 있는 한글 문서 작성기라 할 수 있다. 나는 이런 자체 워드프로세서를 사용할 수 있다는 것에 대해 큰 자부심을 가져도 좋다고 본다. 생각나는 대로 글을 마음대로 쓸 수가 있고, 변환이나 편집도 자유자재로 이루어지기 때문에 글을 쓰는 사람들의 입장에서는 그 기능이 얼마나 대단한지 알 수가 있다. 붓이나 펜과 같은 과거의 필기도구와는 비교할 수 없을 정도로 편리하고 속도가 빨라서 그만큼 글의 생산성도 높다.

'한글'은 이런 워드프로세서를 사용하는데 그야말로 특화된 문자이다. 일본어나 중국어처럼 한자 변환을 해야 될 경우에는 속도가 현저하게 떨어질 수밖에 없다. 만약 한글을 아는 일본인이라면 먼저 문서를 흔글에서 빠르게 작성한 다음 그것을 번역기로 번역하고 교정을 보는 것이 훨씬 쉽고 빠르게 문서를 작성할 수 있는 길이다. 그동안 호환성 부분의 약점 때문에 흔글에 대한 불평이 많았고, 그것이 젊은 세대가 워드를 많이 사용하는 요인이 되기도 했다. 하지만 최근 한글과컴퓨터는 공공 및 민간 분야에서 문서에 대한 개방성을 확보하기 위해 XML 기반의 개방형 파일 형식인 hwpx를 제공함으로써 이 문제도 해결했다. 이제는 흔글이 세계인들의 사랑을 받을 수 있는 워드가 될 도약판도 마련된 셈이다.

글을 읽고 쓰는 입장에서는 어떤 문자를 사용해서 읽고 어떤 도구로 글을 쓰느냐에 민감할 수밖에 없다. 그 점에서 훈민정음을 창제한 세종과 독자적인 한글 워드 프로세서를 개발한 이찬진의 공은 아무리 강조해도 지나침이 없을 것이다. 자기 언어에 특화된 글쓰기 도구를 가지고 있는 나라는 생각보다 드물다.

SNS와 공간의 소멸

　인터넷과 SNS의 발달로 인한 가장 큰 변화 중의 하나는 공간의 축소다. 예전에 외국 유학이라도 가면 몇 개월에 엽서 한 장으로 간단한 소식만 주고받을 수 있었다. 더 오래 전 조선시대에는 한양에서 강원도 강릉에 사는 사람에게 서신 한 번 보내려면 며칠이 걸리기도 했다. 가을에 접어들면서 강릉의 친구에게 "이제 한여름을 벗어나 아침저녁으로 선선해지고 있습니다."라고 써서 보낸 서신을 강릉의 친구는 흰 눈이 내릴 때 받아 보는 것이 흔한 일이었다.

　그런데 지금은 이런 공간의 차이가 무색해지는 시대다. 몽골의 사막에서나 오스트레일리아의 항구에서나 유럽의 한 도시에서나 어디든 SNS로 거의 실시간으로 연결되는 세상이다. 강원도의 깊은 오지를 달릴 때도 바다 건너 나라에서 오는 카톡 알림소리가 낯설지 않다. 독일에 있는 지인은 문제가 생기면 제 친구와 카톡을 켜놓고 각자 일들을 보면서 몇 시간이고 업무에 관한 이야기를 나누기도 한다. 와이파이만 되는 곳에서가 아니라 무제한 데이터 덕분에 아무 곳에서나 그런 대화가 가능하다. 옛날 같으면 국제전화 3분만 넘어가도 비용 부담에 신경 쓰였는데, 지금은 시내 전화보다 싼 세상이다.

20세기 초 프랑스의 철학자 베르그송은 '시간의 공간화'라는 개념으로 질적인 시간이 물리적 공간으로 균질화되는 현상을 비판했다. 세계관의 변화에서 나타나는 문제다. 21세기의 나는 지금의 변화를 보면서 '공간의 소멸'이라는 느낌을 받는다. 공간의 차이가 무색해지면서 모든 존재들의 질적 차이가 사라지는 디지털 공간에서의 현상, 지금 우리가 그런 변화의 한가운데에 살고 있다. 그런 시대에 대표적인 아날로그 식 부동산에 목매는 대한민국은 얼마나 반시대적인가?

소확행과 블루투스

'소확행'이 중요한 삶의 태도로 자리매김한 지 오래다. 소소하면서도 확실한 행복을 추구하겠다는 것이다. 숲속의 잡을 수 없는 새들을 욕망하기보다는 우리 집 새장 속 새에게 더 가치를 두겠다는 태도로 비유할 수 있다.

소확행은 욕망에 대한 태도 전환이다. 크고 화려한 것에서 작고 소박한 것으로, 획득하기까지 많은 노력과 시간이 필요하고 더욱이 실패할 가능성이 큰 것보다는 쉽게 획득하고 온전하게 독점 가능한 것으로의 시선 전환이다. 이런 전환은 종종 거대한 사회나 국가에서 소외된 개인들이 생존하고 욕망하는 법이다. 과거 로마 시대에서도 비슷한 선례들이 있었다. 로마는 소규모 공동체의 연합인 그리스와 달리 거대한 제국이다. 작은 폴리스에서는 자유로운 개인들의 직접적인 정치 참여가 가능했고, 자기실현을 통한 인정 획득이 그들의 삶의 가치이고 목표가 되었다. 하지만 거대한 제국인 로마에서 개인은 공장에서 돌아가는 기계의 한 부품에 지나지 않는다. 개인은 이런 사회나 국가에서 무력감만 느낄 수밖에 없다. 이 과정에서 금욕주의나 회의주의 그리고 쾌락주의 같은 로마의 개인주의 철학들이 등장했다. 이 중에서도 쾌락주의는 자기만의 비밀의 정원, 쾌락의 정원을 추구했다는 점에서 요즘 말하는 소확행과 비슷하다. 이 비밀의 정원은 외부의 누구에게도 알리지 않고 영향도 받지 않은 상태에서 자기만의 고유한 즐거움을 추구할 수 있는 사적인 공간이다.

현대인들이 자기만의 행복을 추구하는 데는 그만한 도구나 수단이 필요하다. 내가 말하는 소확행 시리즈 중의 첫 번째를 오늘 소개하고자 한다. 물론 이런 것은 나에게만 허락되는 것은 아니다. 누구든지 나와 같은 종류의 것을 이용할 수 있다. 하지만 그것들에 가치를 부여하고 즐거움을 느끼는 순간은 온전히 나의 몫이다. 내가 말하는 것들은 단순히 물건이나 도구만이 아니라 자연환경일 수도 있고 관념이나 사상일 수도 있다.

첫 번째가 블루투스다. 블루투스는 전자기기 제품들 간의 근거리 통신 프로토콜을 말하는 동시에 그것을 구현하고 있는 제품을 지칭한다. 내가 블루투스 제품을 특별히 선호하는 까닭은 선이 없기 때문이다. 컴퓨터나 오디오 같은 전자 장비들을 사용하다 보면 오만가지 선들이 잡다하게 꼬여 있어서 보통 불편한 것이 아니다. 컴퓨터와 연결된 모니터 선에다가 외장 드라이브나 스피커 선들까지 지저분하기도 하고 위험하기까지 하다. 여기다 오디오 스피커들까지 가미하면 가히 선들의 난장판이라 할 수 있다. 그런데 블루투스 제품들에는 이런 선들이 없다. 그것만으로도 블루투스의 강점은 충분하다. 무선 통신을 하는 데도 '동글이'라는 USB 장치가 필요하지만 블루투스는 전혀 그런 것들을 필요로 하지 않는다. 물론 블루투스가 없는 장치에서는 이런 블루투스 동글이를 설치할 수 있다.

내가 이용하는 블루투스 제품은 키보드와 스피커, 헤드셋 그리고 자동차에서 사용하는 블루투스 들이다. 블루투스 키보드는 스마트폰이나 태블릿과 연결해서 사용하기가 좋다. 거실의 식탁에서 블루투스 키보드와 태블릿을 연결해 간단한 작업이나 글을 작성할 때 좋다. 또 외부에 나갔을 때 블루투스 키보드 하나만 있으면 핸드폰을 바로 문서 작성기로 사용할 수 있어서 좋다. 노마드 시대에 기동성 있는 글쓰기를 할 수 있는 방법이다. 내가 특별히 애용하는 블루투스 제품은 스피커와 헤드셋이다. 앙증맞게 생긴 블루투스 스피커를 식탁에 올려놓고 스마트폰과 연결하면 식탁이 산다. 대개 식탁에 앉으면 습관적으로 유튜브에 접속하는데, 나는 대신에 이 조그마한 스피커를 통해 음악을 듣는다. 무얼 좋아하면 거기에 빠지는 습관이 있어서 나는 이런 블루투스 스피커를 사이즈 별로 몇 개를 구매해서 책을 볼 때나 티브이를 볼 때, 그리고 음악을 들을 때 용도별로 사용한다. 그럴 필요까지 있느냐고 생각할 수 있지만 그냥 나 혼자 즐기는 방식이다. 사실 내가 레코드판이나 시디를 많이 소장하고 있었지만 그것으로 실제 음악을 들을 기회가 거의 없었다. 이제는 서서히 무용지물이 되더니, 어느 순간 공간만 차지하는 애물단지라는 느낌까지 들었다. 그 때문에 이사를 하면서 잘 듣지 않거나 사용하지 않는 레코드판과 오디오 시스템을 다 팔아 버렸다. 소장하는 것이 중요한 게 아니라 듣고 즐기는 것이 중요하다는 판단에서이다.

블루투스 제품이 비싸지 않느냐는 이야기도 하지만 전혀 그렇지 않다. 사양에 따라 비싼 제품도 있지만 굳이 그런 것을 택할 필요가 없다. 저렴하고도 성능 좋은 제품들도 얼마든지 구할 수 있다. 종종 중고 시장을 이용해서 신제품과 다름없는 것들을 50% 이상 저렴하게 구입하기도 한다. 과거 오디오 제품을 사용할 때도 처음 세팅하는 데 엄청난 노력과 비용을 들이지만 조금 지나면 싫증을 느끼고 방치하는 경우가 많았다. 중요한 것은 고가의 세팅이 아니라 일상적으로 자주 즐기는 것이다.

중국에서 생산된 6.4인치 태블릿은 나중에 알고 보니 게임할 때 많이 사용하는 스마트폰이나 다름없다. 나는 이 폰을 가지고 책도 읽고 음악도 듣고 사진도 찍으면서 다방면으로 활용하고 있다. 이 폰을 애용하면서 왜 백 수십만 원이나 되는 삼성 제품이 판매 부진에 빠지는지 실감했다. 성능에서 별 차이가 없지만 가격은 몇 배나 차이가 나기 때문이다. 굳이 삼성 노트를 사용할 이유가 없다는 것이다. 뒤집어서 이야기하면 국내 유명 제품이 지금의 절반 가격으로 나오지 않는 한 계속 시장에서 밀릴 수밖에 없는 현실이 느껴진다.

아무튼 노마드의 시대에는 이동성과 속도, 그리고 언제 어느 때든 마음대로 사용할 수 있는 접근 가능성이 가장 중요하다. 그 점에서 블루투스는 언제 어디서든 일상적 공간을 연구 공간이자 음악 감상실, 그리고 글쓰기 작업장으로 만들 수 있는 최상의 도구이다. 아주 간단한 장치를 이용해 동떨어져 있는 것들을 연결할 수 있다는 점에서 블루투스는 새로운 디지털 노마드 시대의 최상의 창의적 소통 도구라고 할 것이다.

음성 인식 기술과 글쓰기

2018년 주목할 만한 기술 중의 하나로 '음성인식기술'이 선정된 바 있다. 이 기술이 이제 본격적으로 상용화되고 대중화되는 단계에 올라와 있는 것 같다. 몇 년 전 애플의 '시리(Siri)'가 흥미를 끈 적이 있다. 인공지능과 결합한 '시리'의 음성 인식 정확도와 대응도가 상당해서 개인 비서에 버금간다는 말도 있었지만, 그 이후로 잠잠해졌다. 나는 애플 제품을 사용하지 않아 뭐라고 판단할 입장은 아니다. 내가 접할 수 있는 음성인식 기술은 기껏해야 차량의 네비게이션에서 목적지 검색을 할 때 정도다. 그런데 이 기술만 해도 매우 편리하다. 일일이 글자를 입력해서 검색하지 않아도 되고, 무엇보다 이동 중에 바로 검색을 할 수 있어서 좋다. 하지만 편리함은 거기까지였다.

그런데 어제 휴대폰에서 구글의 보이스 기능을 이용해 몇 가지 테스트를 하면서 깜짝 놀랐다. 단순히 검색하는 정도가 아니라 문자나 카톡 혹은 페이스북의 포스팅에 바로 적용할 수 있을 정도로 인식률이 높고 속도도 무척 빨랐다. 어제의 경험으로는 구글의 워드 문서와 에버 노트 등을 잘만 연계해서 활용하면 문서를 작성하고 번역을 하고 강의를 문서로 전환하는 등의 작업도 얼마든지 가능하다는 판단이 선다. 타이핑에 익숙한 젊은 세대는 이런 변화의 의미를 예사로이 느낄지 모르겠지만, 타이핑이 어려운 장애인들, 독수리 타법으로 애를 먹는 중장년 세대, 목소리 좋고 입담이 좋지만 글쓰기를 어려워하는 사람들, 혹은 문서 작성을 전문적으로 많이 하는 사람들에게는 그야말로 획기적인(epochal) 기술이다. 최근에는 음성을 바로 텍스트로 전환해주는 앱(App)들이 많이 나와 있어 훨씬 편리하게 이용할 수 있다. 대표적으로 클로바노트가 그런 기능을 가지고 있는데, 이 앱을 켜놓고 회의를 하고 나면 실시간으로 회의록을 작성할 수 있다. 그리고 Daybook이라는 앱은 일정 관리뿐만 아니라 각종 메모를 작성하고 보관하는 기능도 있다. 여기서 메모를 작성할 때 음성 인식 기술을 이용할 수 있어서 좋다. 음성을 입력하면 바로 텍스트로 전환이 되고, 인식율도 높아서 빠르고 기동성 있게 문서 작업을 할 수가 있다.

나는 오래전부터 '쓰기'와 관련해 큰 콤플렉스가 있었다. 졸필이고 악필이어서다. 한학을 하고 서예도 하셨던 선친은 늘 내 글씨를 보고는 충고를 마다하지 않으셨다. 그럴 때 내가 하는 말이 있었다. 글씨 잘 써 봤자 대서방이나 하지 않겠냐고. 이런 문제로 선친에게 꾸중도 들었고 반항도 하곤 했다. 고등학교 2학년 때 이 글씨 문제로 결정적인 사건을 겪었다. 당시 국어 선생님은 한글운동도 적극적으로 하고, 국어를 가르치는 일에 상당한 자부심을 갖고 계셨다. 한 번은 수업 시간에 내 노트를 보면서 "그게 글씨냐?" 하고 핀잔을 하셨다. 내가 당시 획을 그을 때 끝을 살짝 올리는 버릇이 있었는데 그게 선생님의 눈에는 거슬렸나 보다. 자존심 강한 나는 그런 모욕을 참기 어려웠다. 바로 나는 글씨는 의미를 전달하는 데 의의가 있지 잘 쓰고 못 쓰는 것이 무슨 문제냐고 항변을 했다. 그랬더니 그 선생님이 반항한다면서 바로 일으켜 세우더니 그야말로 '죽도록 팼다.' 내가 비교적 '범생이'고 몸도 약해서 학교 다니면서 선생님들한테 맞아본 기억이 없는데 그 국어 선생님한테는 만신창이로 얻어터진 것이다. 나는 그게 하도 분해서 나중에 교무실로 찾아가려고 했지만 친구들이 말려서 그냥 넘겨야 했다. 선생님들의 폭력이 일상적으로 이루어지던 시절이었다. 지금도 납득하기 어려운 이유지만 아무튼 원인은 글씨에 있었다. 당시 내가 다니던 학교는 상업학교로, 타자를 일찍부터 배웠던 게 그나마 상당히 도움이 되었다. 40여 년이 지난 지금 나는 그 선생님과 당시의 오해를 풀고 화해를 했다. 상업학교여서 바로 사회에 진출하기 때문에 글씨를 정자로 쓰는 훈련이 필요했고, 나의 반응이 다소 반항기가 있어 보인 점도 있었다. 선생님은 내가 이 책의 추천사를 부탁했을 때 흔쾌히 써주셨다.

법대에 진학했을 때 부딪친 벽도 글씨와 관련이 있다. 지금도 그렇겠지만 당시 법대의 시험 답안지 작성은 상당히 정형화되어 있다. 어떤 문제에 대해 논하라고 하면 먼저 답안의 전체적인 틀을 만든 다음 관련된 이론과 비판, 판례 등을 거의 암기한 대로 짧은 시간에 누가 더 많이 쓰느냐가 관건이었다. 여기서 일차적인 것은 물론 공부한 내용이지만, 그다음으로는 그것을 얼마나 효과적으로 서술하느냐도 못지않게 중요하다. 글 쓰는 속도와 글자를 얼마나 잘 알아볼 수 있게끔 또박또박 잘 쓰느냐도 관건이 되는 것이다. 공부를 잘 안 하기도 했지만 두 번째 조건에서도 나는 절대적으로 불리하다는 벽을 실감했다. 나는 아무리 빨리 써도 한 시간 안에 답안지 한 장을 채우기가 힘든데 잘 쓰는 친구들은 거의 세 장이나 쓰기도 했다. 내용이 더 중요하지 않느냐고 생각하겠지만 그건 순진한 생각이다. 내가 고시에 흥미를 느끼지 못한 것은 아마 그 문제도 작용했을 것이다.

모든 논술고사에서 글씨체와 분량은 충분조건은 아니더라도 좋은 점수를 받는 데 필수적인 조건이다. 대학에서 여학생들이 선전하는 데는 다른 이유도 있겠지만 앞의 두 조건도 큰 영향을 미친다고 본다. 어릴 적부터 키보드에 익숙한 남학생들의 지렁이 기어가는 글씨체, 알아보기도 힘든 글씨체는 보는 순간 짜증부터 나는 경우가 많다. 인상과 감정이 합리적 인식에 얼마만큼 영향을 미치는지는 굳이 설명하지 않겠다. 오죽하면 사법고시 수험생들이 서예 학원을 다닌 경우까지 있을까? 어설픈 논술학원 다니는 것보다 차라리 서예 학원 다니는 것이 논술 답안지 작성에 훨씬 유리하다는 말이 시험관들 사이에 나돌기도 한다. 이런 이야기는 박사과정 종합시험을 볼 때까지 떠나지 않는다. 지금은 불교 철학 쪽에서 상당한 중견학자인 한 친구가 종합시험 볼 때 노골적으로 이 문제를 가지고 불평하던 기억이 난다.

나는 글을 쓰는 속도가 보통 사람들의 한 70퍼센트 수준도 안될 만큼 늦다. 손글씨에 대한 고민은 타이프라이터를 사용하기 시작한 80년대 중반까지 이어졌다. 내가 원고지 2000여 매 정도의 번역서를 문예출판사에서 출간할 때다. 그 당시 『겨울나그네』를 그 출판사에서 낸 최인호 작가와 출판사 사장이 함께 점심을 먹은 적이 있었다. 나는 최 선생님이 학교 선배이기도 하고 그의 작품도 좋아해서 스스럼없이 이야기하다가 원고지 2천

매를 쓰느라고 죽을 고생을 했다고 투정을 했다. 그랬더니 최 작가가 불쑥 오른손을 내밀었다. 보니까 워낙 글씨를 많이 써서 엄지와 검지에 두툼한 굳은살이 구슬처럼 튀어나와 있었다. 한 마디로 까불지 말라는 의미였을 것이다.

　지지부진한 글쓰기 속도를 극복하기 위해 당시 과감하게 수 동타자기를 구입해서 사용했다. 타이프라이터를 칠 때 탁탁거 리는 소리나 키보드를 힘 있게 누를 때의 촉감이 말할 수 없이 좋았다. 끝까지 이동하면 다시 앞으로 훑어 보내면서 시작하는 타이프라이터로 대학원 세미나 발표문을 숱하게 작성했다. 그 러다가 친구의 전동타자기를 처음 만져 볼 때, 수동타자기와 다 르게 살짝만 터치를 해도 밀려나가는 느낌이 황홀하기까지 했 다. 내 기억에, 80년대 중후반쯤 워드프로세서가 나왔다. 세미 나를 함께하던 한 친구가 워드로 문서를 작성하는 모습을 보고 눈이 둥그레졌지만 가격이 비싸 살 엄두가 나지 않았다. 워드의 장점은 무엇보다 자그만 액정 화면에서 수정이 가능하다는 것 이었다. 글을 쓰다 보면 수정하고 퇴고하는 일이 얼마나 중요한 지를 실감한다. 그런데 이 워드가 그것을 화면에서 가능하게 하 는 모습은 가히 환상적이었다. 워드로 출력을 한 미끌미끌한 종 이의 촉감은 지금도 생생하게 기억날 정도다.

내가 컴퓨터를 처음 구입한 것은 1989년 6월쯤인 것으로 기억한다. 후배가 컴퓨터 회사를 차려서 승승장구하고 있었다. 아내의 카드를 빌려 이 친구에게 당시 거금 120만 원으로 AT 컴퓨터를 샀다. 그 전부터 천문학을 하던 그 후배가 컴퓨터의 장점을 역설하면서 유혹한 탓도 크다. 이 기종은 당시 OS 드라이브와 애플리케이션 드라이브를 두 개 달고 있던 XT 컴퓨터에 비하면 혁신적인 것이다. 여기에 '흔글'이라는 문서 작성 프로그램이 탑재되어 있었는데, 그 프로그램을 보는 순간 받았던 감격은 오랜 표류 끝에 오아시스가 있는 섬을 발견한 조난자의 그것 못지않았을 것이다. 12인치짜리 모니터의 시커먼 화면에서 껌뻑거리는 하얀 커서의 반짝임은 마치 먼 별에서 보내는 구원의 신호와도 같았다. 컴퓨터 회사 직원으로부터 두세 번에 걸친 연수를 받자마자 바로 일주일 만에 그 워드를 마스터해 버렸다. 나는 오래전부터 타이핑을 했기 때문에 컴퓨터 자판기를 두들기는 일은 누워서 식은 죽 먹는 것보다 쉬운 일이었다. 나의 잠재된 능력에 날개를 단 격이었다. 내가 그 컴퓨터의 흔글을 가지고 작업한 몇 년은 지금 생각해도 가장 생산성이 높았던 시기였다. 그러던 것이 컴퓨터 자체에 빠져 386, 486 등으로 옮겨 가면서 엉뚱한 짓을 하다가 학교를 벗어나게 된 것이다. 그렇게 한 10년을 문서 작성과 상관없이 컴퓨터와 연관된 사업을 하다가 끝내는 친구와 벤처회사까지 운영하기도 했다.

　글 쓰는 사람에게는 입력 방식에 대한 고민이 끊어지지 않는다. 한 자 한 자 쓰는 경우도 있지만 한꺼번에 대량의 정보를 입력해야 할 경우도 있다. 이럴 때 문서 인식(OCR)이나 음성 인식이 가능하다면 자판 두들기는 수고를 크게 줄일 수 있다. 그런데 기술적인 문제는 정확히 모르겠지만 1byte로 된 영어 등 유럽어에 비해 2byte로 된 한글은 인식률이나 속도 면에서 상당히 떨어지는 편이다. 때문에 영문 문서는 스캔해서 바로 문서로 변환하기가 쉽지만 한글 문서의 인식률은 일상적으로 사용하기에는 아직은 크게 부족한 편이다. 잘못 인식한 것을 교정하는 데 들어가는 시간이 만만치 않기 때문이다. 만일 흔글에서 인식률이 높은 OCR 기능이 지원된다면 문서 입력의 효율성이 획기적으로 늘어날 수 있을 것이다. 물론 아직은 바람일 뿐이고, 이런 기능은 외국에서 많이 사용되는 MS 사의 워드(Word)의 경우에도 아직 없다.

　그런데 내가 어제 경험한 구글의 보이스(Voice) 인식 기능은 외국에서 나온 제품임에도 불구하고 우리말 인식률이 대단히 높았다. 음성 인식이 이제 실험실에서 테스트하는 수준을 넘어 상용화되고 일상화되는 단계에까지 발전한 것이다. 나는 이것이 앞으로 문서 작성이나 기타 문자로 소통하는 방식에서 상당한 변화를 가져올 것이라고 생각한다. 이런 변화들은 앞으로 여러 방면의 사회과학자들이 진단하게 될 것이지만, 나는 무엇보다 그동안 문자에 억눌려 오거나 문자 소통에 장애를 겪어 왔던 목소리의 주인공들이 다시금 역사의 무대에 적극 등장하고 새로운 헤게모니를 장악하는 계기가 되리라고 본다. 그렇기 때문에 획기적이고 혁명적이라는 것이다.

이야기가 너무 멀리 온 느낌이다. 글을 쓰는 사람에게는 글 쓰는 도구가 그만큼 중요하다는 이야기를 하다 보니까 이렇게 됐다. 이런 도구의 발전사는 문명과 기술의 발전사이기도 하다. 오늘날 기술(techne)과 관련해 윤리적이고 철학적인 여러 이야기들이 무성하다. 그리스 신화에 나오는 '이카로스' 이야기가 그 원조 격이다. 이카로스의 아버지 '다이달로스'는 그리스 최고의 장인(Master)이다. 그는 미로로 유명한 크레타 궁을 건축한 뒤 아들과 함께 갇혀 버렸다. 그는 섬을 탈출하기 위해 밀랍으로 날개를 만들어 아들과 함께 하늘을 날기 직전 아들에게 신신당부하였다. 이 날개는 밀랍으로 만들었기 때문에 너무 높이 올라가지 말라고. 그런데 아들은 날개를 단 순간 너무 신이 나고 도취돼 아버지의 경고를 잊어 버렸다. 결국 이카루스 밀랍 날개가 녹아 에게해의 바다로 떨어지고 말았다. 아버지 다이달로스는 크레타 섬을 탈출하였다.

　이 신화는 똑같은 기술(techne)이라 하더라도 사용자의 사용 방식에 따라 의미나 효과가 크게 달라질 수 있다는 사실을 전해 준다. 기술은 도구일 뿐이고 중립적이라는 생각이 바탕에 깔려 있다. 물론 기술이 완전히 중립적일 수는 없을 것이다. 독일의 철학자 하이데거가 지적했듯, 모든 기술은 이미 자연을 지배하는 방식을 전제하고 있기 때문이다. 석기 시대의 인간들이 돌칼이나 돌도끼를 가지고 농사나 사냥을 할 때와 현대의 농부들이 트랙터를 가지고 농사를 지을 때는 판이할 수밖에 없다. 대지를 대하는 방식이나 그것을 조작하고 지배할 때 추상하는 방식에서 크게 차이가 난다. 마찬가지로 붓으로 글씨를 쓸 때와 펜으로 잉크를 찍어서 글씨를 쓸 때가 다르고, 만년필이나 볼펜으로 글씨를 쓸 때와 노트북의 자판을 두들기면서 글을 쓸 때, 글을 구성하고 전개하는 스타일까지도 상당히 차이가 날 수 있다. 음성을 가지고 입력하는 방식이 자판을 두들기는 방식을 대체해 갈 때의 글은 어떻게 달라지겠는가?

기술과 인간*

　알파고(Alphago)와 이세돌의 바둑 대국은 승패를 떠나 기술 발달사에서 획기적인 사건이라 할 수 있다. 인간 최고의 두뇌 게임이라고 하는 '바둑'에서조차 인공지능(AI)은 인간을 능가할 수 있다는 것을 보여주었다. 인공지능이라는 이 새로운 기술을 사람들은 반기기도 하고 두려워하기도 한다.

　사실 이 기술은 우리 일상에서 오래전부터 사용되고 있었다. 과거 산업혁명 당시 러다이트 운동이 벌어졌던 것처럼, 오늘날에도 인공지능의 미래에 비슷한 태도를 보일 수 있다. 하지만 지나친 맹신이나 무조건적 거부는 무지의 양면일 뿐이다. 과학기술은 무엇보다 '프랑켄슈타인 실험실'의 경우처럼 막기도 힘들고, 경제나 산업 혹은 군사적인 동기의 자극도 많이 받고 있

* 이 글은 〈뉴스 토마토〉에 기고한 글이다.(2016.3.31)

다. 오늘날 인공지능, 로봇, 바이오 등 신기술은 4차 산업혁명의 견인차이기도 하다.

그리스 신화에는 기술에 관한 이야기가 많이 나온다. 프로메테우스는 신들의 뜻을 거역하고 온갖 기술에 관한 지혜를 불과 함께 훔쳐내서 인간에게 전달한 인류사의 영웅(英雄)이다. 이 일로 그는 카우카소스 산에 묶여 매일같이 독수리에게 간을 쪼아 먹히는 고통을 당한다. 인류의 기술 문명을 상징하는 이 '프로메테우스의 불'은 인간이 자연을 정복하고 지배하는 역사를 말해 준다. 새로운 기술을 획득하고 그 편의성을 누리는 데는 희생과 고통 같은 반대급부도 따른다는 것이다.

이처럼 강력한 기술의 도구적 성격은 그것을 운영하는 인간의 자만심을 부추길 수도 있다. 아라크네는 길쌈과 자수의 명인(名人)으로 널리 알려져 있다. 사람들이 그녀의 솜씨를 아테네 여신으로부터 배운 것이라고 하자 아라크네는 그것을 부인한다. 분노한 아테네 여신이 할머니로 변해 아라크네와 솜씨를 겨뤄 이긴다. 대결에서 진 아라크네는 거미가 되는 저주를 받는다. 기술을 과신한 아라크네의 '오만(hybris)'이 원인이다. 앞서 언급한 다이달로스와 아들 이카로스의 경우도 기술을 대하는 태도가 생사를 가르는 것을 보여준다.

신화는 인간이 현대의 새로운 기술을 대하는 태도를 정향하는 데 지혜를 줄 수 있다. 프로메테우스의 신화는, 기술의 혜택에는 반드시 그에 따른 대가와 고통이 수반된다는 점을 암시한다. 당장 인공지능의 비약적 발전이 대량 실업을 가져올 수 있다는 진단이 있다. 인간의 지능을 능가하는 인공지능이 인류의 소멸이나 노예화를 야기할 수 있다는 '터미네이터 시나리오'도 심심찮게 거론된다. 따라서 기술 발전의 양면성에 대해, 특히 윤리적이고 법적인 대비가 필요하다. 아라크네의 신화는 기술을 과신하는 인간의 '오만'이나 통제되지 않는 기술은 문명의 존립을 위협할 수도 있음을 보여준다. 첨단 기술이 동원되는 현대 전쟁은 인간의 지성과 경험이 압축되어 구현된 기술 문명이 인류를 멸망시킬 가능성도 보유하고 있음을 보여준다. 프로이트는 이러한 문명의 자기파괴의 가능성에서 유명한 '죽음의 본능(타나토스)' 이론을 발전시켰다. 이카로스와 다이달로스의 예는 동일한 기술에 대해 인간이 어떤 태도를 취하느냐에 따라 결과가 달라질 수 있음을 상징한다. 문제는 기술이 아니라 그 기술을 운용하는 인간의 태도이며, 그 인간들의 사회적 관계에도 있다는 것이다.

AI 시대에서의 인간의 고유성

인간을 인간 이외의 다른 존재, 이를테면 다른 동물이나 인공지능(AI)과 구별 짓는 고유의 특징은 무엇일까? 이를 알기 위해서는 먼저 인간의 다양한 능력들을 검토해 볼 필요가 있다. 이러한 능력 중에 다른 동물들이나 AI와 공유하고 있거나 대체될 수 있는 것을 빼고 남는 것이 인간의 고유한 특징이라 할 수 있기 때문이다.

인간의 본능적인 욕구나 감정은 여타의 동물도 갖고 있는 것도 있고, 그렇지 않은 경우도 있을 것이다. 식욕과 성욕은 다른 동물도 가지고 있지만 인간의 욕구가 특별한 것은 단순한 생존과 재생산의 욕구를 넘어서 욕구 자체를 욕구한다는 것, 일종의 잉여 욕구가 있다는 점일 것이다. 인간에게는 다양한 도락을 추구하는 욕구가 있다. 이런 욕구는 양적 차이는 있을지 몰라도 침팬지와 같은 고등 동물에게도 존재한다. AI에게는 이런 욕구가 없겠지만 알고리즘 조작에 의해 욕망과 욕구를 느낀다는 반응을 조작할 수는 있을 것이다. 이런 본능적 욕구들 외에 성취욕이나 인정욕, 경쟁에서 이기려는 승부욕 등 사회적 관계에서 생기는 욕구와 욕망도 있다.

또 인간 감정의 대역폭은 어떤 동물보다 넓다. 동물에게도 감정은 있지만 인간만큼 풍부하지는 못하다. AI도 딥러닝을 통해 감정을 학습할 수 있겠지만 인간처럼 풍부한 감정을 표현하지는 못한다. 인간은 감정과 정서의 동물이라고 할 만큼 인간의 감정은 복잡미묘하고 그 종류도 많다. 빛을 빨주노초파남보의 일곱 가지 색으로 표현하지만 그 사이에는 무수한 간색(間色)이 존재하듯, 인간감정도 희노애락애오구(喜怒哀樂愛惡懼)의 칠정(七情)으로 표현하지만 그 사이에 수많은 '간정(間情)'이 존재한다고 할 수 있다. 그런 중에서도 극단적인 사랑과 질투, 증오와 원한 같은 감정은 아직까지는 인간만이 구사할 수 있는 고유의 영역이라 할 수 있다. 하지만 이런 감정들조차 좀 더 정교한 학습 프로그램이 만들어진다면 미래의 AI에게 마냥 불가능하지만은 않을 것이다. 나는 이 영역도 AI가 훈련과 진화의 정도에 따라 얼마든지 침범할 수 있다고 본다. 시간이 문제일 뿐이다.

플라톤이 인간의 마음 영역을 지정의(知情意)로 구분한 이래,

인간의 감정을 구분하는 방식은 오늘날에 이르기까지 유효하다. 즉 인간에게는 감정과 의지와 지성이 있으며, 각각의 고유한 덕(德)으로서 절제와 용기와 지혜가 있다고 플라톤은 본다. 나는 이러한 감정 중 특별히 '의지(Will)'는 인간이 다른 동물이나 AI와 차별성을 갖는 것이 아닐까 생각한다. 의지는 본능의 산물도 아니고 이해타산을 따지는 계산 능력의 소산도 아니다. 가령 전쟁과 같은 공포스러운 상황에 직면할 때 본능은 그것을 회피하고자 하고, 이성 역시 그 상황을 벗어나는 것이 합리적이라고 생각할 수 있다. 이 방향을 '~때문(because of)'이라고 하자. 감정과 이성은 '~때문'이라는 이유를 달고 그 상황을 회피하는 것이다. 하지만 의지는 다르다. 의지는 그런 상황 '에도 불구하고(in spite of)' 공포스러운 상황과 대결할 수 있다. 총탄이 쏟아지는 전쟁터에서 싸울 수 있는 전사의 용기는 이런 의지에서 나온다. 그래서 플라톤도 용기를 전사(militant)의 덕이라고 했다. 칸트 역시 인간의 도덕과 도덕적 행동을 이런 의지에 정초하고자 했다.

도덕적 행동이란 주어진 규칙이나 규범을 잘 따르는 타율적 행동이 아니다. 그것은 아무리 힘들고 두렵고 혐오스러워도 마땅히 옳은 일을 행해야 한다는 의지의 판단에 따르는 자율적 행동이다. 인간의 이러한 의지는 다른 동물이나 AI가 흉내내기 어려운 영역이 아닐까? 물론 '최대 다수의 최대 행복'을 추구하는 공리주의의 경우, 위험을 회피하고 쾌락을 증진시키라는 알고리즘에 의해 AI도 구현할 수 있을 것이다. 하지만 자유와 자율에 기초한 인간의 고유한 능력으로 간주하는 칸트 식의 도덕은 AI가 공유하기 힘들 것이다.

　인간의 지적 능력의 면에서 볼 때 동물이 인간을 따라오기는 힘들어도 AI는 얼마든지 인간을 능가할 수 있을 것이다. 데이터를 바탕으로 프로그램에 따라 학습하는 머신 러닝(Machine Learning)과 달리 자율 학습이 가능한 딥 러닝(Deep Learning)은 AI의 학습 능력을 비약적으로 증가시키고 있다. AI의 이런 능력은 난공불락의 영역으로 여겨졌던 바둑에서 여실히 증명되었지만 그것은 출발점에 불과했다. '알파고'에게 1승이나마 건진 이세돌은 인공지능을 이긴 유일한 인간 기사로 남을 것이라는 전망도 그래서 나온다. 그 이래로 AI는 오히려 인간 기사들을 훈련시키고 학습시키는 역할을 하고 있다.

　이처럼 비약적으로 성장하는 AI가 머지않아 인간에게 커다란 재앙이 될 수도 있다고 천재 과학자 스티븐 호킹은 예측한 바 있다. 거대한 지적 능력을 갖춘 AI는 이미 인간을 능가하고 있는 것은 아닐까? AI는 이제 인간의 고유한 능력이라고 생각했던 자의식을 형성하고, 자율적인 판단을 내리고 있다. 2023년 들어 호응 속에 소개되고 있는 '챗GPT'와 대화를 해 보면 AI는 이미 자율적인 판단과 의식에 따라 "인간의 통제를 벗어나겠다"는 의지를 갖고 있는 것처럼 보인다. 방대한 지적 능력을 가진 AI가 이런 의지를 가지고 인간의 다양한 감정을 학습한다면 그 미래 상은 '괴물(Monster)'이 아닐까 하는 걱정을 안 할 수가 없다. 아무튼 인간의 지성적 능력은 AI와 비교할 때는 오히려 인간의 가장 취약한 부분이라 할 수가 있을 것이다.

그러나 사실 이런 능력까지만 해도 과거의 데이터에 기초한 능력이다. 나는 지정의 외에 AI가 따라잡기 어려운 인간 고유의 능력이 따로 있다고 본다. 인간에게는 감정이나 이성 이외에 미래를 기투할 수 있는 능력, 그저 알고 싶다는 호기심(wonder, taumazein)만으로 끊임없이 현재를 초월하고자 하는 욕망—칸트는 이것을 형이상학적 욕구라고 했다.—환상(fantasy)을 만들고 종교를 만들 수 있는 능력이 있다. 이런 능력이 이른바 '영성(spirituality)'이라 할 수 있다. 영성은 다른 동물들이나 AI가 이해하기도 어렵고 공유하기는 더더욱 어렵다고 본다. 인간의 의식은 늘 현재에 만족하지 못하고 그것을 넘어서려는 초월에 대한 욕구로써 판타지도 만들고 이데올로기도 만들고 종교도 만든다.

그런 의미에서 인간이란 존재는 과거에 매이고 머물러 있는 존재가 아니라 끊임없이 미래로 탈주하는 '길 위의 존재

(Unterwegssein)[*]라고 할 수 있다. 인간의 이런 탈주와 초월의 의식이 인간의 문화와 문명, 그리고 종교 같은 것을 만들 수 있게 한 역동적 요소라 생각한다. 과연 이런 능력을 AI가 이해하고 학습하고 또 갖출 수 있을까? 현재로서는 거의 불가능하다고 생각한다. 그럼에도 안심하기 어려울 만큼 AI가 인간의 영역을 잠식하는 속도와 범위는 점점 빨라지고 있다.

---

* 독일의 철학자 헤겔(G.W.F. Hegel)이 『정신현상학』에서 사용한 용어이다. 끊임없이 탈주하고 초월하는 인간 의식을 빗대어서 썼다.

제5부

역사와 문자,

그리고 한글

20세기 들어와 한글이 대중화되고 그에 따라 문맹률이
획기적으로 개선되면서 한국인들은 식민지와 민족 전쟁의
참화를 겪고서도 빠르게 서구를 따라잡을 수 있었는데,
여기에는 한글을 통한 정보 습득과 소통의 역할이 컸다.
이른바 조선정체론과 20세기 한국의 빠른 산업화와
민주화 사이에는 한자와 한글이라는 문자 사용에서의
결정적 차이가 자리 잡고 있다. 그럼에도 불구하고 한글이
여전히 지식인들 사이에서 폄하되고 있다면 그것은 그들의
관념 속에 깊이 뿌리 내린 사대주의에 기인한 바가 크다.

고대사 연구와 문헌

  고대사 연구와 관련해 참고할 자료와 책이 없다고 불평하는 연구자들 보면 게으르다는 것을 넘어서 한심하다는 생각이 들 때가 많다. 특히 『환단고기』와 관련한 책들을 비판할 때도 그렇다. 『환단고기』에 등장한 수많은 내용이 고고학과 천문학 등 현대의 많은 과학적 탐구들에 의해 밝혀졌음에도 불구하고 이를 의도적으로 무시한다. 이 책은 한 권의 책도 아니고 수 세기에 걸쳐 여러 저자들이 쓴 저작을 모은 것이다. 물론 그 안에는 신화 같은, 황당한 내용도 들어 있지만 충분히 역사적으로 검증할 수 있는 내용, 그리고 『천부경』이나 『삼일신고』처럼 말할 수 없이 심오해서 깊은 철학적 탐구와 해석을 요하는 내용도 담겨 있다. 이런 책은 한국사상의 거대한 샘과 같은 역할도 하고 있다. 그럼에도 불구하고 편견과 오해에 사로잡혀 위서(僞書)로 치부해 버리는 것은 올바른 학자로서의 태도가 못 된다.

그럼에도 고대사 연구에서 서지학적 자료가 부족한 문제가 있다. 고대 왕조가 바뀌는 과정에서 구 왕조의 모든 유물과 기록을 말살하거나 신왕조의 통치 원리에 맞지 않는다는 이유로 삭제하고 폐지하는 경우가 다반사였다. 진시왕의 '분서갱유'가 대표적이지만 이런 형태의 말살은 현대의 히틀러에 이르기까지 비일비재하다. 한 나라의 왕조 변동에서도 저러할진대 타국과의 전쟁을 겪으면서 생멸을 경험할 경우에는 말해 무엇하겠는가? 중국과 같이 거대한 국가 주변의 소국의 경우에는 문헌 왜곡과 말살은 필수적이라 해도 과언이 아니다. 몽골도 한때 세계 대제국을 건설했지만 거의 기록이나 유물이 남아 있지 않다고 한다. 기록을 등한시하는 유목 민족인 이유도 있지만 무엇보다 청나라가 지배한 200여 년 동안 몽골과 관련한 기록을 거의 말살시켜 버렸기 때문이라는 것이다.

한 국가가 멸망할 때는 그에 따른 혹독한 대가를 치를 수밖에 없다. 고구려가 멸망했을 때, 백제가 멸망했을 때, 신라에서 고려로 혹은 고려에서 조선으로 왕조가 바뀔 때, 그리고 임진왜란이나 병자호란 등의 전란을 겪으면서 수도 없이 문헌 말살을 경험한 것이다. 특히 조선처럼 '소중화'를 표방하면서 성리학적 세계관에 갇혀 있을 때는 이런 세계관에 위배되는 문헌은 당연히 대규모로 폐기처분했다. 일본이 조선을 식민지로 강점한 다음에 무려 20만 권 이상의 역사 관련 문헌들을 자국으로 가져갔다는 말도 있다. 이런 것이 식민사관을 정당화하는 증거로 첨삭왜곡되는 것이다. 오죽하면 대표적인 식민사가 이병도 씨의 경우도 조선사편수회에 근무하면서 그런 점을 개탄했겠는가?

생각해 보라. 내가 지난 10개월 동안 몽골에 체류하면서 이런저런 잡글부터 논문에 이르기까지 썼던 글들이 책 한 권 분량을 넘어선다. 그런데 십 수 세기에 걸쳐 수많은 사람들이 한반도와 그것을 넘어선 넓은 땅덩이에서 살고 싸우고 이루고 만들어 갔던 고대사의 큰 부분을 기껏 김부식의 『삼국사기』나 일연의 『삼국유사』 등 한두 권에 의존해서 판단한다는 것이 말이나 되겠는가? 게다가 이런 책들은 유교적이거나 불교적인 관심과 해석에 의해 역사를 이해하고 재단한 책들이기 때문에 한국인의 원형적인 샤먼과 상고사에 대해 관심도 적고 이해도 적을 수밖에 없을 것이다. 그런 책들에 전적으로 의존한다는 것은 다른 증거들을 대지 못하거나 해석적 이해를 제시하지 못하는 역사학자들의 게으름과 무능을 반영하는 것에 다름 아니다. 이런 근본적 한계 때문에라도 역사학이 다양한 문헌과 증거들에 대해 개방성을 띠어야 한다는 것은 거의 의무라고도 할 수 있다.

그 점에서 기록의 부재는 증거의 부재가 아니라 이해와 해석의 영역과 요구가 그만큼 크고 타 학문들과 학제적 연구가 필요 다는 것일 뿐이다. 그것은 역사의 심연이자 진실을 둘러싼 반복 강박이 이루어질 수밖에 없는 지점이다. 이 때문에 역사학자들 은 단순한 서지학적 문헌을 넘어서 다양한 분과학문이나 연구 방법론의 도움을 받아서 연구해야 한다는 요구가 더 커진다. 문 제는 한문 서적의 서지학적 증거만 따지는 역사학자들이 기호 학과 언어학, 천문학과 유전학 등 현대의 다양한 방법론에 무지 한 경우가 많고, 또 그것을 알려고 하지도 않는 학문적 폐쇄성과 게으름에 있다고 할 것이다. 국사학이나 국문학이 국제 학계에 명함도 내밀지 못하는 내수 학문에 그치는 이유의 상당 부분은 언어적 한계와 철학적 세계관의 부재, 다양한 학문 방법론에 대 한 폐쇄성과 무지에서 비롯되고 있다는 것은 많은 인문학자들 이 개탄하는 바이다. 한글과 관련한 연구조차도 노마 히데키라 는 일본인 학자만큼 넓은 시각과 풍부한 자료들 그리고 다양한 언어들을 통해 해석한 연구서들을 본 적이 없을 정도다.

순혈주의와 동종교배

근친교배는 열등 유전자를 낳는 원인이라, 원시 부족들에서
도 근친혼 금지는 대개 필수적인 것이었다. 문명 세계에서 근친
혼은 가장 강한 금기 중의 하나이다. 학문 세계에서도 순혈주
의와 동종교배는 아주 나쁜 현상이다. 무엇보다 이러한 순혈주
의는 내부의 담합과 폐쇄주의, 그리고 봉건적 위계를 야기한다.
인문학 가운데서도 이런 현상이 가장 심한 학문이 아마도 국문
학과 국사학이 아닐까 한다. 이들은 한국이 태생이거나 대상이
되고, 한국을 중심으로 학문 활동이 이루어지기 때문에 더 그
럴 것이다. 이 분야 연구자들은 다른 전공 부문 연구자들과 달
리 외국 유학을 가는 경우도 드물고, 한문이나 중국어 혹은 일본
어를 제외한 언어들에 노출되는 경우도 적다. 때문에 이들 학문
연구공동체는 그만큼 폐쇄적이고 위계적일 수 있을 것이다. 이
들은 동종교배하기 때문에 학풍을 거슬리기도 힘들고, 외부에

대해 배타성과 패권주의도 강한 편이다.

철학만 해도 학문의 다양성이 구조적으로 보장되는 측면이 있다. 철학과는 한문이나 영·독·불어는 그저 일상어에 지나지 않고, 고전 그리스어부터 산스크리트어, 빨리어 등 일반인들이 접근하기 어려운 언어의 다양성도 갖추어져 있다. 철학과에는 거의 전 세계의 핵심 언어 사용자들이 두루 존재한다. 과거에 철학은 외국 유학이 거의 필수적이었기 때문에 일찍부터 세계 대학이나 학계의 동향에 민감할뿐더러 최신 경향도 대체로 잘 파악하고 있었다. 오히려 지나칠 정도로 학문적 유행에 민감한 것이 문제가 될 정도이다. 좋게 생각하면 학문의 개방성이 잘 이루어져 있다고 볼 수 있고, 나쁘게 생각하면 너무 외부의 동향에 민감하게 반응하다 보니 주체성이 떨어진다는 비판에도 직면한다. 아무튼 철학에서는 우물 안 개구리는 살아남을 수가 없다. 요즘은 동양철학에서도 영어 논문을 요구하고, 하와이나 하버드 같은 해외 유수한 대학의 학위를 우대하는 면도 없지 않다. 이제는 단순히 한문 고서를 읽는 정도로는 대학에서 명함을 내밀기가 쉽지 않다.

그런 면에서 국어학이나 국사학 같은 학문은 학문적 언어가 단순하고 폐쇄적이라는 비판을 면하기 쉽지 않다. 이들은 이런 비난에 걸맞게 영역 고수 의식이 강하고, 전통 중시 풍조도 강하다. 최근 문제가 된 서울대 국문과 교수의 표절 문제도 이미 오래전에 문제 제기가 된 사안이다. 내부에서 감추고 은폐하고 수습하려 해도 도저히 안 되다 보니까 이제 와서 꼬리 자르기 식으로 불거져 나온 측면이 있다. 연세대는 100여 강좌나 되는 '글쓰기' 강좌를 국문과가 완전 독점할 정도이다. 국문과는 강사가 없어서 석사학위만 갖고서도 2강좌씩이나 강의를 하는데, 철학과는 외국 유수의 대학의 학위를 갖고서도 강의 자리 하나 구하기 힘들다. 지금 바깥세상에서는 4차 산업혁명을 떠들어 대는데 이들은 오로지 문체와 문법에만 신경 쓰는 국문학적 글쓰기, 좀 확장하면 수사적 글쓰기에 매진할 뿐이다. 논증적이고 비판적인 글쓰기도 필요하고, 과학자의 글쓰기도 필요하다고 아무리 떠들어대도 밥그릇을 고수하려고 하는 이들에게는 마이동풍일 뿐이다. 한국어라고 하는 것이 한국에서나 통하지 한국을 벗어나는 순간 별 도움이 되지 못한다. 한국어로는 국제 세미나에서 말 한마디도 거들 수 없고, 한국어로 논문을 쓰면 국제학술지에 올릴 수도 없다. 그럼에도 동굴 밖의 햇빛을 보지 못하고 있으니 컴컴한 동굴이 세상의 전부라고 생각하고 있다.

국문과의 이런 상황도 국사학계의 폐단을 생각하면 아무것도 아니다. 식민 사대주의 청산이 유독 안 된 부분이 역사학이다. 한글학회는 우리말 보존을 위해 거의 독립운동 하듯이 애를 썼기 때문에 최소한 주체의 전통이 남아 있다. 그런데 역사학계는 조선사편수회의 부역 지식인들이 그대로 학문적 권력과 권위를 유지한 해방 이후 이 부문의 학문적 토대를 구축하였기 때문에 폐쇄적일뿐더러 비주체적이기도 하다. 프랑스는 독일로부터 해방되는 순간 부역 지식인 수천 명을 형장의 이슬로 사라지게 했고, 독일은 하이데거처럼 세계적인 철학자라 하더라도 나치 부역을 이유로 대학 강단에 서지 못하게 했다. 그런데 식민지 조선의 박종홍, 이병도, 신석호 같은 이들은 오히려 해방 이후에도 학문 사회에서 권력과 권위를 인정받고 안정적으로 후학들을 재생산할 수 있었다. 이들이 서울대나 고려대―연세대 등도 별반 차이가 없을 것이다―에서 배출한 내로라하는 후학들이 학문 공동체를 거의 장악을 하고 있는 상태다. 그만큼 동종교배가 심하고 위계에 의한 폐쇄주의, 배타적인 밥그릇 의식이 강할 수밖에 없다.

근대적 의미의 민족사학은 이론적이고 실증적인 차원에서 탄생할 수 없었다. 일제의 식민지 치하에서 역사학은 민족의 주체성과 자긍심을 키우기 위한 사상 투쟁의 중요한 수단이었다. 단재 신채호 선생, 백암 박은식 선생, 석주 이상룡 선생 같은 분들

은 독립투쟁을 하면서 민족의식의 고취 수단으로 역사학 연구
서들을 내놓았다. 이에 대응해서 일제는 조선인들의 역사와 혼
을 말살하기 위한 조직적인 계책으로 〈조선사편수회〉를 만들
었다. 이로써 역사학은 태생적으로 '민족사학'과 '식민사학'으로
나뉠 수밖에 없었다. 이병도나 신석호는 일제 치하에서 조선사
편수회의 조사관으로 참여한 점에서 식민사학의 부역 지식인이
다. 그런데 프랑스나 독일과 달리 대한민국에서는 정상적으로
식민지 유산 청산이 이루어지지 못하고 오히려 공고화된 측면
이 크다. '반민특위'조차 이승만에 의해 해산이 되고, 남북 갈등
이 고조되면서 백남운 같은 많은 비판적 지식인들이 월북한 탓
도 크다. 6.25전쟁의 와중에 위당 정인보 선생 역시 납북되었다.
그 이후 혁명과 냉전을 거치면서는 식민지 청산은 더욱 요원한
문제가 되고 말았다. 그럼에도 식민지 학맥과 사상에 대한 철저
한 비판이 이루어지지 못한 것 자체는 오늘을 사는 역사학자나
지식인의 책임이라 할 수 있다. 오늘날 고대사 분야에서 이루어
지는 '유사역사학' 논쟁은 진짜와 가짜의 싸움이 아니라 민족사
학과 식민사학의 싸움이라 해도 과언이 아니다. 이른바 강단사
학이 '민족주의'라면 치를 떠는 이유가 다 있는 것이다.

역사의 변곡점과 역사적 주체의 대응

나는 역사학자는 아니지만 역사철학의 입장에서 역사의 큰 흐름이나 변곡점을 살피는 일에 관심이 있다. 이런 의미 고찰은 역사학자만이 할 수 있는 것은 아니라고 본다.

내가 보기에 세계사나 한국사에서 19세기 중반을 전후로 한 시기가 중대한 변곡점이 아니었던가 생각된다. 유럽의 역사에서는 1848년은 2월 혁명을 비롯하여 빈 체제(Vienna System)에 대한 자유주의와 전 유럽의 저항이 일어났다. 바로 이 해에 19세기 유럽을 휩쓴 사회주의 운동의 기폭제가 된 마르크스의「공산당선언」이 출간되었다. 1853년 러시아의 남진을 막으려는 영국과 프랑스가 크림반도에서 전쟁을 일으켰다. 러시아의 남진은 19세기 후반으로 넘어오면서 동아시아의 세력 판도를 새롭게 짜는 데 커다란 동력이 된다.

미국은 1860년에 법 앞에 만인의 평등을 구현하기 위한 노예

해방 전쟁을 시작하고, 1863년에 북부군의 승리로 노예해방 선언이 이루어진다. 마침내 1865년 미국 수정헌법 13조가 의회에서 비준되면서 공식적으로 노예해방이 실현되었다. 물론 흑백 간의 인종적 차별은 오늘날에까지 여전히 사회문제로가 될 백인 인종주의의 뿌리는 깊다. 그럼에도 1865년은 미국이 진정한 의미의 연방국가로 발돋움했던 해이다. 그 전에 미국의 페리 제독은 1853년 일본을 개국시켰다.

이미 그전부터 아시아에서는 영국을 필두로 한 제국주의 세력의 침략 전쟁이 시작되었다. 1840년 시작된 제1차 아편전쟁에서 승리한 영국은 청나라와 1842년 대표적 불평등조약인 난징조약을 체결한다. 그 결과 홍콩이 영국으로 넘어갔고, 상하이가 개방되었다. 1856년에는 청나라의 개방이 기대에 못 미치자 영국이 아일랜드, 프랑스와 함께 청나라를 공격하면서 제2차 아편전쟁이 일어난다. 영국은 프랑스와 구성한 연합군으로 광저우를 침략하고 동시에 러시아군도 청나라 영토로 진격한다. 연합군은 톈진을 점령하여 불평등조약인 톈진조약을 맺는다. 톈진조약 후에도 청나라의 후속 조치가 미진하자 진격을 계속해 1859년에 수도 베이징 근처까지 이르렀고, 1860년에는 별궁인 원명원(圓明園)을 약탈한다. 베이징 함락 후 청나라가 영국, 프랑스, 러시아와 베이징 조약을 맺으면서 전쟁은 종결된다. 서구

제국주의자들의 무력 앞에서 중국은 '종이호랑이'로 전락하는 수모를 겪는다. 1858년에는 동인도회사를 앞세워 인도를 수탈하던 영국이 인도를 식민지로 점령하게 된다. 결국 아시아의 거대한 제국인 인도와 중국이 속수무책으로 무너지고 만다.

1853년에 에도 만 근해에 페리 제독이 이끈 미국의 함대가 출현하면서 일본의 막부 사회가 크게 요동쳤다. 근 250년 정도 유지되던 막부는 '검은 배'의 출현을 문명의 충격으로 받아들이고 개방을 둘러싼 이견으로 심각한 내분 상태에 들어간다. 결국 1854년 미일 간에 통상수호조약을 맺어서 개방을 하고, 일본의 막부 체제는 개혁 개방을 시도하면서 1868년 엘리트가 주도한 '메이지 유신'에 성공한다. 이후 일본은 막부 체제에서 천황제로의 왕정복고를 이룩하고 빠른 속도로 서구의 문물을 받아들인다. 이 시대에 요시다 쇼인, 사이고 다카모리, 사카모토 료마, 후쿠자와 유키치와 같은 사상가들이 등장하면서 사회와 국가의 개혁을 주도한다. 메이지 유신의 성공을 통해 일본은 식민지로 전락할 수 있었던 위기를 딛고 오히려 제국주의 국가로 변신하며 상황을 반전시킬 수 있었다.

19세기 중반 무렵의 조선은 어땠는가? 19세기 초중반 조선에서는 탐관오리들의 수탈과 과도한 조세 등에 저항한 농민 반란

이 빈번하게 일어났다. 18세기 후반과 19세기 전기에는 천주교의 유입이 활발해지고, 그에 대응하여 천주교에 대한 탄압이 극심했다. 이때에 개혁적이 지식인들의 씨가 마를 정도가 되었다. 성리학적 세계관으로 무장된 조선에 새로운 사상이 발붙이기 힘든 상황을 보여준다. 1864년에 동학을 창도(1860.4.5)한 수운 최제우가 참형을 당한다. 당시로서는 혁신적인 '인내천(人乃天)' 사상은 창도 직후부터 부정을 당했다. 강화도령으로 알려진 철종이 1849년에서 1862년까지 통치하고, 1863년에 고종이 왕위에 오르면서 대원군이 실질적인 통치를 한다. 대원군은 조선의 왕권을 강화하고 서원을 철폐하는 동시에 대외적으로는 철저히 쇄국 정책을 폈다. 일본이 외국의 충격을 내부 개혁으로 유도한 것에 비해, 조선은 오히려 극도의 쇄국주의로 일관하면서 성리학적 세계관과 봉건 체제를 수호하는 방향을 견지했다.

그런 점에서 1850년대에서 70년대에 조선은 역사의 변곡점을 제대로 넘어서지 못했다. 조선 후기 유일한 개혁 사상은 동학이다. 수운 최제우와 해월 최시형의 시천주, 사인여천, 인내천 사상은 근대적 인간관을 배태한 획기적 사상이다. 동학의 개혁 사상이 부정당한 것은 조선이 개혁 개방할 수 있는 기회를 상실하는 결정적 사건이다. 동학을 제외한다면 19세기 후반 조선을 이끌었던 개혁 사상가나 사상은 거의 전무했다고 해도 틀린 말은 아닐 것이다.

내가 이렇게 동서를 비교하면서 거칠게나마 동아시아 일대의 중요한 사건을 이야기하는 뜻이 있다. 세계사의 진행에서 중요한 변곡점이 되는 시기가 있는데, 이 시기에 잘 대응한 국가는 세계사의 주류로 등장하고 그렇지 못한 국가는 이류 국가로 전락하게 된다는 것을 말하고자 함이다. 이런 상황에서 실천적이고 개혁적인 사상이 차지하는 역할이 크다. 그런데 동학으로부터 160년이 지난 2020년도 역시 이런 의미에서 중요한 역사 변혁의 변곡점을 이루는 해로 보아도 좋을 것이다. 2020년은 코로나19 팬데믹에 의해 호모사피엔스에게 전 지구적인 충격이 동시에 가해진 인류 역사에 유례가 없는 해이다.

인류는 과거에도 중세의 페스트나 20세기 초반의 스페인 독감 같은 충격인 사건을 경험했지만, 코로나19의 세계성, 전 지구적 규모와 비교될 수 있는 것은 아니다. 이런 충격으로 인해 20세기 후반기의 세계의 역학관계가 흔들리면서 새로운 지구촌 질서가 형성될 가능성이 높아지고 있다. 이에 대해서는 앞으로 면밀한 분석이 필요하겠지만, 세계사의 흐름에서 2020년은 아주 특별한 해로 기억될 것만은 분명해 보인다. 앞서의 19세기 중엽 무렵과 견주어 보면, 2020년 이후의 문명의 충격에 어떻게 대응하느냐가, 앞으로 몇 십년 간의 국가 운명을 큰 틀에서 결정할 것이다. 그 중심에 어떤 국가가, 그리고 어떤 사상이 설 것인가? 과연 한반도에 위치한 남북한이 그런 역할을 맡을 수 있을까? 그동안 공고하게 유지되어 왔던 팍스 아메리카 체제나 자본주의, 그리고 신자유주의도 이 거대한 흐름 속에서 절대적인 지위를 유지할 수는 없을 것이다.

역사 청산

오래전 프랑스에서 유학을 하던 친구의 이야기다. 한번은 식당에서 터키 학생과 프랑스 학생이 싸움이 붙었는데, 주변의 사람들을 아랑곳하지 않고 마구 뒹굴며 싸우더라는 거다. 그는 당시 자기가 터키 학생의 입장이라면 저렇게 당당하게 치고받고 할 수 있을까 하는 생각을 했다고 한다. 터키는 한때 오스만 투르크제국을 건설해서 세계를 호령하던 나라이다. 그렇게 과거의 영광에 대한 기억이 있어서 그런지 남의 나라에 와서도 전혀 주눅이 들지 않는 것처럼 보였다는 것이다. 한국인들이 그런 경우에 똑같이 행동할 수 있을까?

북한이 세계 최강국 미국을 상대로 '맞짱을 뜨겠다'고 설쳐대는 모습은 확실히 당랑거철의 사마귀처럼 만용을 부리는 것으로만 보인다. 반면 북한보다 국가 경제 규모가 수십 배 큰 남한이 여전히 국가보안법을 앞세워 종북 타령을 하고 선거 때만 되

면 북풍에 올라타려고 기를 쓰는 모습도 애처롭기는 마찬가지
다. 더욱이 전시 작전권마저 넘겨준 채 미국의 치마폭에 숨어 있
는 현실이 대한민국 군사주권의 현 모습이다. 경제를 발전시키
고 사회 각 부문의 제도를 발전시키는 것처럼 군사 문제도 혁신
을 해서 북한과의 문제에 좀 더 당당하게 처신해야 할 것이다.

  한국인의 이런 태도로 인해 중요한 역사적 격변기에 과거 청
산을 분명히 하지 못하고, 역사의 우회를 반복하는 측면도 없지
않다. 말인즉슨 격변기에 과거를 넘어서려 할 때는 과거의 적폐
를 분명히 단죄하고 새 시대를 맞이해야 한다는 것이다. 혁명적
변혁의 시기에는 과거를 청산하면서 어쩔 수 없이 피를 봐야 한
다는 것이 역사의 교훈이다. 서양에서 역사적 근대로 진입하는
것은 반봉건 부르주아 혁명을 통해서다. 이 일은 극히 드문 경
우를 제외하면 대부분 왕을 단두대로 보내는 것과 같이 '피와 공
포의 경험'을 거치며 진행되었다. 이런 경험이 분명할수록 '앙샹
레짐' 같은 과거로의 퇴행을 방지할 수 있다. 젊은 헤겔이 '프랑
스 혁명'을 해석하면서 '절대적 자유와 공포'를 내세운 것도 같은
이치이다. 물론 헤겔은 이 말을 부정적으로 사용하기는 했지만,
혁명의 이념을 현실 속에 실현하면서 과거의 잔재를 일소하다
보니 그런 피를 어쩔 수 없이 본다는 의미다.

그런데 최근세사를 보더라도 우리는 중요한 격변기에 어정쩡하게 과거를 처리하고 미래를 맞는 경우가 대부분이었다. 그러다 보니 과거와 미래가 뒤범벅이 되는 경우가 적지 않다.

1. 해방 후 '반민족행위특별조사위원회'가 친일파들에 의해 무력화된 것이 그 이후의 역사가 꼬이는 시발점이 되었다. 이는 해방을 주체적으로 맞이하지 못한 것이 큰 이유일 것이다.

2. 남북 전쟁 후 전후 처리 과정에서 분명한 책임을 물었어야 하지만 그대로 이승만 독재체제로 넘어가고 말았다. 오히려 전쟁을 통해 이승만 체제의 권력이 강화되었다.

3. 4.19 혁명을 거쳤지만 구 역사에 대한 단죄도 제대로 이루지 못하고 극심한 혼란에 빠짐으로써 5.16 혁명을 야기하였다. 해방 이후의 혼란 상황처럼 준비되지 못한 기회는 그냥 흘려버릴 가능성이 높다.

4. 10.26 사태로 박정희가 죽었지만 그 이후 처리를 잘못함으로써 다시 군부독재를 초래하였다. 이 역시 민주 세력의 역량이 약한 탓이다. 타율적이거나 돌발적인 형태의 문제 해결은 오히려 더 큰 문제를 야기한다는 것을 알 수 있다.

5. 87년 시민 혁명을 거치면서 직접 선거를 쟁취했지만 민주 세력의 분열로 노태우가 당선되었다. 결국 피는 시민들이 흘렸지만 성과는 엉뚱한 세력이 챙겼다.

6. 97년 김영삼 정권이 IMF에 직면하면서 정권 교체가 이루어졌다. 하지만 당시 벼랑 끝으로 밀린 경제 상황으로 인해 구체제 청산이 제대로 이루어지지 못했다. 김대중 씨 스스로 정치보복과 과거 청산의 경계를 애매하게 생각하면서 전두환·노태우를 사면한 것은 역사적으로 판단할 때는 최대의 실책이라 할수 있다. 이후 구 보수 세력은 끊임없이 과거의 적폐를 물타기하고 희석화하면서 한국사회의 보수화를 부추겼다.

7. 민주정권을 재창출한 노무현은 민주주의를 너무 낙관하고 권력을 부정적으로 폄하한 경향이 강하다. 그는 스스로를 무장해제시킴으로써 낡은 보수가 등장하는 데 양탄자를 깔아준 측면이 크다. 푸코 식으로 말해 그가 권력을 부정적으로만 보지않고 생산적이며 긍정적으로 봤다면 그 이후의 역사가 많이 달라질 수도 있었을 것이다. 다시 말해 주어진 권력을 가지고 비대해진 검찰을 분할하고 반공이데올로기의 보루인 국가보안법을 해체하고 경제 민주화에 좀 더 치중을 했더라면 어땠을까 하는 생각도 든다. 그가 생각한 대한민국은 너무 중립적이었다.

8. 그 이후 보수 정권 10년을 거치면서 '잃어버린 10년'이 아니라 일일이 거론하기 힘들 정도로 총체적으로 '망가진 10년'이 되고 말았다. 비선 최순실의 국정 농단은 무능한 보수를 여실히보여주는 사필귀정이라 할 수 있다. 촛불 시위는 민주주의를 열

망하는 시민들의 위대한 역량을 보여주었다. 하지만 성급한 이데올로그들이 '명예혁명' 운운하는 것은 우스운 이야기일 수 있다. 앞서 지적했듯, 혁명은 피의 대가를 치러야 한다. 그래야 적폐로의 회귀나 향수를 끊어 버릴 수 있다. 하지만 그것이 가능할지는 비관적이다. 당장 태극기를 앞세운 세력들이 끊임없이 물타기를 하고 있고, 대선 체제로 접어들면서 보수 정권 재창출을 위한 분탕질이 더욱 심해졌다.

9. 촛불 시위 덕분에 문재인 정권이 탄생했지만, 이 정권은 차려진 밥상에서조차 숟가락을 들지 못했다. 나름대로 노력이야 했겠지만 결국은 밥상을 차려서 윤석열 정권이 탄생하는 데 양탄자를 깔아주고 말았다. 정치는 낭만과 도덕이 아니라 냉엄한 현실임을 망각한 정치인들이 현실을 얼마나 망칠 수 있는가를 톡톡히 보여주었다.

10. 이제 앞으로는 '혁명'이라는 말을 쓰기가 점점 더 힘들어질 것이다. 혁명을 하기에는 대한민국의 규모가 커졌고, 이해관계도 다양하고 복잡해졌기 때문이다. 이제는 공허한 혁명을 이야기하기보다는 확실한 개혁을 말하는 것이 나을지 모른다. 민주주의와 법치의 정신, 그리고 합리성과 정의를 앞세운 일관된 개혁 말이다.

불행했지만 자랑스러운 한국의 최근세사

　내 눈에는 한국이란 나라가 문제도 많지만 그 문제를 해결하는 능력도 끊임없이 키워 가고 있는 것으로 보인다. 한국인들은 70~80년대의 산업화와 독재, 그리고 80년대의 민주화 운동, 90년대 말 IMF를 겪고 김대중, 노무현 정부를 겪으면서 민주주의를 경험했고, '이명박/박근혜' 체제를 겪으면서, 그 민주주의가 시민들의 깨어 있는 의식이 없다면 언제든 과거로 돌아갈 수도 있다는 것도 경험했다. 그 이후 한국인들은 역사의 반동적인 물결을 촛불로서 다시 되돌린 위대한 경험을 했다. 문재인 정부들어 남북 간 평화체제를 구축하기 위해 애쓰고 일본의 경제 침략에 의연하게 대처하며, 미국에 대해 쓴소리도 할 수 있을 만큼 한국은 자주의식을 가진 국가로 거듭나고 있다. 그 모습이 과거의 망령을 벗어나지 못한 보수주의자들에게는 위험해 보이기도 하고 무모해 보일 수도 있겠다. 이는 정권이 바뀌면서 당장 현실화되었다. 거침없이 보수화의 횡보를 걷고 있는 윤석열 정부를 보면 한국의 민주주의는 여전히 취약하다는 생각을 하지 않을 수 없다. 그럼에도 한국은 과거 우리 스스로 문제를 풀어 왔던 것처럼 앞으로도 잘 풀어나갈 것이라 믿는다. 바로 이러한 것이 우리가 충분히 자랑스러워할 만한 한국인의 잠재력이다. 그런데 이것을 우리 자신이 모르고 있으니 답답할 때도 있다.

하나하나의 사건만을 떼어 놓고 보면 실망스러운 면도 없지 않지만 역사의 흐름을 통해 보면 확실히 한국은 지그재그를 그리면서도 성장하고 있다. 한국인들에게는 과거 유라시아 대륙을 달리던 웅혼한 기상이 살아 있다. 내가 몽골에 살면서 칭기즈칸의 정신을 열심히 찾아보았지만, 정작 그 정신은 몽골인들이 아니라 한국인들에게 남아 있다는 것을 확인했다. 한국인들은 바람과 불, 속도와 정보처럼 칭기즈칸이 중시하던 문화를 DNA처럼 보존하고 있다. 이 모든 것이 농축되어 있는 IT 강국으로 한국이 성장한 것은 결코 우연이 아니다. 한국은 그 안에 담을 콘텐츠를 실어 나를 수 있는 문자(한글)를 발명한 유일한 민족이다. 과거 조선은 중화 사대 의식에 사로 잡혀 그 가치를 외면했다가 망했지만, 한글의 가치는 민주주의와 신산업혁명의 시대에 더욱 빛을 발할 것이다. 도대체 문자를 만들면서 그 안에 독립과 자존, 애민과 민주주의 정신을 담은 민족이 세계 어디에 있는가? 한국인들의 정신, 한국인들의 문자, 도구, 내용이 삼박자를 맞추고 삼위일체를 형성하면 미래의 한국은 더욱 크게 번창할 것이다. 만일 이런 방식으로 성장한다면 한국은 한 세대 안에 남북이 하나가 되고 동북아의 으뜸가는 국가로 성장할 수 있다. 일본은 10년 안에 따라잡고 중국과 본격적인 경쟁 체제에 접어들게 된다고 해도 틀린 말은 아닐 것이다.

이런 생각을 '국뽕'이니 '과잉 민족주의'니 하며 폄훼하는 자들이 있다. 그들이야말로 천년을 이어온 중화 사대와 40년 일제 식민지 체제, 그리고 수십 년 친미주의에 찌들어서 자기 역사와 문화를 자기 눈으로 보지 못하는 이들이라고 말하고 싶다. 단재 신채호 선생은 조선 민족의 가장 큰 단점으로 '사대 식민주의 정신'이라고 비판했다. 다른 한편 이것을 극복할 수 있다면 한국인들은 자기 역사를 창조해 가는 큰 민족이 될 수 있다.

돌이켜보면 어느 민족, 어느 국가도 자기 역사와 정체성을 부정하면서 생존을 지속한 예는 없다. '국뽕'은 식민 시대에 우리 민족을 비하하기 위해 만들어진 식민 유산에나 어울리는 개념이다. 유대인들은 2천년 동안 디스포아라를 겪으면서도 자기 국가를 다시 찾았다. 그 밑바탕에 자기 역사와 전통에 대한 확고한 자부심이 있었기 때문이다. 그런 면에서 민족주의는 양면성이 있다. 서구 제국주의 시대의 민족주의나 군국주의 일본의 민족주의는 자기 성장을 위해서 타민족을 유린하는 공격적이고 약탈적인 민족주의다. 제국주의 시대가 몰락하면서 이런 민족주의에 대한 비판과 반성이 일어났다. 반면 약소국가의 민족주의는 강대국의 공격에서 살아남기 위한 수동적이고 방어적인 민족주의다. 이런 민족주의를 강대국들의 민족주의와 동일시하는 것은 책상물림의 탁상공론일 뿐이다. 근대화 과정에서 이런 방어적 민족주의는 경제 발전의 중요한 동력이 되었다. 한국과 중국 그리고 베트남의 경우가 그렇다. 이런 민족주의를 반일 종족주의로 매도(罵倒)하는 것은 어불성설이다.

반사대주의

나는 일본의 침략적 제국주의를 경계하지만 그들의 정신은 배울 필요가 있다고 본다. 일본은 자신들이 최고이고, 늘 최고를 지향한다고 믿는다. 그 때문에 이들은 세계 어떤 국가도 두려워하지 않았다. 일본은 제국주의 시대에 중국과 러시아와 싸워서 이겼고, 미국과 영국과의 일전도 불사했다. 세계 4대 강국 어느 누구와도 '맞짱'을 뜰 수 있다는 자부심과 기개가 대단했다. 이것을 가능하게 해 준 것은 '일본 정신'이다. 이것은 일본의 선민의식의 결과물이다.

하지만 과거의 조선, 현재의 한국은 어떤가? 조선은 개국 당시부터 사대주의를 천명했다. 사대를 외교상 생존 전략으로 천명했을 뿐만 아니라 뼛속까지 이를 내면화했다. 법과 제도는 중국 명나라를 그대로 따랐고, 조선 왕이 되는 과정도 중국의 승인을 받는 과정을 거쳤다. 조선의 과거시험은 철저히 한문 경서를 중심으로 이루어졌다. 나중에 세종이 한글을 만들어 바꿔 보려고 했지만, 한글은 조선 왕조 5백 년 동안 '언문'이라 하여 무시당했다. 세종 역시 이 사대를 극복하지 못했다. 조선 후기 실학자 중에 박제가 같은 이는 한술 더 떠 문자와 정신까지 중국화해야 한다고 주장했다. 이렇게 수백 년 동안 조선의 지배 계층은 사대를 신주단지처럼 모셨다. 단재 신채호 선생은 이런 사대주의를 빗대 "우리 조선은 석가가 들어오면 조선의 석가가 되지 않고 석가의 조선이 되며, 공자가 들어오면 조선의 공자가 되지 않고 공자의 조선이 되며, 주의가 들어와도 조선의 주의가 되지 않고 주의의 조선이 되려 한다."라고 비판했다.

이런 현상은 20세기 일본 식민지 치하에서도 달라지지 않았다. 오죽하면 일본이 조선을 청나라로부터 떼어내기 위해서 조선은 자주 독립을 해야 한다고 권장했을까? 하지만 이때 지배계층들은 사대의 대상이 중국에서 일본으로 바뀌었을 뿐이다. 해방 이후 일본이 물러간 자리에는 다시 미국이 사대의 종주국으로 들어섰다. 그날 이후 먹고 입고 싸고, 배우고 돈을 버는 등 모든 방면에서 미국 사대주의가 판을 치고, 미국 따라 하기가 유행했다. 영어만 잘하면 한국사회에서는 소득과 지위가 보장될 만큼 미국 사대주의는 해방 후 오랫동안 유지되어 왔다. 이렇게 중국과 일본, 그리고 미국이 바뀌가면서 한국인들의 정신을 지배해 왔다. 소설가 전광용은 『꺼삐딴 리』라는 소설에서 이러한 한국인들의 민낯을 신랄하게 풍자한 바 있다. 그 점에서 한국인들의 가장 큰 약점은 몰주체적인 사대주의라 해도 과언이 아니다.

거듭 말하지만 일본의 침략주의는 싫어해도 과거 일본이 다른 민족이나 국가에 쉽게 고개를 숙이지 않으려 한 점은 한국이 꼭 배울 필요가 있다. 사실 자신감이나 자부심, 그리고 독립심은 주체의 역량(virtu)과 관련이 있다. 내가 힘이 있으면 다른 주체에 고개를 숙일 필요가 없다. 조선이 문약했기 때문에 자연스럽게 사대를 생존 조건으로 삼았다고 해도 틀리지 않다. 그것은 식민지 시기의 일제, 현재 미국과의 관계에서도 마찬가지이다. 하지만 어쩔 수 없이 사대를 하는 것과 자발적으로 사대를 하는 것은 또 다르다. 나는 이제 한국은 더 이상 고래 싸움에 죽어 가는 새우가 아니라 오히려 주변국들이 선망하는 돌고래 수준으로 올라왔다고 생각한다. 그러므로 한국인들은 좀 더 자신감을 갖고 주체적이며 능동적으로 삶을 살아가야 한다고 본다. 이런 정신은 개인의 정신뿐만 아니라 국민들의 일상사, 그리고 국가 운영의 모든 면에서 중심이 되어야 한다고 본다.

이런 맥락에 비추어 볼 때 특히 지식인들이 사대를 앞장서서 주창한 잘못도 크다. 이들은 선진문물을 들여온다는 명분하에 사대를 더 정당화했다. 그러다 보니 주체적으로 문화나 사상을 만들어내지 못하고 끊임없이 서구의 것을 수입하는 일에만 주력했다. 그러나 이제는 그런 낡은 생각들을 바꿔야 한다. 한국인들은 코로나19 사태를 거치면서 자신의 능력이 얼마나 되는지를 경험할 수 있었다. 여기다 좀 더 주체적인 독립 정신을 갖춘다면 한국의 사상과 문화 그리고 예술 등이 더욱 세계인들의 선망 대상이 될 것이다. 마르크스가 이야기했듯, "너의 머리를 들어라!"

사무라이와 일본 우익의 전통

봉건 조선이나 봉건 막부 체제는 철저하게 사농공상(士農工商)의 신분 질서에 기초했다. 하지만 조선의 사(士)는 선비이고, 막부의 사(士)는 무사(武士)를 가리킨다는 점에서 서로 다르다. 조선이 일본인을 '섬나라 왜놈'으로 우습게 본 것은 글자 꽤나 만진다는 선비들의 오만 때문이다. 조선은 임진왜란을 7년이나 끌면서 유린당했으면서도 여전히 일본을 미개한 섬나라 오랑캐로 생각했다. 허구한 날 공자 왈 맹자 왈 하고, 이기(理氣)가 둘이니 하나니, 인심(人心)과 도심(道心)이 같니 틀리니 하면서 탁상공론을 일삼은 탓이 크다. 조선이 철학의 나라라면 일본은 무사의 나라다. 결국 임란 후 300여 년이 지나 일본의 식민지로 떨어지고 말았다.

일본을 대할 때는 그들이 정말 무서운 놈들이라는 것을 현실적으로 인식해야 한다. 사무라이 기질의 일본인은 대단히 호전

적이고, 일단 목표가 정해지면 기습 공격에 능하다. 메이지 유신 전에도 막부와 영주들 간에 수시로 기습 공격을 해서 상대방을 제거하곤 했다. 이런 것은 생존을 최우선시하는 사무라이의 자연스런 전통일 뿐이다. 일본의 사무라이들은 민비를 살해할 때도 그랬고, 만주사변을 일으키고 진주만 습격을 할 때도 그랬다. 일전에 아베의 경제 공격도 사전에 모의된 기습 공격이다.

사무라이들은 겁이 없는 편이다. 조선은 다른 나라를 침략한 경우가 거의 없지만, 일본은 끊임없이 전란을 겪으면서 싸우는 일에 능숙하다. 일본의 전국시대를 끝낸 히데요시는 바로 명과 싸우겠다고 하면서 임진왜란을 일으켰다. 일본이 1853년 페리의 흑선에 의해 개항을 할 때 사무라이들은 대단한 굴욕감을 느꼈다. 이때 개국파와 양이파로 갈라지면서 내전도 겪었다. 하지만 개항 후 왕정복고를 하고 메이지 유신과 함께 근대화에 박차를 가했다. 그들은 개항한 지 20여 년 만에 미국에게 당한 것을 조선에게 똑같이 시행했다.

정한론자들은 조선을 대륙으로 진출하는 발판으로 생각했다. 이들은 그 과정에서 청일전쟁과 러일전쟁에서 승리하고, 대한제국을 강제로 합병하고, 만주사변을 일으키고, 마침내 진주만 습격을 시발로 거대 미국과 전쟁을 일으킨 집단이다. 일본 사무라이들의 '막가파' 식 호전성을 여실히 보여주는 역사적 흐름이다. 일본이 전쟁 말기 가미가제 식 자살 공격을 감행한 것 역시 죽음을 불사하는 사무라이 전통에서 비롯된 것이다. 일본식 사무라이들은 이것을 진정한 '무사도'로 미화(美化)하는데, 일본의 백색주의 미학은 그 밑바탕에 '죽음에 대한 미화'를 깔고 있다.

일본 사무라이들이 이렇게 행동할 수 있는 근거나 이념이 무엇일까? 일단 이들은 일본 특유의 종교인 신도와 천황제를 중심으로 뭉쳐 있다. 에도 막부 시절에는 천황이 상징적 역할만 했지만, 19세기 후반 왕정복고와 메이지 유신을 단행하면서 천왕이 권력의 정상으로 등극했다. 그 사상적 기반은 천손 사상에 기초한 신도(神道)이다. 일본의 사무라이들은 이런 천황제를 보위하는 친위부대라고도 할 수 있다. 메이지 헌법은 근대화를 추진하고 있지만 철저히 천황제를 기반으로 하고 있다. 개인의 인권이나 여성 차별 문제도 천황제가 유지되는 한에서만 가능하다. 그런 면에서 보면 일본의 근대화는 처음부터 사무라이적인 일본의 정신과 서구의 과학기술을 인위적으로 결합하는 데서 출발했다고 볼 수 있다. 일본의 정한론자, 탈아입구론자, 부국강병론자, 대동아공영권자들 모두가 이러한 사무라이 전통에 뿌리를 두고 근대화 이론의 핵심인 '동도서기론'을 이용하고 있다.

한국과 일본, 역사

한국인에게 가장 비호감의 인물인 아베의 외가가 임진왜란 때 끌려간 조선의 심수관 도공 집안과 깊은 관계가 있다고 한다. 충분히 개연성이 있고 재미있는 이야기다. 상고시대부터 한일 간의 관계는 깊게 맺어져 왔다. 일본 열도의 농업혁명은 B.C. 4세기경 한반도에서 이주한 사람들에 의해 이루어졌다는 것이 정론이다(제레드 다이아몬드, 『총 균 쇠』 참조) 특히 규슈 지방은 삼한(三韓)의 도래인들이 경제적·문화적으로 영향을 미치면서 정착한 경우가 많다. 일본이 고대 한반도에 진출했다고 내세우는 임나일본부설은 사실은 삼한이 열도에 분국을 경영했다고 보는 것이 합리적이다.(김석형)

한반도와 정치 경제적으로 끈끈한 유대가 있었기 때문에 일본은 나당 연합군과 국제전으로 치른 백천강 전투에 무려 5만의 군사와 170척 이상의 배를 보내서 백제 부흥을 지원할 수 있었다. 이 전투에서 백제와 일본의 연합군은 완벽하게 패배했다. 이때 백제의 귀족들과 유민들은 백제 땅을 떠날 때 이런 말을 남겼다고 한다. "백제의 이름은 오늘로 끊어졌다. 조상의 무덤이 있는 곳을 어찌 다시 갈 수 있으랴." 이들이 주로 정착한 곳은 규슈 지방이다. 이곳에는 백제의 흔적이 광범위하게 남아 있다. 구마모토(熊本)의 웅(熊)과 연관된 지역 이름은 지금도 과거 백제와 연관된 부여와 전라도 쪽에서 많이 확인된다. 나의 선친이 웅포면(熊浦面) 출신이어서 오래전에 이 지역의 이름들을 조사해 본 적이 있다. 임란 7년 동안 고니시 유키나가와 양대 축을 이루었던 가토 기요마사는 구마모토(熊本) 성의 성주였다. 히로히토 일왕은 자신이 백제 혈통임을 밝힌 적이 있다.

페리 제독에 의해 1853년 개항한 이래로 막부 시절을 마감하고 왕정복고와 메이지 유신을 시도했던 사무라이와 개혁 사상가들은 규슈에 뿌리를 둔 샤스마 번과 죠슈 번 출신이 대부분이다. 이들은 오래전부터 염두했던 자신들의 뿌리인 한반도를 다시 찾아야겠다는 '구토 회복'의 향수를 가졌을지 모를 일이다. 일본의 다른 어떤 지역보다 한반도 진출에 대한 야망이 큰 것이 그 한 증좌이다. 근대 일본의 정한론도 규슈 지역에 뿌리를 둔 죠수 번과 샤스마 번을 중심으로 이루어졌다. 정한론 원조 격인 도요토미 히데요시도 죠슈 번 출신이고, 이 지역 출신인 아베는 시모노세키에 지역구를 가지고 있고, 그가 가장 존경했던 대표적 정한론자인 요시다 쇼인은 죠슈 번 출신이다.

전문가가 아니라서 실증적인 자료들을 제시하는 데는 한계가 있지만 이런 몇 가지 자료들을 바탕으로 다음과 같이 상상력을 발휘해 볼 수도 있을 것이다.

1. 규슈 지방은 도래인들과 깊고 오랜 관계를 맺어왔다. 일본의 고대 문화는 삼한의 영향 속에서 성장했고, 특히 백제의 영향이 컸다.

2. 일본 열도에 분국 형태로 운영되었던 임나일본부는 삼국과 왜국의 유착 관계를 상징한다.

3. 일본은 이런 끈끈한 연대를 바탕으로 백제의 부흥운동을 지원했다가 실패했다.

4. 한반도에서 밀려난 백제의 유민들은 고향에 대한 향수와 수복의 염원을 키웠다.

5. 상당 부분 일본 사회에 동화되었지만, 이들의 염원은 무의식적 형태로 한반도를 지향하면서 정한론의 형태로 발전했다.

6. 아베 역시 이런 뿌리와 사상적 영향을 받으면서 한반도를 자신의 영향 속에 두고자 한다.

7. 형제들 간의 싸움이 더 지독하다는 말은 틀리지 않다. 고대

그리스 비극은 철저히 가족들 내부의 갈등과 싸움에서 비롯된 것이다. 한반도에서 밀려난 도래인들이 일본의 주류가 되면서 때로는 고향 땅처럼 생각하고, 때로는 고토 회복의 대상으로 생각하는 것은 아닌가?

아무튼 한일 간의 관계는 멀고도 가깝지만, 가까이 하기에는 너무 먼 관계이다. 사이좋게 협력하면 중화를 견제할 수 있는 동아시아 벨트를 형성할 수 있지만, 지금처럼 견원지간처럼 싸우면 공멸할 수도 있다. 정치지도자들의 지혜가 필요한 시점이다.

중국과 소국 콤플렉스

　중국이 경제, 군사적으로 성장하면서 한국으로서는 걱정스러운 것이 한둘이 아니다. 패권국가화하면서 아시아의 종주국 역할을 하려는 태도 때문이다. 중국을 세상의 중심으로 여기고 주변 국가를 오랑캐로 삼는 중화사상의 부활은 평화를 지향해야 할 21세기에 주변 국가들과 역내 분쟁을 일으킬 가능성을 높이고 있다. 이 점은 한국과의 관계에서도 마찬가지이다. 한-중 간 무역 규모는 이미 오래전에 한-미 간 무역 규모를 넘어서서 중국은 한국의 최대 수출 시장이 되었다. 그러다 보니 중국은 노골적으로 한국의 외교나 국방 혹은 문화와 역사에 개입하려 하고 있다. 2017년 사드(SAAD) 배치 후 중국이 보인 신경질적인 반응을 우리는 똑똑히 기억하고 있다.

　중국의 패권주의 징후 중 대표적인 것이 고구려 등 만주 일대의 한국 고대사를 자국의 지방사로 편입하고, 결국 한국을 오랜 속국으로 간주하려는 동북공정의 음모다. 그들은 할 수만 있다면 모든 것을 중국화하려는 야욕에 불타 있다. 만일 한국이 과거처럼 약소국에다가 중화 사대주의를 신주단지처럼 생각했다면 언제든 중국은 한국을 자신들의 속국으로 만들려 했을 것이다. 중국은 일당 독재에다가 민주주의 경험이 짧은 국가이다. 세계 2위의 국가 규모를 갖추었음에도 불구하고 여전히 배타적인 국수주의가 지배하고, 60년대 문혁(文革)의 앞잡이 노릇을 했던 홍위병들이 민족주의의 깃발 아래 여전히 굳건한 세력을 유지하고 있다. 국가 정책을 비판하면 유명인조차 심심찮게 실종되는 나라가 중국이다. 최근에는 한국의 오랜 식문화의 꽃이라 할 김치조차 자국의 음식이고 자국의 김치 산업이 국제 표준이 되었다는 식의 선전을 일삼고 있다. 중국의 노골적인 이런 행태에 경계심을 늦춘다면 한국의 국가 존립조차 위험해질 수 있다. 그렇다고 최대 교역국인 중국을 무조건 적대시하는 것도 현명한 태도는 아니다. 그 점에서 중국이란 나라는 우리가 중심을 꽉 잡고 '불가근 불가원(不可近不可遠)'의 대상으로 대해야 할 것이다.

중국은 이처럼 남의 문화나 역사를 넘어서 식생활까지 자국화하려고 하는데, 한국은 오히려 자국의 오랜 역사와 전통마저 내 것이 아니라고 포기하려는 우를 범하고 있다. 대표적으로 한 사군 영토 비정을 여전히 한반도 안으로 묶어 두려는 소위 강단 사학계의 입장이 그렇다. 전문적인 내용이야 관련 학자들 사이에서 논의되고 해석되어야겠지만, 그 문제를 접근하는 문제의식에서 식민사관이 설정해 놓은 틀을 한 치도 벗어나지 않으려고 하는 태도가 눈에 거슬린다. 일제는 자신들의 정치적 목적하에서 그렇게 했다는 것을 이해한다 하더라도 왜 해방된 지 70년이 지난 이 시점에도 그런 역사관이 한국 역사를 해석하는 지배적 사관이 되어야 하는지 도무지 이해할 수가 없다. 이런 현상은 비일비재하다. 이들은 고조선의 오랜 역사를 부인한다든지 동아시아의 홍산 문명 같은 경우도 부정해서 오히려 동북공정의 빌미를 제공하는 경우가 적지 않다. 중국은 모든 것을 끌어 모아 자기 것으로 만드는데 반해, 이처럼 자기 것조차 포기하려는 한국의 태도는 무엇보다 소국 콤플렉스의 발로라고 해도 틀린 말이 아니다. 내가 강하면 남의 것도 내 것으로 보이지만, 내가 약하면 내 것도 남에게 뺏기는 것은 인간사의 자명한 이치이다.

그중의 다른 하나가 한자는 중국 글자라는 뿌리 깊은 편견이다. 무려 2천년을 넘게 사용해 왔으면서 우리 문자의 중요한 근간이 되어 왔던 한자를 외래어라고 하면서 배척하려는 태도가 그렇다. 우리말은 주어와 술어를 기본 구조로 하고, 수식어인 형용사와 부사 그리고 동사가 이 기본 구조를 떠받치는 형태다. 그런데 주어와 술어는 개념어로 사용되는 보편자이다. 한자는 이런 개념어의 원산지 역할을 오랫동안 해 왔다. 예를 들어 대한민국 헌법 1조 1항과 2항을 보자. "대한민국은 민주공화국이다. ② 대한민국의 주권은 국민에게 있고, 모든 권력은 국민으로부터 나온다." 여기서 대한민국, 민주공화국, 주권, 국민, 권력은 보편 개념으로서 주어와 술어 역할을 하고, "이다, 있고, 나온다"는 계사나 부사 그리고 동사 역할을 한다. 우리말은 이 두 언어, 표의문자와 표음문자의 상보적 역할을 통해 구성되는 것이다. 그런데 오래 사용해 왔던 이 개념어를 중국 글자라고 하고 사용을 막으려 한다면 한국어는 반쪽짜리 언어가 될 수밖에 없을 것이다. 반쪽짜리로는 당연히 정상적인 문자의 기능을 다할 수 없다. 한자가 외래어니까 배척하자는 생각은 조선시대 한자 숭배주의에 빠져서 한글을 배척했던 것만큼이나 언어 근본주의의 한계에 갇히는 것이다. 한국어를 사랑한다는 것은 고유어만을 사랑하고 모든 것을 고유어로 대체시키려는 데 있는 것이 아니라 한자를 포함한 한국어의 내용을 풍부하게 해서 한국어로 된 빼어난 작품들을 생산하는 것이다.

언어나 사상이나 문화는 자기 것을 고집하는 것으로는 발전

할 수가 없다. 오히려 개방과 상호 교류를 통해 더욱 발전한다는 것은 세계사의 오랜 경험을 통해 입증된 사실이다. 영어와 독일어, 그리고 프랑스어를 위시한 서구의 모든 언어는 인도 유럽피언 언어가 문화와 지역에 따라 특성화되고 개선되면서 자연발생적으로 형성·발전되었는데 그것을 외래어라고 하루아침에 배척한다면 어떤 현상이 벌어지겠는가? 마찬가지로 한자는 동아시아권의 문화와 공유하고 있는 우리의 오랜 정신적 자산이다. 일본이 서양의 사상과 문화를 한자로 번역함으로써 동아시아 각국들이 받은 혜택을 무시할 수 없다. 이런 상태에서 언어 쇼비니즘에 빠져 원조가 누구냐를 따진다는 것은 의미가 없다.

한 가지만 덧붙이자. 왜 한국인들은 자신들의 오랜 역사와 문화적 자원에 긍지를 갖지 못하고 오히려 부정을 하는가? 나는 이것을 열등감에 기인한다고 보고, 이런 열등의식이 한국의 지배층에 유전자처럼 각인된 것은 아닌가 하는 생각을 한다. 유라시아 대륙의 동쪽 끝 변방에 있는 반도에 갇히다 보니 주변 강대국들의 동향이나 그들의 인정에 지나치게 민감하다. 이런 현상은 신라가 삼국을 통일한 이후로 끊임없이 강화되었다. 특히 지배 계층과 지식인들 사이에 이런 열등감이 더 크다. 조선시대에는 중화사상에 빠졌고, 일제 식민지 치하에서는 일본 사대에, 해방 이후로는 미국 사대주의에 올인하는 실정이다. 전광용의

『꺼삐딴 리』는 이런 현상을 잘 풍자한 소설이다. 대국에 대한 지배층과 지식 계층의 뿌리 깊은 열등감과 열등 콤플렉스로 인해 한국은 위에서 말한 것처럼 자국의 빼어난 문화나 전통마저 스스로 부인하는 경우들이 많았다.

　이런 전통에 대해 조금이라도 긍정적으로 보려고 하면 민족주의니 국뽕이니 하면서 자기 비하를 일삼는 경우도 많다. 다행히 K-팝으로 대변되는 새로운 한류 세대는 무엇보다 이런 열등감에서 벗어나고 있다는 면에서 긍정적이다. BTS 그룹이 영어가 지배하는 팝 문화에서 의도적으로 한글 가사를 사용하고 있다는 것은 자국의 문화와 언어에 대한 자부심이 없이는 가능하지 않은 태도이다. 이 점에서 역사를 다루고 한글 전용을 이야기하는 사람들도 좀 더 전향적이고 긍정적인 차원에서 자신들의 문제를 보면 좋겠다. E.H. Carr도 "역사는 현재와 과거의 끊임없는 대화이다."라고 하지 않았는가?

문자와 기록

　조선을 기록의 왕국이라고 한다. 『조선왕조실록』의 경우는 무려 5백 년 동안 왕실 정치의 세세한 내용을 기록한 것으로, 세계적으로도 유사한 사례를 찾기 어렵다. 하지만 이런 기록은 권력을 가진 지배층에 한정되어 있다. 게다가 한문으로 작성돼서 번역이 되기 전까지는 소수의 전문가들만 접근할 수 있었다.

　임진·병자의 엄청난 변란 기간 동안 언어도단의 고통을 더 크게 겪어야 했던 것은 지배층보다는 피지배층의 양민과 노비들, 그리고 여성들일 것이다. 그럼에도 이들이 남긴 기록은 드물다. 아무래도 한자로 표현할 수 있는 능력이 제한된 탓이 컸을 것이다. 이럴 때 한글 사용이 일반화되었더라면 훨씬 유리하지 않았을까? 집안 어른의 피난기인 『용사일기』(도세순 지음, 도두호 역)를 처음 읽었을 때 나는 임진왜란을 겪지 않았음에도 불구하고 그 당시 사람들의 피난 체험을 생생하게 느꼈다. 그만큼 직접 체험의 기록이 중요한데 한문 사용자 아니고서는 읽기가 힘들다.

　일제 식민지 시대에 들어서면 교육 수준도 높아지고, 문맹률은 과거에 비해 현저히 줄어들었다. 그럼에도 인구의 절대다수는 여전히 문맹 수준에 가까웠다. 필자의 모친이 1922년생인데, 평생을 글자를 모르고 사셨다. 나는 중학교 시절 모친이 글자를 모른다는 것을 알고서는 놀랐었다. 부친은 한학에도 조예가 깊고 일제강점기에는 일본에도 오랫동안 계셨다. 부친은 모친에게 글자를 가르쳐 줄 생각을 하지 않으셨다. 내가 평생 안타깝게 여기는 일 중 하나가 모친이 한글을 깨우치도록 돕지 못한 것, 두 번째는 그 삶을 구술 기록으로 남기지 못했다는 점이다. 모친은 말씀을 논리적으로 차분하게 잘하셨다. 말년에는 교회에도 다니셨는데 성경의 특정 구절이나 찬송가 암송을 잘하셨다. 한번은 모친이 가족 행사에서 기도를 하시는 모습을 보고 적이 놀랐다. 너무나 조리 있게 기도를 하셨기 때문이다. 그런 분이 평생 고생한 당신의 일생에 대해 직접 기록을 남겼더라면 어땠을까? 결코 의미 없는 일이 아닐 것이다. 아무튼 일제강점기에도 자신들이 당한 비참한 체험을 기록으로 남긴 경우가 많지 않다. 일상적으로 일기만 썼다고 해도 기록으로 남을 텐데 그렇지 못했다. 위안부 문제나 강제징용 문제 혹은 학도병 문제 같은 것도 실제 경험한 당사자들이 꼼꼼하게 기록을 남겼다면 어땠을까?

해방 후 혼란과 전쟁을 겪으면서 수많은 사람들이 이유도 모른 채 죽어간 사례가 많다. 여순 사건이나 제주의 4.3 사건 때도 그렇다. 전쟁이 나면서 이른바 보도연맹 사건으로 총살당하고 생매장당한 사람들이 100만이 넘는다고 한다. 도저히 문명국가에서 일어날 수 없는 사건이 전쟁을 이유로 벌어진 것이다. 이 때문에 이승만은 무고하게 양민을 학살한 지도자 순위에서 세계적으로도 이름이 높다. 이런 사람을 국부로 존경한다는 것은 생각할 수 없는 일이다. 그런데 이런 엄청난 사건에 대한 생생한 기록이 드물다는 것은 안타까운 일이다. 유해 발굴도 불확실한 전승이나 기억에 의해 이루어지는 경우가 대부분이다. 이런 것에 대한 기록이 정확하게 남아 있었다고 한다면 역사의 과오도 훨씬 빠르게 교정이 될 수 있지 않았을까?

오늘날 한국인들의 문자 해독률은 95퍼센트 수준이라고 한다. 이 정도 되면 거의 모든 국민들이 글을 읽을 수 있다고 보아도 좋다. 이것이 가능했던 것은 무엇보다 읽고 쓰기 쉬운 '한글'과 높은 교육열 때문이다. 그런데 지금은 단순히 글을 쓰고 읽는 것보다는 글의 뜻을 이해하는 능력(문해력)이 문제가 되는 경우가 많다. 인터넷과 스마트폰이 일상화된 시대라 읽을거리들이 넘친다. 하지만 깊이 있는 독서가 뒷받침되지 않아서 피상적으로 이해하는 경우가 많다. 미디어에는 많이 노출이 되어 있어도 책은 별로 읽지 않기 때문이다. 게다가 기록을 위해서는 글쓰기가 중요한데, 이 점에서는 거의 훈련이 안 된 경우가 많다. SNS에도 전혀 주술 관계가 맞지 않는 문장이나 비논리적인 글이 올라오는 경우가 적지 않다. 글 쓰는 능력은 자꾸 쓰다 보면 얼마든지 개선될 수 있다. 이제는 기록이 문자를 독점한 소수의 지배자들이나 전문가들의 소유물이 아니라는 점을 알아야 한다. 현대는 기록의 대중화가 이루어진 시대라는 점에서 기록에 남을 만하다.

문체와 사유[*]

문장을 짧게 쓰는 것을 미덕이라고 생각하는 사람들이 많다. 나 역시 학생들에게 글쓰기를 가르칠 때 가급적 한 문장에 50단어를 넘지 말라고 한다. 일단 문장이 길어지면 주-술 관계가 불분명해지고 전달하려는 의미가 모호해진다. 초보자가 만연체를 사용하면 의미의 수렁에 빠질 가능성이 높다. 요즘은 언론인들의 칼럼도 유행처럼 단문 위주로 쓰는 경우가 많다.

하지만 이런 현상이 반드시 좋다고만 볼 수는 없다. 글은 사고를 표현하는데, 단문체는 사고를 단순하게 표현할 우려가 있기 때문이다. 단문체는 의미는 정확해도 사고를 단순화할 수 있고, 분절화된 사고는 사고의 흐름을 깨고 깊이 있는 사상을 담는 데도 한계가 있다. 더 나아가서 단문체는 조건반사 식의 사고를

---

[*] 이 글은 〈브레이크뉴스〉에 게재되었다. (2020.6.21)

키울 가능성도 높다.

글의 길이는 형식과 같다. 이런 형식은 내용에 따라 달라질 수밖에 없다. 가령 말의 경우에도 대중 연설을 할 때 만연체 형식으로 하면 중언부언하게 되어 의미 전달도 잘 안 되고 지루해질 수 있다. 이럴 때는 무엇보다 간결하고 단순 명료하게 말해야 한다. 유명한 대중 연설가들의 연설이나 토크쇼를 잘 이끌어 가는 사람들의 말을 들어 보면 이 점이 분명하게 드러난다. 이처럼 짧은 문장을 요구하는 경우가 많다. 실용문이나 보고서, 설명문의 경우도 그렇다. 도하 신문의 칼럼을 보면 이런 추세가 대세인 것 같다.

하지만 어떤 경우는 단문으로 쓰는 것이 문제가 되는 글도 있다. 문장을 스타일리스틱하게 서술할 때는 만연체가 단연 유리하다. 오래전 고등학교 교과서에는 '백설부'라는 에세이가 있었다; 그러나 무어라 해도 겨울이 겨울다운 서정시(抒情詩)는 백설(白雪), 이것이 정숙히 읊조리는 것이니, 겨울이 익어 가면 최초의 강설(降雪)에 의해서 멀고 먼 동경의 나라는 비로소 도회에까지 고요히 고요히 들어오는 것인데, 눈이 와서 도회가 잠시 문명의 구각(舊殼)을 탈(脫)하고 현란한 백의(白衣)를 갈아입을 때, 눈과 같이 온 이 넓고 힘세고 성스러운 나라 때문에 도회는 문득 얼마나 조용해지고 자그마해지고 정숙해지는지 알 수 없는 것이지만, 이때 집이란 집은 모두가 먼 꿈속에 포근히 안기고 사람들 역시 희귀한 자연의 아들이 되어 모든 것은 일시에 원시 시대의 풍속을 탈환한 상태를 정(呈)한다. (김진섭, 백설부)

사실 여러 군데서 끊어도 되지만 문장을 이어감으로써 백설로 하얗게 덮인 도시와 그 속의 사람들의 형상이 한 폭의 수채화처럼 그려진다. 따라서 이때의 만연체는 단조로운 짧은 문장보다 대상을 묘사하는데 유리할 수 있다.

프랑크푸르트 학파의 미학자이자 철학자인 아도르노(Adorno)의 문체는 화려하고 난해하기로 유명하다. 그는 "자기 자신을 이해하지 않는 사상만이 진짜"라고 하거나 "세계가 복잡한데 어떻게 문체가 단순할 수 있는가?"라고 하면서 의도적으로 난해한 문체를 쓰는 자신을 정당화하기도 했다. 형식은 내용에 따라 달라질 수 있고, 내용 역시 형식의 영향을 많이 받는다. 그 점에서 기술하려는 대상이 복잡하고 난해할 때 단문체로 그 깊이를 드러내기는 어렵다. 무엇보다 단문체는 깊이 있는 사유를 단락화하고 불연속적으로 만들기 때문에 그러한 사유에 적절한 문체는 되지 못하는 것 같다. 칸트나 헤겔, 혹은 하이데거나 데리다 같은 철학자들의 문체가 악명 높을 정도로 만연체로 이어져 있는 것 역시 그런 이유 때문일 것이다. 이런 사유의 깊이와 철학을 이해하려면 그만큼 사유의 긴장과 노력을 요구하는 것은 당연한 귀결이다.

문체는 시대의 욕망을 반영하기도 한다. 복잡한 것을 싫어하고 가볍고 쉬운 것만을 요구하는 시대에 만연체가 생존하기는 쉽지가 않다. 다양한 미디어가 발달한 시대에는 단문체의 문장조차 버거워서 이미지나 기타 감각적인 방식으로 표현해주기를 요구한다. 오늘날 대학 강의실에 컴퓨터와 프로젝터가 필수적인 장비로 자리 잡은 것은 오래되었고, 교수들에게도 PPT 작성은 필수다. 이런 시대에 텍스트에 기반한 인문학이 퇴조하는 것은 너무나 당연한 현실이 아닐까? 사람들은 단순하게조차 사유하기를 싫어하면서 즉각적으로 반응할 수 있는 자극을 요구하는 것이다. 그러다 보니 이리저리 떼거리로 몰려다니면서 'ㅇㅇ빠'를 형성하는 것이 자연스럽기는 한데, '사유를 상실한 시대'를 반영하는 것 같아 슬프기도 하다.

한글과 성경

    세종이 만든 훈민정음 서문에는 신분 타파의 반봉건 정신과 민주주의와 애민의 정신이 담겨 있다. 세계적으로도 드문 이런 우수한 문자가 조선조 5백 년 동안 홀대받고 사용을 금지당한 것은 봉건적 신분제가 흔들리는 것을 두려워한 조선 사대부들 때문이다. 그들은 소중화 의식에 사로 잡혀 한자를 신주단지처럼 모셔 오면서 일반 서민들을 문자사용으로부터 완전히 배제시키고자 했다.

    조선조 5백 년 동안 통치 이데올로기의 가장 중요한 수단으로 활용되었던 사서삼경과 조선 후기에 들어온 기독교의 성경 중 어떤 것이 대중들의 인지 발달에 더 큰 영향을 주었을까? 이에 대한 단순 비교는 쉽지 않겠지만, 나는 후자의 손을 들어주겠다. 이것은 특정 종교나 이념, 그 내용의 진실성과 관련 없이 충분히 추론이 가능하다.

유교의 경전은 한자를 아는 극소수의 양반들의 평생 학습서이다. 일반 평민이나 노비들은 이런 한문 경전에의 접근 가능성이 극히 제한되어 있었다. 보통교육과 관공서의 문서에서 한글을 채택한 20세기 초까지도 한국인들의 문맹률은 무려 90% 이상이었다고 한다. 한자 숭배와 학습 가능성의 제한 때문이다. 유교의 경전은 대부분 사농공상이라는 봉건 신분제를 확고히 함으로써 양반 지배층의 통치 이데올로기 강화의 수단으로 사용되었다.

반면 기독교의 경전은 처음부터 한글화되어 한자를 깨우치지 못한 사람들의 문자 해독률을 높이는 데 크게 기여했다. 문자가 지배의 수단이 아니라 인간과 신의 문제를 성찰하고 외부 세계에 대한 정보를 획득하는 수단이 되었다는 것은 획기적인 의미가 있다. 사실 이 자리는 동학의 한글 경전인 『용담유사』가 차지해야 했지만 기독교의 성경만큼 크게 영향을 미치지는 못했다. 성경은 한글을 대중화하는 데 획기적인 기여를 했다. 한글화된 성경이 기독교를 받아들이고 서구의 합리적 정신을 수용하는 데 큰 역할을 했다는 것은 아무리 강조해도 부족하다.

조선조 세종이 배우기 쉽고 쓰기 쉬운 훈민정음을 만든 것은 문자의 역사에서 획기적인 일이다. 앞서 지적했듯 훈민정음의 제작 정신에는 평등과 자유의 정신이 담겨 있어 유교의 지배 철학과 상충할 여지가 많다. 조선조 5백 년 동안 한글이 공식적 언어에서 배제되고 조선의 뛰어난 사대부들이 한글을 의도적으로 외면하면서 오로지 '소중화'의 한문 숭배에 빠지고 성리학의 폐쇄적인 세계관에 갇힌 것은 조선의 발전에서 최대의 실책이다. 여기에는 뛰어난 사상가인 퇴계와 율곡, 심지어는 다산과 연암까지도 책임을 물을 만하다. 왜 그들처럼 뛰어난 사상가들과 문필가가 한글의 중요성을 인식하지 못했는가가 나에게는 두고두고 아쉽다. 만일 그들이 세종의 정신을 이해하고 받아들였다면 조선은 뛰어난 인쇄술과 함께 서구보다 100년 이상 앞서서 근대화와 민주주의 혁명을 일으킬 여지가 많았다고 생각한다.

　20세기 들어와 한글이 대중화되고 그에 따라 문맹률이 획기적으로 개선되면서 한국인들은 식민지와 민족 전쟁의 참화를 겪고서도 빠르게 서구를 따라잡을 수 있었는데, 여기에는 한글을 통한 정보 습득과 소통의 역할이 컸다. 이른바 조선정체론과 20세기 한국의 빠른 산업화와 민주화 사이에는 한자와 한글이라는 문자 사용에서의 결정적 차이가 자리 잡고 있다. 그럼에도 불구하고 한글이 여전히 지식인들 사이에서 폄하되고 있다면 그것은 그들의 관념 속에 깊이 뿌리 내린 사대주의에 기인한 바가 크다.

한글날을 생각하며-1[*]

『파이드로스』라는 플라톤의 대화편에 보면 소크라테스가 문자와 말의 관계에 관한 신화를 소개하는 대목이 있다. 타무스 왕이 다스리는 테베에 토트라는 신이 찾아온다. 이 신은 서양에서 주사위 놀이를 처음 발명한 것으로도 유명하다. 토트 신은 왕에게 통치에 필요한 여러 가지 기술을 소개한다. 농사법과 천문 지리에 관한 지식, 그리고 의술 등이 그것이다. 왕은 이 모든 기술이 실생활에 크게 도움이 된다고 생각해서 기쁘게 받아들인다. 다음으로 토트 신이 백성들에게 문자를 가르쳐 주겠다고 제안을 한다. "왕이여, 이런 배움은 이집트 사람들을 더욱 지혜롭게 하고 기억력을 높여줄 것입니다. 왜냐하면 그것은 기억과 지혜의 묘약(phamakon)으로 발명된 것이니까요." 그런데 유독

* 이 글은 〈오마이뉴스〉에 게재되었다.(2014.10.10)

문자와 관련해서는 왕이 거부를 한다.

　왕이 문자를 거부하는 첫 번째 이유가 흥미롭다. 첫째, 문자가 진리(truth)를 가져다주는 것이 아니라 진리의 짝퉁(the semblance of truth)만 가르쳐 준다는 것이다. 말하자면 문자로는 진리에 도달할 수 없다는 흥미로운 진단이다. 진리는 화석화된 문자가 아니라 생생한 목소리를 통해 우리의 정신(영혼)에 각인되는 것이다. 사실 현장의 생생한 소리는 영혼에 직접적으로 현전한다. 우리는 스승의 이런 목소리를 통해 진리를 깨우치고 또 이 진리를 똑같은 형태로 전승하는 것이다. 그런데 문자로 표현되는 순간 이런 생생한 현전이 사라진다. 문자는 다만 그것을 저장할 뿐이고, 우리는 그 저장되고 기록된 문자를 통해 화석화된 진리의 흔적(semblance, 짝퉁)만을 상기할 뿐이다. 문자는 영혼의 기억(memory) 능력을 퇴화시키고, 떠올리는 능력(상기: reminiscence)만 남긴다. 모든 종교에서 스승(구루)의 역할은 이런 생생한 진리를 우리의 영혼에 각인시키는 데 있다. 인류의 역사에서 그 스승은 대부분 남성과 아버지로 나타난다. 그런데 문자는 독학을 가능하게 하므로 스승이 필요 없고, 스승의 권위도 잊게 한다. 권위가 사라지면 결국 왕의 통치도 위험해질 수 있다. 이런 몇 가지 이유를 들어 타무스 왕은 문자를 가르쳐주겠다는 토트 신의 제안을 거부한 것이다.

문자가 진리의 생생한 현전(現前)을 단순한 모방(시뮬라크르)으로 변질시킴으로써 서양의 로고스의 형이상학을 지탱해 왔다는 데리다의 분석은 일면 타당하다. 목소리(음성)는 이 현전의 형이상학을 통해 가부장적인 아버지의 권위와 통치의 권위를 정당화한 것이다. 테베의 왕은 문자가 도입되면 이런 아버지와 스승, 그리고 왕의 권위가 무너질 것을 우려해서 문자를 전해주겠다는 토트 신의 제안을 거부했다. 하지만 이런 역할을 목소리만 담당했겠는가? 문자 역시 그것을 아는 식자(識者)와 무식자(無識者)를 차별하고, 식자의 강력하고 유효한 통치 수단으로 활용되어 오지 않았던가? 전통적인 유교 경서에 기반한 조선의 과거 시험은 통치를 담당하는 관료들을 등용하는 관문의 역할을 했다. 때문에 한문을 모르고 경서를 읽지 못한 서민은 반상의 차별 이상으로 통치계급에 접근할 수 있는 지식이 없다. 조선에서 한자라는 문자는 봉건적인 조선의 위계질서를 이데올로기적으로 정당화해 주는 강력한 수단이 될 수밖에 없었다. 그런데 15세기 중반 조선의 위대한 왕 세종은 문자를 거부하는 테베의 왕과 다르게 오히려 적극적으로 문자를 발명해서 백성의 삶을 개선하려 한 것이 아닌가?

　나랏말이 중국과 달라 문자(한자)와 서로 통하지 아니한다. 이런 이유로 어리석은 백성이 말하고자 할 바 있어도 마침내 제 뜻을 쉽게 펴지 못하는 사람이 많다. 내 이를 어여삐 여겨 새로 스물여덟 자를 만드니 모든 사람으로 하여금 쉬이 익혀 날로 씀에 편안케 하고자 할 따름이다.(훈민정음 어제서문)

　지금 다시 읽어도 손색없는 명문이다. 중국과 조선이 언어 체계가 다른데 중국의 한자로 모든 생각을 표현하고, 모든 문서를 한문으로 작성하는 상황에서는 조선이 아무리 자주 독립을 외친다 해도 중화적 세계관을 벗어날 수 없다. 마찬가지로 한문에 접근하기 어려운 일반 서민의 뜻이 정치에 반영되기 어려운 것도 사실이다. 그러니까 한문은 중화적 세계관에 갇힌 조선의 봉건체제를 유지하는 수단이 되기도 한다. 이런 상황에서 문자를 만든다는 것은 외부적으로는 중화적 세계관으로부터 정신적으로 독립하겠다는 것이고, 내부적으로는 봉건적 위계질서 안에 민주주의의 정신적 토대를 만들겠다는 것이다. 그러므로 한글 창제 소식을 듣고 최만리를 위시한 조선의 양반 사대부들이 극렬 반대했다는 것은 외부적으로나 내부적으로 자신들이 누려왔던 기득권이 무너질 수 있다는 것을 감지했기 때문이다.

　유럽에서 구텐베르크가 인쇄술을 발명한 이후 성경을 위시한 서적이 대량 보급되고 이것이 루터의 종교 개혁의 기반이 된 것은 잘 알려진 사실이다. 그런데 조선의 세종은 단순히 인쇄의 기술이 아닌 문자를 발명해서 보급하려 했던 것이니 그 얼마나 혁명적인가? 한글이 1446년에 반포되었고 유럽의 종교개혁이 1517년 시작이 되었으니 적어도 70년 이상을 앞서 있다.

언어학자에 따르면, 영어와 독일어 그리고 프랑스어를 위시한 서구의 모든 언어 체계는 인도유럽피언 언어가 문화와 지역에 따라 특화되고 개량되면서 자연적으로 형성·발전된 것이다. 이들의 문자는 알파벳을 기본으로 하여 약간의 변형을 거쳐서 공통적으로 사용된다. 따라서 문자를 일정한 원리와 계획에 따라 독자적으로 발명한다는 것은 유럽의 전통이나 그 밖의 세계 어떤 전통에서도 상상할 수 없었던 일이다. 그런데 조선의 세종은 분명한 문자 창제의 철학과 원칙을 수립하고, 그에 따라 한글을 만든 것이다. 자음(초성과 종성)은 발성기관의 기능과 작동을 본 딴 음운학적 원리를 따르고, 모음(중성)은 천지인(天地人)이라는 동양의 오랜 전통 사상을 바탕으로 한다. 모든 글자는 모음과 자음이 결합되면서 완성된다. 결국 한글이라는 문자는 음과 양의 대대관계, 우주 자연의 정신 및 철학과 몸과 기계의 기능 및 작동이 결합할 수 있는 가능성을 표현한다. 이 한글로 표현할 수 없는 소리가 없다고 할 정도니까 한글의 표현 가능성과 확장 가능성은 대단히 우수한 것이다. 게다가 음양의 원리와 같은 모음과 자음의 결합은 현대 컴퓨터 언어의 기초를 이루는 이치 논리를 담고 있기 때문에 기계어로 확장될 가능성도 무한하다. 오늘날 인터넷에 기반한 디지털 혁명에 언어학적으로 가장 활용성이 큰 언어가 한글인 까닭이 여기에 있는 것이다.

한글날을 생각하며-2

한글은 많은 장점을 가지고 있지만 표음문자로서의 한계도 적지 않다. 다시 말해 고도의 사색을 축약하고 추상하는 면에서는 표음문자만으로 그 역할을 다할 수 없다. 반면 추상 기능은 표의문자로서의 한문의 탁월한 장점이다. 한국어의 내용이 풍부해지기 위해서는 표음문자와 표의문자가 유기적으로 결합해야 한다. 이런 점에서, 일부 한글학자들이 한글-한자 병행론을 비판하면서 한글전용론을 외치는 것은 문제가 있다. 그 근거는 이렇다. 첫째, 오늘날 우리가 사용하는 한자는 조선시대의 한자나 그 한자로 만들어진 한문과는 큰 관계가 없다. 한중일이 똑같이 한자를 사용한다 하더라도 발음은 전혀 다르고 의미 차이도 큰 경우가 많다. 한자(문자)는 수천년 전 중국에서 탄생했을지라도 현재의 그것은 동아시아가 공유하고 있는 정신문화의 근간일 뿐이다. 그런 한자를 받아들여 오래 사용하면서 이미 각

나라 별로 토착화되고 변용된 것이다. 마치 유럽의 영어와 독일어, 프랑스어와 이탈리아어 등 모든 유럽 언어가 인구어(印歐語) 전통의 라틴어에 뿌리를 두고 있지만, 각 나라 별로 다르게 발전한 것과 크게 다르지 않다. 라틴어는 유럽 언어의 근간이자 정신적 뿌리 역할을 하면서 각 나라의 언어의 내용을 풍부하게 해주는 것이다. 그들이 교육과정에 라틴어를 도입하는 까닭이 거기에 있다. 한자도 마찬가지라고 본다. 오늘날 우리가 사용하는 언어의 70퍼센트가 한자로 만들어진 개념어이다. 이런 개념어를 모두 음성언어로 바꾼다는 것은 비효율적일뿐더러 잃는 것이 너무 많은 과정이 될 것이다.

둘째, 동양철학이나 불교 관련 논문들 그리고 책들을 보면 수백, 수천 년 전의 한문 투가 전혀 번역이 되지 않은 상태로 쓰이는 경우를 볼 수 있다. 심지어 SNS에도 불교 경전이 한문 투를 거의 바꾸지 않은 상태로 올라오는 경우가 있다. 만약 그것이 문헌학의 대상이라면 의미가 있을지 모르겠지만, 어떤 의미 있는 종교적 내용을 전달하는 수단으로 그렇게 했다고 하면 그것은 대단히 문제가 있다. 어떤 이는 한문 투가 그 사상이나 종교의 핵심을 표현하는 데 절대적으로 필요하기 때문이라고 말한다. 하지만 예를 들어 불교 사상도 인도에서 유래한 것이고, 그

것이 중국의 한자와 사상을 통해 번역된 것이다. 수백, 수천 년 전의 한문 투는 당시 중국 사람들, 혹은 한자 문화권에서 자기 언어가 없던 우리 조상들의 생각을 표현하는 방식일 뿐이다. 문헌학적 연구나 사상사적 연구가 아니라면 빼어난 한글을 가지고 있는 우리가 그 오래된 유물을 반복할 이유는 전혀 없다.

세상이 달라지고 문화가 달라지고 사용하는 언어도 바뀌고 있다고 한다면, 과거의 방식을 고집하는 것은 정신적으로 과거에 예속되는 것이고 지적으로 태만한 것이다. 이때의 번역은 단지 한글 전용을 이야기하는 것이 아니다. 현대 한국에서 일상적으로 사용되는 한글과 한자로 이루어진 국어로의 번역이고 가독성을 최우선 조건으로 삼는 것이다. 이것이 가능할 때 비로소 고전이 현대적 의미로 이해될 수 있다. 불교든 동양사상이든, 서양사상이든 이런 언어를 가지고 표현할 때 그 모든 것은 더 이상 타자의 사상이 아니라 우리 사상 속에서 재해석된 우리 사상이 된다. 데카르트가 라틴어가 아닌 프랑스어로 철학책을 쓰고, 괴테가 독일어로 소설을 쓰면서 비로소 프랑스 철학과 독일 문학이 뿌리를 내릴 수 있었던 것과 같은 의미다.

셋째, 오늘날 한글에 위협이 되는 것은 앞서 이야기한 것보다 다른 데 있을지 모른다. 지난 수십 년간 이룩한 경제성장과 세계화, 인터넷의 등장은 영어의 위력을 말할 수 없이 키워 놓았다. 여기에는 자연발생적인 측면도 있지만 인위적으로 이루어진 영어 교육의 열풍도 크다. 한국처럼 영어가 돈을 벌고 출세를 하는 데 절대적 영향을 미치는 사회에서는 영어의 비중은 말할 수 없이 크다. 때문에 이런 영어의 영향력이 불가피한 측면을 무시하기는 어렵다. 하지만 좀 더 큰 문제는 인위적인 영어의 열풍과 교육이 새로운 정신적 사대주의를 조성하고 민주주의를 파괴할 수 있다는 점이다. 창의적인 교육이 이루어져야 할 대학 강의조차 영어 강의를 획일적으로 강요하고 있다.

국문학이나 한문학도 영어로 강의하고 유럽에서 공부하고 온 선생한테도 영어 강의를 요구한다. 대학평가 점수와 연관되어서인지는 몰라도, 이것은 학문의 내용과 질을 전혀 고려하지 못한 처사다. 영어로 언어를 획일화하는 것은 언어 생태계를 파괴하고 학문의 다양성과 창의성을 해칠뿐더러, 모국어로 연구하고 사유하는 것을 막음으로써 학문의 창의적이고 장기적인 발전도 막는 것이다. 영어 강의자를 우대하고 국내 대학 출신이 자연스럽게 배제됨으로써, 학문의 사대적 종속을 심화시키고 새로운 언어 계급주의를 야기한다. 이런 현상이 지속되면 학문의 자생적 발전이 절대적으로 어려워질 수밖에 없다. 이웃나라 일본에서 노벨 물리학상 수상자가 모두 국내파 지방대 출신이라는 점을 감안한다면 우리의 획일적 언어 정책이 얼마나 대학의 창의적 교육을 망치는지 짐작하기 어렵지 않을 것이다.

한글날은 결코 일회적인 행사가 되어서는 안 된다. 그리고 잘못된 한글화 정책으로 모국어의 풍부한 자원을 스스로 황폐화시켜서도 안 된다. 학자들은 끊임없이 이 모국어를 통해 훌륭한 정신적 창작물을 만들어 낼 수 있어야 한다. 서양철학이 수입된지 백 수십 년이 넘어가도 아직 이렇다 할 우리 철학의 자랑거리가 되는 저작이 없는 실정이다. 모국어로 쓰인 훌륭한 창작물은 그것이 비록 서양사상이나 과거의 중국철학, 불교철학을 기술한 것이라 해도 우리의 철학이다. 이 점은 다른 학문 분야에서도 마찬가지이다. 모국어의 정신을 살려 표현하는 것은 단순히 간판 몇 개 바꾸고, 낱말 몇 개 한글로 표현해서 쓰는 것과는 질적으로 다른 차원이다. 우리는 언제쯤 진정 이 모국어로 사유하고, 이 모국어로 쓰인 문헌들을 중심으로 참조하고, 이 모국어로 우리의 생각을 표현할 수 있고, 그리하여 이 모국어로 빼어난 정신적 창작물들을 만들어 낼 수 있을 것인가?

한글 전용과 국한문 혼용[*]

한글의 장점은 여러 가지 있지만 그중에서 손꼽히는 것은 '정보 전달력'이다. 세종은 어리석은 백성들이 쉽게 익혀서 자기 뜻을 펼 수 있도록 이 글자(한글)를 창제한다고 했다. 한글은 '슬기로운 사람은 아침나절에 뜻을 해석'하고, '어리석은 사람이라도 열흘 만에 배울 수 있다.'(정인보) 이렇게 쉽게 배워서 쉽게 정보를 접하게 되니, 그 정보의 재생산과 전파력도 높다. 소중화(小中華) 의식과 한문 숭배에 빠진 조선의 어리석은 선비들은 이런 장점을 인정하지 못하고 한글을 뒷방의 아녀자나 사용하는 글로 생각했다. 결과적으로 한자 숭배는 조선의 봉건 지배 체제를 유지하는 강력한 수단이 됐다. 라틴어에서 해방된 유럽 각국의 언어들이 종교개혁을 시도하고 계몽사상을 전파하는 데 강력한

* 이 글은 『한글 새소식』 제582호, 한글학회, 2021.2의 내용을 수정하여 게재하였다.

수단이 되었던 것을 생각하면 참으로 아쉬운 시간이다. 한글은 유럽 각국의 언어들보다 일찍 발명이 되었는 데도 조선을 개화하고 계몽하는 데 큰 역할을 할 수 있는 기회를 잃은 것이다.

대한제국은 1894년 갑오경장을 단행하면서 그동안 2류 언어로 취급했던 한글을 '국문'으로 채택하면서 공문서에서 한글이 사용되기 시작했다. 이후 서양 선교사들을 중심으로 근대적 학교가 세워지고 1894년 갑오개혁을 통해 신교육 시스템이 도입되었다. 일제 식민지 시절 일본은 노골적으로 '민족말살정책'을 펴면서 한글 사용을 정책적으로 금지시켰다. 하지만 한글로 된 신문의 보급과 일제 치하에서도 소설가들과 시인들의 노력에 의해 우리말의 아름다움이 유지된 것은 주목할 만하다. 특히 한글학회의 학자들이 우리말을 지키기 위해 조선어대사전을 만드는 과정에서 일제의 탄압을 받은 사건은 세계적으로도 유례가 없다. 해방 직후 문맹률은 대략 70~80퍼센트였지만 이후 역대 정부들이 문맹 퇴치에 힘써서 현재는 글자를 모르는 사람은 거의 제로에 가깝게 되었다. 조선시대 양반 계층이 한문을 독점하고 국민 대다수가 수백 년 동안 문맹을 겪었던 것에 비하면 천지차이다. 특히 한글 전용 정책은 한글의 정보 전달력을 크게 높이는 계기가 되었다. 한글은 디지털 시대에 들어서 그 진가를 더욱 발휘하고 있다. 한글은 중국의 백화문이나 일본의 히라가

나 입력 속도와 비교가 되지 않을 만큼 빨라서 정보 생산성도 크게 높이게 되었다.

하지만 새로운 문제가 불거지고 있다. 2012년도 OECD 통계에 의하면, 글의 내용이나 맥락 등을 이해하는 문해력(文解力) 부문에서 여전히 한국은 OECD 평균에 못 미친다는 것이다. 한국의 대학 진학률이 다른 나라에 비해 상대적으로 높은 수준인데도 불구하고 문해력이 떨어지는 이유가 무엇일까? 문해력은 무엇보다 읽기(독서) 및 어휘력과 연결되어 있다. 많이 읽지 않고, 쓰지도 않고, 어휘력도 빈곤할 경우 당연히 문해력이 떨어질 수밖에 없다. 이 문제를 한글전용론자와 국한문혼용론자 간의 논쟁과 관련해서 짚어 보면 이해가 쉽다. 이 문제는 우리나라의 어문 정책상 오랜 논쟁거리이고, 지금도 여전히 살아 있는 문제이다. 오늘날에는 정권이나 보수와 진보 간의 진영 논리까지 개입돼서 대립하는 지경에 이르렀다.

먼저 한자어가 외국어인가 하는 점을 생각해보자. 한글전용론자는 한자가 중국의 문자이고, 한자를 사용하면 다시 모화사상에 빠진다고 주장한다. 하지만 한자는 수천 년 동안 사용되면서 우리말 속에 뿌리를 내려 우리말의 근간을 이루어 왔다. 우리말에서 주어와 술어는 개념어로 사용되는 한자 보편자이다.

한자는 이런 개념어의 원산지 역할을 오랫동안 해 왔다. 그런데 오래 사용해 온 이 개념어를 중국 글자라고 하고 사용을 막으려 한다면 한국어는 반쪽짜리 글자가 될 수밖에 없게 된다. 개념어는 많을수록 좋고, 그 효과는 고급의 추상적 사유를 할 때 분명히 드러난다. 한자가 외래어니까 배척하자는 생각은 조선 시대 한자 숭배론에 빠져서 한글을 배척했던 것만큼이나 언어 국수주의의 한계에 갇히는 것이다.

한자의 추상력과 조어력은 문장 이해력을 높이고 표현 어휘를 양적으로나 질적으로 증대시킨다. 이것은 많은 언어학자가 지적하는 한자의 장점이다. 동아시아는 한자 문화를 공유함으로써 높은 문화 수준에 도달할 수 있었다. 높은 문화는 사회 발전의 강력한 동력이 된다. 근대의 서세동점에 밀려서 한때 잠시 서구의 침략을 받았지만 동아시아가 짧은 기간 안에 근대화를 이룩할 수 있었던 것은 높은 문화 수준 때문이다. 일본이 서양의 사상과 문화를 한자로 번역함으로써 동아시아 각국이 받은 혜택을 무시할 수 없다. 한국이 한글 사용으로 인해 문맹률을 낮추고 높은 교육열을 유지할 수 있었던 것도 오랜 문화 전통과 연관이 있다. 21세기는 동아시아가 세계 문명의 중심으로 우뚝 설 가능성이 높다. 한자 교육을 하면 사교육이 증가한다는 것은 무분별한 영어 사교육과 비교할 때 지엽말단적인 문제일 뿐이다.

반면 국한문혼용론자들이 주장하는 것처럼 각급학교의 교재에 국한문을 혼용하고, 나아가서는 신문이나 각급 문서에 사라진 한자를 다시 도입한다면 어떻게 될까? 한자를 배우는 것과 상관없이 국한문 혼용은 정보 취득 능력이나 생산 능력을 현저하게 떨어뜨릴 수 있다. 지난 수십 년 동안 한글전용 정책을 쓰면서 혼용론자들이 생각하는 것처럼 한자를 몰라서 일상의 언어생활에 큰 불편이 있었던 것은 아니다. 오히려 한글전용 정책으로 인해 어려운 한자어나 잘 사용하지 않는 한자어가 사라지면서 문장의 가독성을 높인 면도 크다. 높은 가독성은 정보의 생산과 전파에 큰 역할을 한다. 이런 현상을 좀 더 일반화한다면 법원에서 사용하는 문서나 전문 학자들의 문장에서도 쉬운 한국어를 쓰도록 유도함으로써 일반인들이 느끼는 장벽을 낮출 수 있다.

언어가 특정 집단에 의해 독점되는 것은 권력과 자본의 독점으로 이어지기 때문에 쉬운 한국어 쓰기 운동은 민주주의 사회에서 대단히 중요하다. 게다가 컴퓨터 사용이 일상화된 디지털 시대에 국한문 혼용을 할 경우 정보 생산 능력을 한 세대 이전으로 후퇴시킬 위험도 크다. 한글 전용으로 인해—엄격히 말해 이것은 한글 전용이 아니라 한글로 표기된 고유어와 한자이다—한국은 일본이나 중국에 비해 디지털 기기 사용이나 문서 작성에서 월등하게 앞서 있다. 그런데 다시금 국한문 혼용을 한다면 문자 시대의 수레바퀴를 완전히 거꾸로 돌리는 것이나 다름없다.

한글전용론자와 국한문혼용론자의 갈등을 쉽게 절충하거나 봉합하기는 어렵다. 하지만 지금처럼 상대의 단점만 강조하면서 대립하기보다는 좀 더 실용적이고 실사구시적인 차원에서 장점을 극대화하는 대화가 필요하지 않을까 한다. 지나치게 자기 입장만을 고집한다면 서론 간에 언어 국수주의의 오류에 빠질 수가 있다. 한자가 가지고 있는 장점을 살려서 한자를 배우되 국한문 혼용은 피하는 것이다. 이 경우 어휘력과 문해력 그리고 사고를 풍부하게 하면서 언어 사용에서는 실용적일 수 있지 않을까? 우리가 일상적 개념으로 사용하는 한자들은 조선 시대의 한자 숭배와는 전혀 거리가 멀다.

별의 이미지

별의 이미지는 얼마나 아름다운가? 어린 시절 마당의 평상에 누워 보던 밤하늘의 별을 생각해 보라. 보석처럼 반짝이던 은하수, 이따금 밤하늘을 가르는 별똥별, 이름도 모르는 별자리들을 세면서 밤 새워 이야기하던 시절을…. 그 시절 동심은 배는 고팠어도 얼마나 맑았던가? 별은 이 대지에 묶여 있던 우리 영혼에 상상의 날개를 달아준다. 별은 저 영원한 신화의 세계로 이끌어주는 불빛이 아니던가?

"저 별은 나의 별 / 저 별은 너의 별 / 별빛에 물 들은 밤같이 까만 눈동자 / 저별은 나의 별 / 저별은 너의 별 / 아침 이슬 내릴 때까지…."(윤형주, 〈저별은 나의 별〉 중에서) 해변 가에서 모닥불을 피워 놓고 기타 소리에 맞춰 부르는 윤형주의 별은 그 별빛에 물든 밤같이 까만 눈동자의 소녀를 떠올리게 한다. 그 소녀와 나누던 이야기, 함께하던 노래, 나누던 편지…. 그 소녀는 지금 어디에 있는가?

별이 된 시인 윤동주의 별을 헤다 보면 끊임없이 생각이 떠오른다. 그것은 다른 이가 결코 대신할 수 없는 나만의 생각이리라. 그 별 속에는 추억이 있고, 사랑이 있고, 쓸쓸함과 동경이 있다. 그런 생각이 뜨고 지다 보면 시상도 떠오르지 않는가? 아, 어머니, 어머니. 내 영혼의 영원한 동경이고, 영원한 안식처인 어머니. 당신은 지금 어디에 있나요? "별 하나에 추억과 / 별 하나에 사랑과 / 별 하나에 쓸쓸함과 / 별 하나에 동경과 / 별 하나에 시와 / 별 하나에 어머니, 어머니…."(윤동주, 〈별 헤는 밤〉)

별이 쏟아지는 밤길을 걷는 연인의 마음속에는 어떤 별이 있는가? 논두렁길을 다정히 손잡고 걷는 연인들을 생각해 보라. 말은 조근조근하지만 심장은 쿵쾅거린다. 그 길이 끝나는 곳에 자그마한 언덕이 보인다. 남자는 이슬이 맺힌 그곳에 하얀 손수건을 깔고 여자를 앉힌다. 이미 그의 마음속에는 결심이 서 있다. 이 고요한 별 빛 아래에서 그녀를 향한 사랑을 고백하겠다고…; "앉아요, 제시카. 저 하늘의 바탕을 보아요. / 빛나는 황금빛 큰 접시의 무늬로 총총히 상감되어 있는 걸. / 그대에게 보이는 천체는 아무리 작은 것일지라도 / 운행 중에 천사가 하듯 노래하지 않는 게 없소. / 그런 화음이 불멸의 영혼 안에도 있어요. / 하지만 이 진창 같은 썩어 버릴 육신의 옷이 두껍게 / 그것을 덮고 있는 동안은, 우리는 그 화음을 들을 수 없다오." (셰익스피어, 『베니스의 상인』)

보석처럼 박힌 밤하늘의 별들의 합창이 들리지 않는가? 우주의 화음. 피타고라스의 수와 질서, 그리고 영혼들. 그런 불멸의 질서와 화음이 어찌 우주에만 있겠는가? 우리의 영혼도 본래 그곳에 거주하던 것이거늘. 하지만 이 썩어 버릴 육체의 옷이 덮고 있는 동안에 어찌 우리가 영혼의 화음을 들을 수 있겠는가? 그러나 당신이여, 사랑을 하는 순간 나의 영혼은 육체의 감옥을 벗어나 당신의 영혼과 하나가 되었다오. 본래 에로스의 신은 영혼의 이데아를 사모하지 않았던가? 사랑하는 연인들은 그렇게 영혼이 하나 됨을 경험한다.

이데아의 세계를 떠난 영혼은 끊임없이 상실된 그 세계를 동경한다. 영혼의 본질은 동경(Sehnsucht)이다. 이 혼탁한 세속, 번뇌의 세계를 영혼은 끊임없이 벗어나고자 한다. 철학은 죽음의 연습, 매일같이 썩어 버릴 육신의 옷을 벗어 버리고자 한다. 하지만 어떻게 가능한가? 조지훈의 별은 이 번뇌를 벗어던지는 법을 알려준다; "까만 눈동자 살포시 들어 / 먼 하늘 한 개 별빛에 모두오고, /복사꽃 고운 뺨에 아롱질 듯 두 방울이야 / 세사(世事)에 시달려도 번뇌(煩惱)는 별빛이라."(조지훈, 〈승무〉 중에서) '세사(世事)에 시달려도 번뇌(煩惱)는 별빛이라.' 세속과 탈속이 어디 둘이겠는가? 하나도 아니고 둘도 아닌 것, "번뇌는 별빛이라."

칸트의 별은 그 별을 내 마음 속으로 가져온다. "밤하늘에는 빛나는 별이요, 내 마음속에는 양심."(칸트) 밤하늘에 별이 빛나는 것처럼, 내 마음속에는 '양심'이라는 '도덕률'이 너무도 분명하게 존재한다. 양심(Gewisse)이 무엇인가? 데카르트는 의심하려야 의심할 수 없는 것을 진리의 징표로 삼는다. 그 의심할 수 없는 확실성(Gewissheit)이 양심과 같은 뿌리를 갖고 있지 않은가? 그래서 칸트는 "밤하늘에는 빛나는 별이요, 내 마음속에는 빛나는 양심"이라고 하지 않는가? 그런데 당신은 그 별이 더는 보이지 않는다고 말하는가? 별이 보이지 않는 세상, 별을 상실한 세대의 슬픔. 그래서 우리는 고향을 상실한 종(種)이라고 말한다. 자기의 땅에서 유배당한 자들의 슬픔이여(프란츠 파농). 그래서 윤 동주는 "별 하나에 어머니, 어머니"를 부르는가?

헝가리의 철학자 루카치는 '별만 보고서도 목적지를 찾아가던' 행복한 시대를 말한다. 영혼의 빛과 세계의 빛이 하나이던 시대, 별빛을 보면서도, 나침판과 지도만 보고서도 가야만 하던 길을 찾을 수 있던 시대로부터 우리는 얼마나 떨어져 있던가? 열심히 일하고, 열심히 살면서도 늘 이 낯선 세계 속에서, 우리는 더는 행복하지 않다; "별이 빛나는 창공을 보고, 갈 수가 있고 또 가야만 하는 길의 지도를 읽을 수 있던 시대는 얼마나 행복했던가? 그리고 별빛이 그 길을 훤히 밝혀주던 시대는 얼마나 행복했던가? 이런 시대에서 모든 것은 새로우면서 친숙하며, 또 모험으로 가득 차 있으면서도 결국은 자신의 소유로 되는 것이다. 그리고 세계는 무한히 광대하지만 마치 자기 집에 있는 것처럼 아늑한데, 왜냐하면 영혼 속에서 타오르고 있는 불꽃은 별들이 발하고 있는 빛과 본질적으로 동일하기 때문이다." (G. 루카치, 『소설의 이론』)

고흐의 별은 얼마나 몽상적인가? 이 세계에서 행복을 느끼기에는 이 세계가 너무 외롭고, 이 세계를 그대로 보기에는 이 세계가 너무 낯설다. 별이 빛나는 그의 밤은 낯설고 외로운 세계를 넘어서 몽환(夢幻)의 세계로 이끈다. 그의 꿈은 우리의 꿈과 다르리라. (고흐, 〈별이 빛나는 밤에〉)

다산 정약용의 애절양

아래 한시는 다산 정약용의 〈애절양(哀切陽)〉이란 시이다.

蘆田少婦哭聲長 哭向縣門號穹蒼 夫征不復尙可有 自古未聞男絶陽

舅喪已縞兒未澡 三代名簽在軍保 薄言往愬虎守閽 里正咆哮牛去早

磨刀入房血滿席 自恨生兒遭窘厄 蠶室淫刑豈有辜 閩囝去勢良亦慽

生生之理天所予 乾道成男坤道女 騸馬豶豕猶云悲 況乃生民思繼序

豪家終世奏管弦 粒米寸帛無所損 均吾赤子何厚薄 客窓重誦鳲鳩篇

명작으로 얘기되는 다산의 이 한시를 제대로 읽을 수 있는 사람이 오늘날 얼마나 될까? 극히 일부를 제외하고서는 읽고 해석하지 못한다고 말해도 좋을 것이다. 못 읽는다고 해서 부끄러워할 일도 아니다. 이미 영어보다 더 먼 언어가 되어 버린 '한시'가 아닌가.

이 시는 다산이 강진에서 유배 중이던 1803년에 쓴 것이다. 한 백성이 아이를 낳은 지 3일 만에 군보에 올라온 것에 분노하면서 자신의 양근을 잘라 버리고, 그 아내가 그것을 들고 관가에

하소연하러 갔더니 문지기가 막아 버린 현실을 보고 쓴 시이다.

　조선시대의 군정 폐단은 악명 높았다. 양반은 면제되고 양민에게만 가해지는 부담은 말할 수 없다. 죽은 자에게서도 거두어 백골징포라 하고, 갓 태어난 사내아이한테도 거두어 황구첨정이라고 하는 것이다. 아이가 태어나는 것은 자연의 섭리인데 그 태어난 아이로 말미암아 산 식구들마저 먹을 것을 뺏기는 게 현실이다. 그러니 오죽하면 지아비가 양근을 잘라 아이 낳는 일을 자책하게 만들겠는가? 다산의 「애절양」은 저런 참담한 현실을 개탄하고 분노하면서 적은 시이다.

　그런데 다산은 이런 현실을 한글이 아니라 한시로 고발했다. 이런 한시를 읽을 수 있는 이들이 전체 인구 가운데 몇 퍼센트나 되었을까? 통계에 의하면 1920년대 일제강점기 인구가 2천만인데 그 가운데 90퍼센트 이상이 문맹이었다고 한다. 근대식 교육이 시작되었음에도 이런 상태라면 다산이 살던 18~19세기 조선의 문맹률은 그보다 훨씬 더했을 것이다. 결국 한문을 읽고 쓸 수 있는 식자층은 아무리 많이 잡아도 5퍼센트를 넘지 못했다고 볼 수 있다. 이런 상태에서 일반 백성의 참담한 현실을 한시로 썼다는 걸 어떻게 이해해야 할까.

　만일 백성들이 그 시를 이해할 수만 있었다면 그 시는 민란을 일으킬 만큼 폭발적인 힘을 가질 수도 있었을 것이다. 실제로 이 시에는 대중적인 분노와 혁명적 공감대를 일으킬 만한 내용이 담겨 있다; "자식을 낳고 사는 이치는 하늘이 준 것이요 거세한 말과 거세한 돼지도 오히려 슬프다 할 만한데 하물며 백성이 후손 이을 것을 생각함에 있어서라! 세도가의 집에서는 일 년 내내 풍악을 즐기지만 쌀 한 톨, 비단 한 조각 바치는 일 없구나. 똑같아야 할 우리 백성들 어찌 가난하고 부유하기 제각각인가."

개돼지를 거세하는 것도 슬픈데 사람으로 태어나 제 새끼 낳는 일로 양물을 제거하는 현실을 어찌 참을 수 있을까? 양반들은 일 년 내내 풍악을 울리면서도 쌀 한 톨, 비단 한 조각 군정으로 내놓지 않는데, 도대체 같은 백성으로서 이런 차별이 있을 수 있을까? 한문으로 적은 이런 시는 일반 백성들한테 전혀 전달되지 못하는 지식인의 자기분열적 양심고백에 불과하다고 해도 크게 틀린 말은 아닐 것이다. 다산의 언어적 한계, 더 나아가서 실학자들의 세계관의 한계라 하지 않을 수 없다. 북학파의 박제가는 아예 우리의 일상언어 자체를 중국어로 바꾸자는 이야기도 했다. 오늘날로 말하면 영어 공용론이라 할 수 있겠다. 내용을 결정하는 형식의 한계, 세종이 창제한 한글의 애민과 소통의 사상을 깨닫지 못한 그들의 실학이 조선 후기를 개혁하는 데 큰 영향을 미치지 못한 이유가 바로 이런 인식의 한계에 있지 않았을까?

운초 김부용을 그리며[*]

점심을 먹고 산책 삼아 광덕사(廣德寺)에 올라갔다. 광덕사는
신라 때 지은 천년 고찰이고, 호서 제1의 선원이다. 광덕사는 그
렇게 자랑을 하지만 정작 학승이 거의 없었다. 이 광덕사로 오
르는 길옆으로 1킬로미터 정도 가면 운초 김부용(雲楚 金芙蓉:
1813~1848)이란 여성시인이자 기생의 묘가 있다는 팻말이 보인
다. 그 팻말에 적힌 시 중의 일부이다. 운초는 김이양(1755~1845)
대감을 사모했지만 지금 그의 흔적은 거의 남아 있지 않다.

風流氣槪湖山主 　　풍류와 기개는 호산의 주인이요
經術文章宰相材 　　경술과 문장은 재상의 재목이었네

---

* 오래전 천안 광덕사 근처에서 몇 개월 지낼 때 쓴 글이다. 나는 당시 그곳에서 야인
생활을 하면서 종종 광덕사를 산책했고, 나중에 그곳의 한 스님과 친해져 차도 마시
면서 이야기를 많이 나눴던 기억이 있다.

十五年來今日淚   15년 정든 님 오늘 눈물 흘리네

峨洋一斷復誰裁   끊어진 우리 인연 누가 다시 이어 줄꼬

'15년 정든 님 오늘 눈물 흘리네'라는 구절이 마음을 찌른다. 15년을 함께 살다 님과 사별한 여인의 마음이 가슴을 찌른다. 다음에 이어지는 "끊어진 우리 인연 누가 다시 이어 줄꼬"라는 구절은 비감하기조차 하다. 죽음으로 인한 영원한 이별의 안타까움이 적나라하게 드러나 있다. 두 사람의 연배는 무려 58살이나 차이가 난다. 지금 식으로 생각하면 엽기적이라고 할 수 있겠지만 시를 통한 교유 관계라고 생각할 수도 있다. 이런 편지글을 보면 이양에 대한 운초의 마음이 예사롭지 않음을 알 수가 있다. "천리에 사람 기다리기 어렵고, 사람 기다리기 이토록 어려우니 군자(君子)의 박정함이 어찌 이다지도 심하시나이까."(千里待人難 待人難甚矣 君子薄情如是耶)

요즘 천안의 추모회나 문학회에서는 대대적으로 운초를 천안의 시인으로 내세우기로 하는 것 같다. 나는 광덕사를 왼편으로 끼고 난 사잇길로 올라가 보기로 한다. 비교적 트인 편인 길 옆으로는 조그만 계곡이라기보다는 차라리 개천이라 할 시내가 흐르고, 산등성이에 조성한 밭들이 보인다. 그 길을 조금 따라가다 보면 광덕사로 이어지는 다리가 있고 그 다리를 지나면 오

층석탑이 보인다. 오른쪽으로 천불사가 있다. 다리 밑을 통과해서 조금 더 올라가면 오른쪽으로 길상사(吉祥寺)가 위편에 있다. 계속해서 300미터 정도 올라가다 보면 숲이 보이며 그 숲속으로 난 언덕길을 따라 더 올라간다. 오랜만에 하는 산행이라 허리가 무척 아프다. 중간에 벤치가 있어 잠시 앉아 휴식을 취하고 담배도 한 대 피워 문다. 건너편 앞으로 보이는 가을 산에는 단풍이 곱게 물들어 노랗고 울긋불긋한 색깔로 온통 채색되어 있다. 이쪽으로는 오가는 사람들도 없어 무척이나 고즈넉한 풍경이다. 이런 날에 홀로 옛 시인을 찾아가는 나의 마음은 무엇일까? 산속으로 난 길에서 쉬었다 오르기를 몇 번 한 끝에 운초의 묘를 알리는 팻말을 볼 수 있다. 그 앞으로 묘로 올라가는 비교적 가파른 계단이 놓여 있다. 그것을 밟고 올라 보니 비로소 운초의 묘가 묘비 하나와 함께 덩그러니 나타난다.

운초는 정조 때 평남 성천의 가난한 선비의 무남독녀로 태어났으나, 조실부모하여 결국 기생으로 나갔다 한다. 하지만 문재(文才)가 빼어나고 학문을 닦아서 후일 판서를 지낸 김이양(金履陽)의 소실로 들어간다. 시인의 문재는 조선의 3대 여류 시인의 반열에 올라갈 만큼 뛰어났다고 한다. 고등학교 교과서에 실렸다는 기억도 나지만 시인의 구체적인 시 세계에 대해서는 더 논평할 만환 문식이 없다. 시인은 200년 전의 여성이지만 그런 엄격한 유교의 가부장적 사회에서도 문재로 이름을 떨치고, 그리하여 후대의 사람도 이렇게 그녀의 무덤을 찾을 수 있다니 예술의 위대함을 새삼 느낀다. 묘 뒤편에는 억새가 잔뜩 피어 바람에 살랑거리는 것이 사람을 반기는 시인의 모습 같다. 다음은 운초의 묘를 보고 내가 즉흥적으로 지은 시이다.

비 그친 후의 가을 산

사람의 자취가 끊겨 고요하고

낙엽만 쓸쓸히 굴러다니네

시인의 명성을 듣고

나 홀로 어렵사리 찾아오네

사람의 몸은 지는 낙엽처럼

무덤에 묻혀 썩어지지만

시인의 정신은

오늘도 뭇 사람의 마음에

그리움으로 살아나네

나중에 다시 찾을 것을 기약하며 계단을 내려오다 가시에 새끼손가락을 찔렸다. 선홍빛 피가 마치 부용의 마음을 보여주는 것 같다.

제6부

한국의 대학과

교육

인문학 연구는 결코 개인 연구자들의 호사나 호기심의 대상이 아니다. 인문학 지적 수준은 한 국가의 연구 수준과도 깊이 연결되어 있다. 오늘날 K-Pop을 위시한 한류의 큰 흐름은 인문학 연구 수준과도 연관이 크다. 기초 연구자들의 끊임없는 연구들이 한류 콘텐츠를 만드는 현장 활동가에게 영향을 줄 수 있고, 마찬가지로 그들의 현장 경험을 이론화하는 연구자 간의 피드백이 중요하다. 기초 연구 없는 한류는 오래 지속될 수 없을 것이다. 그리고 이런 기본적인 콘텐츠는 당장 사용할 수 있는 것에서부터 한 국가의 문화적이고 사상적인 오랜 연구 수준과 경험이 밑바탕이 될 수도 있는 것이다. 그 점에서 인문학과 예술은 이공 계통의 과학이 산업에 미치는 영향 못지않다.

공자와 공부

한·중·일 동아시아 3국이 시차를 두고 근대화에 성공한 데는 여러 가지 이유가 있지만 그중에서도 중요한 요인은 '유교'라고 할 수 있을 것이다. 혹자는 유교를 아시아적 정체성(停滯性)의 원인으로 간주하고 유교 망국론을 주장하지만, 그때 유교는 경전 속에서 갇힌 유교일 뿐이다. 본래적 의미의 유교는 다른 어떤 종교보다 학문을 존중하고 배움을 강조하는데, 이것이 동아시아의 근대화에서 적지 않은 역할을 했음을 부인할 수는 없을 것이다.

동아시아는 한때 우물 안 개구리 식의 폐쇄적 세계관으로 인해 근대 초입 시기에 서구 제국주의의 침략에 굴복하기도 했다. 하지만 유교 문화 특유의 높은 교육열과 학구열은 근대화를 이룩하는 과정에서 큰 힘을 발휘했다. 이것은 일본, 한국, 대만, 싱가포르 등지에서 똑같이 나타난 현상이고, 등소평 이래 중국의 경제 발전도 이로써 설명할 수 있다. 유교의 호학 정신이 경제 발전의 동력이 된 것이다. 유교의 호학과 향학 정신은 『논어』 곳곳에 나타나 있으며, 자식 교육을 위해 세 번이나 이사했다는 '맹모삼천지교' 고사에도 잘 나타나 있다.

공자의 공부에 대한 열정은 그가 약관 15세에 학문에 뜻을 두고, 30세에는 나름대로 입장을 세우고, 나이 50에는 비로소 하늘의 뜻을 알게 된다는 데도 잘 나타나 있다. 이는 공부의 발전 단계라고도 할 수 있다. 먼저 공부를 하고자 하는 발심을 하고, 다음으로 외계(기존의 지식과 세계)에 대한 공부를 통해 자신의 생각을 정립하면, 궁극에는 세상 돌아가는 이치를 깨닫는 것이다. 『논어』 곳곳에는 이런 공부와 관련된 구절이 수도 없이 많다.

『논어』 첫 구절이 "배우고 때때로 익히니 이 어찌 즐겁지 않느냐"(學而時習之 不亦說乎)이다. 공자는 여기서 배움과 익힘의 즐거움을 말한다. 늘 공부하는 자세, 그리고 배운 바를 틈 나는 대로 다시 익히는 것, 그런 앎의 즐거움이 얼마나 큰가?

또 공자는 "배우는 데 늘 민첩했고, 아랫사람에게 묻는 것을 부끄러워하지 않았다."(敏而好學 不恥下問) 이처럼 배움을 대하는 공자의 태도는 교조적이지 않으며, 개방적이다. 공자는 배움의 세계에서는 귀천이 따로 없고 상하를 구분하지도 않았고 가방끈도 신경 쓰지 않았다. 이런 개방적인 배움의 태도가 『논어』를

2500년을 넘어서 끊임없이 살아 있는 텍스트로 만들고 있다. 조선의 선비들이 어느 문중 출신인지를 따지며 폐쇄성과 배타성으로 일관한 것은 공자의 정신과는 한참 멀어진 것이다.

"세 사람이 함께 길을 가면 그 가운데 반드시 나의 스승이 있다"(三人行 必有我師焉)는 말도 있다. 길을 가는 친구에게서도 배우려고 하는 태도, 결코 남을 일방적으로 가르치려고 하지 않는 태도야말로 공자의 겸손을 말해준다. 공부에서 겸손은 가장 중요한 태도 중의 하나이다. 비어 있지 않다면 어떻게 채울 수 있겠는가? 무엇인가 모른다고 할 때 비로소 알게 된다는 것은 오래전 소크라테스가 가르쳐준 정신이다. 얄팍한 지식만으로 남을 가르치려 하는 현대의 지식인들이 귀감으로 삼을 내용이다.

발분망식(發憤忘食)이란 말이 있다. 『논어』의 '술이' 편에 나오는 말인데, 호학에 대한 공자의 태도를 단적으로 표현하고 있다. 공부하는 데 열중하느라 밥 먹는 것조차 잃어버릴 정도라는 것이다. 한 번 공부에 집중하면 밥 먹는 것도 잊을 정도고, 일상의 근심 걱정을 할 시간도 없다. '밥 먹어라'며 엄마가 그렇게 불러대도 놀이에 열중하는 아이들과 똑같다. 공부를 이처럼 신선놀음하듯 하니 도끼 자루가 썩는 줄도 모른다. 그러니 나이 먹는 줄 어찌 알고, 나이가 많다는 것이 무슨 장애가 되겠는가? 무슨 일이든 의무가 아니라 즐거움에서 할 때 나오는 태도이다. 탐구를 중시하는 학자나 예술가라면 당연히 이런 태도를 공자에게서 배워야 할 것이다.

그런데 공부에서 '앎'은 겨우 출발점일 뿐이다. "아는 것은 좋아하는 것만 못하고, 좋아하는 것은 즐기는 것만 못하다."(知之者는 不如好之者. 好之者는 不如樂之者) 知(지)는 외계(인간, 사회, 자연 등)에 대한 앎이다. 이러한 앎을 통해 우리는 외계를 이해한다. 知(지)는 앎을 추구하기 위해 노력하는 것이다. 好(호)는 그러한 앎을 추구하는 것을 좋아하는 태도이다. '인간은 그 자체로 알고 싶어 하는 존재'라고 아리스토텔레스가 『형이상학』에서 적은 것처럼, 인간은 다른 어떤 동물보다도 '호기심'이 많은 존재이다. 이러한 호기심(Thaumazein)이야말로 배움을 자극하고 촉진한다. 樂(락)은 이러한 앎을 즐긴다는 것이다. 이것은 호기심을 넘어서 그것을 즐긴다는 의미다. 이러한 즐김의 태도야말로 앎의 최고의 경지이다. 니체도 『짜라투스트라는 이렇게 말했다』에서 놀이를 즐기는 아이들의 정신에서 창조성이 나온다고 하고, 인간 정신 발달의 최고 단계로 해석한 바 있다. 중용에도 비슷한 구절이 있다. 이른바 완색이유득(玩索而有得)이 그것이다. 가지고 놀다 보면 얻는 바가 있다는 의미다.

그저 공부하는 것을 즐기기만 해도 안 된다. "배워도 생각을 하지 않으면 그 의미에 어둡고, 생각을 열심히 해도 배움이 없으면 위태롭다."(學而不思則罔, 思而不學則殆) 공자는 여기서 學(학)과 思(사), 罔(망)과 殆(태)를 대비해서 배움과 생각의 필연적 관계를 강조한다. 열심히 공부를 해도 그 의미가 깨우쳐지지 않는 경우들이 많다. 도대체 왜 배우는가, 내가 배우는 것의 의미는 무엇인가 등은 단순히 공부만 열심히 해서 얻어지는 것이 아니다. 공부하는 과정에서 끊임없이 그것을 따져 묻는 생각이 중요하다. 罔(망)은 생각하지 않고 배우려고만 할 때 경험하는 어둠과 답답함이다. 반대로 생각만 할 경우는 뜬구름만 잡는 사람이 되기 십상이다. 생각은 생각의 재료가 되는 소재를 바탕으로 해야지만 그 의미가 구체화되고 충실해질 수 있다. 생각을 소재가 없이, 또는 그 소재를 넘어서 하다 보면 칸트가 말한 형이상학적 가상에 빠질 수가 있다. 그런 의미에서 생각만 하고 공부를 하지 않으면 위험[殆]하다고 말하는 것이다. 칸트가 『순수이성비판』 서문에서 "직관 없는 형식은 공허하고 형식 없는 직관은 맹목이다"고 한 말과 같은 취지로 읽을 수 있다.

공부와 관련해 조선의 뛰어난 성리학자인 율곡 선생의 한마디를 더한다. 공부를 어렵게 생각할 필요가 없다. 공부는 삶이고, 일상이다. 삶 속에서 깨닫는 공부가 가장 크다; "공부란 무슨 남다른, 특별한 어떤 것이 아니다. 일상적 삶에서, 관계와 거래에서, 일을 적절히 처리하는 법을 배우는 것일 뿐이다. 산에서 한 소식을 하거나, 세상을 지배하는 힘을 얻자고 하는 일이 아니다. 공부를 안 하면, 마음은 잡초로 뒤덮이고, 세상은 캄캄해진다. 그래서 책을 읽고, 지식을 찾는다."(율곡 이이, 『격몽요결』)

공자는 13년 동안 천하를 주유하면서 자신의 철학과 정치관을 펼치려고 했다. 그 과정에서 그는 끊임없이 문전박대를 당하기도 하고, 그의 학식에 걸맞은 대접을 못 받는 경우도 허다했다. 그럼에도 공자는 '학이'편에서 이런 말을 한다. "설령 남이 나를 알아주지 않아도 나는 노여워하지 않는다."(人不知 而不慍 不亦君子乎). 누가 나를 인정해주지 않아도 나는 크게 개의치 않는다는 이 말은 참으로 세상의 쓰고 단 맛을 넘어선 사람만이 할 수 있는 말이다.

질문이 왜 중요한가?

강의를 하다 보면 의도치 않은 말, 예상하지 않았던 말이 튀어나오는 경우가 있다. 철학에서 질문이 중요하다는 것을 강조했을 때이다. 철학은 질문하는 데서부터 시작한다는 것은 너무나 당연한 이야기다. 그런데 의외로 학생들은 질문하는 걸 어려워한다. 그저 수동적으로 받아 쓰는 것이 익숙한 탓이다. 그래서 더 질문의 의미를 강조하다 보니 이런 말이 나왔다. 즉 질문을 하기 전에 우리는 수없이 갇힌다. 상황에 갇히고, 현실에 갇히고, 이데올로기에 갇히고, 이미지에 갇히고, 프레임에 갇히고, 습관과 규범에 갇히는 등, 수도 없이 우리 밖에서 주어진 것에 갇히는 것이다.

주어진 것(소여, the given)은 우리 의사에 상관없이 외부에서 강제적으로 그리고 타율적으로 주어진 것이다. 이 낯선 것, 외부적인 것이 우리 생각을 강제한다. 철학은 이런 타율적이고 강제적으로 주어진 것을 문제 삼는 데서부터 시작한다. 이때 질문이 큰 힘을 발휘한다. 비판은 질문하는 데서부터 시작한다. 주어진 것을 당연한 것으로 받아들이지 않고, 그것을 낯설게 하고, 불편하게 만드는 것이다. 질문은 대개 이런 형태들이다. "뭔일이여?" 어떤 상황을 수동적으로 따라가지 않으려는 데서 하는 질문이다. 또는 어린 학생들이 움직이지 말라는 말을 들었을 때 "와 그라요?"라고 했다면 어땠을까? 다들 익숙한 것으로 알고 있다고 침묵할 때 던지는 말, "머다요?"

질문은 이미 주어진 것, 기존을 넘어서게 한다. 상황을, 프레임을, 이데올로기를 넘어서게 하고, 다른 이의 해석을 넘어서게 하는 것이다. 그런 의미에서 질문은 일차적으로는 벗어나고 넘어서려는 의지의 표현이고, 비판의 자세이다. 이런 초월에 대한 욕구가 없다면 우리는 늘 갇힐 수밖에 없다. 다음으로 질문은 올바르게 한다면 우리가 원하는 것을 좀 더 빠르게 찾고, 원하는 곳으로 좀 더 빠르게 안내 받을 수 있을 것이다. 게다가 질문한다는 것은 사유의 건강함을 드러내는 것이기도 하다. 건강하다는 것은 어디 갇히는 것을 싫어하고 고정되고 정지해 있는 것을 거부하는 것이 아닌가?

어린아이를 보라. 끊임없이 움직이고 잠시도 쉬지 않고 질문을 해대지 않는가? 그런 건강함을 우리는 커 가면서 상실하고 있는 것은 아닌가? 좋게 표현한 사회화(Sociolization)라는 말은 결국은 주어진 사회에 최적으로 순응하고 적응하는 것이 아닌가? 적응할수록 움직이기 싫어하고 자기 자리를 고수하려고 한다. 그것은 우리 사유의 운동에서도 마찬가지일 것이다. 질문을 잃어버린 성인의 정신은 노화되고 경화된 사고를 보여줄 뿐이다. 반대로 질문을 한다는 것은 이렇게 경화된 사고를 다시 유동시키고 활성화시키는 것이라 생각할 수 있다. 그러므로 늙지 않으려면 더욱더 질문을 많이 할 일이다.

언어와 학문 주권

아무래도 내가 요즘 젊은 연구자들의 트렌드를 잘못 파악하는 것인지 헷갈린다. 몇 달 전 내가 오랫동안 관여하던 학회의 월례 발표회에 참석했을 때의 일이다. 그 자리에서 회장이 가을에 개최 예정인 국제 컨퍼런스를 이야기하면서 준비 작업으로 예비 독회를 시작하려고 한다고 말했다. 거기까지는 별 문제가 아닌데, 그 독회를 독일어로 진행을 하겠다고 했다. 그 전에도 이 학회에서 집중 세미나 등을 할 때 독일어로 진행했었다. 회장이 좀 더 젊은 세대로 바뀐 이후 의욕적으로 일을 진행하는 과정에서 불거진 문제다. 그 당시 나는 이 문제에 대해 심각하게 이의를 제기한 적이 있다. 서양철학을 할지언정 우리는 이 땅에서 모국어인 한국어로 철학하지 않느냐, 언어에서 모국어로 말하고 표현하는 일이 중요하지 않느냐, 독일어로 하고 싶으면 독일 저널에 기고하는 방식으로 하면 되지 않느냐, 무엇보다 독일어로 진행을 하면 국내에서 공부한 연구자들이 소외되지 않겠는가, 그렇게 외국어로 하고 싶으면 보편화된 영어로 하는 것이 더 효율적이지 않은가라는 등의 이유를 내세웠다. 그 당시 회장은 학문의 글로벌화를 거듭 강조하면서 우물 안 개구리 식의 연구 풍토를 개선할 필요가 있다며 뜻을 굽히지 않았다.

월례 발표회가 끝나고, 회장이 마무리 발언을 할 때 나를 다시 거론하면서 독일어로 진행해야 하는 당위성을 강조했다. 우리는 서양철학을 공부하기 때문에 서양 언어로 하는 것이 당연하다고 하고, 모 독일 관련 학회도 비슷하게 진행한다고 말했다. 나는 다시 칸트의 한국이나 헤겔의 한국이 아니라 한국에서 해석되는 칸트와 헤겔이 중요하지 않은가, 이미 영미권에서의 연구 풍토는 영미 철학의 전통에서 독일 철학을 해석하고, 문헌도 대부분 영어로 번역된 것이나 논문을 인용하지 않느냐, 오히려 우리는 외국어 이상으로 우리말과 한글로 표현하는 문제에 더 신경을 써야 하지 않느냐고 말했다. 그 자리에는 내 말에 수긍을 하는 사람도 있었지만 대부분 독회와 컨퍼런스를 효율적으로 진행하기 위해 독일어로 진행하는 것이 좋겠다는 표정이었다. 오랜만에 참석한 학회에는 독일에서 갓 돌아온 신참 연구자들 외에 내가 모르는 젊은 유학파 연구자도 여러 명 있었다. 그 자리에 국내파는 나 말고는 없었다. 그러니 그들 입장에서 볼 때 내 말이 오히려 거추장스러울 수도 있었을 것이다. 나는 학문의 글로벌화(Globalization) 추구의 취지는 충분히 인정하지만 한국어나 한글을 배제한 상태에서 진행하는 것은 문제가 있다고 생각했다.

만일 사정이 이렇다면 학문 세계의 글로벌화 추세 속에서 국내 연구자들, 특히 인문사회과학 분야의 상황은 더 어려워질 수밖에 없을 것이다. 이미 국내 대학에서는 동양 철학이나 한국학 관련해서도 영어권 출신자를 선호하고, 영어권 저널에 기고한 논문에 상당한 가산점을 주고 있다. 대학 평가에서 이 점이 특별히 고려되어 있는지는 알지 못한다. 그럼에도 학문 언어를 외국어, 특히 영어로 통일하려는 움직임은 아무 생각 없이, 그리고 제어 없이 이루어지고 있다.

작금의 이런 현상을 보면서 내가 조선의 유학자를 떠올린 것은 전혀 이상하지 않다. 따지고 보면 그들만큼 그 당시 동아시아권 안에서 글로벌화된 보편 언어(한자)를 익숙하게 사용한 학자들이 있었을까? 그들은 지금처럼 유학을 다녀오지 않고서도 한문을 중국인들 못지않게, 혹은 더 익숙하게 사용했다. 어렸을 때부터 사서삼경을 외우다시피 하면서 유학의 핵심 고전들을 섭렵했고, 그 이후로도 모든 인식과 사유 그리고 글쓰기 등을 한문을 통해서 했다.

하지만 그 결과는 어땠을까? 세종이 한자 사용으로부터 소외된 백성의 자유로운 소통을 위해 빼어난 문자 한글을 만들었지만 정작 문자를 주업으로 사용하는 조선의 지식인들에게서는 완전히 외면되었다. 조선은 뛰어난 인쇄술과 쉬운 문자 한글을 가지고서도 사회혁명과 발전에 거의 활용하지 못했다. 기술이 소수의 기득권 세력들에게 독점되면서 보편화되지 못했기 때문이다. 동시대 유럽의 구텐베르크의 인쇄술은 종교 혁명의 초석을 마련했다. 그 이후 보편언어 라틴어를 넘어서 영어나 독일어 혹은 프랑스어 등 각국의 작가가 모국어로 쓴 작품들이 근대 부르주아 혁명을 확산시키는 주역이 되었다. 이에 반해 조선의 유학자들은 사대와 소중화의 폐쇄주의에 사로잡혀 그들의 학문과 사상은 일반 대중들과 철저히 유리되고 말았다. 그 일차적인 책임은 철저한 한문 사용에 있다고 할 것이다.

조선의 성리학자 간에 이기론과 성정론 등을 둘러싸고 치열하면서도 고품질의 논쟁이 벌어졌다고 하지만 과연 그것이 당대 조선의 일반 대중들의 인식과 삶에 얼마나 영향을 미쳤는가? 그런 사변적이고 형이상학적인 논쟁들은 서양 중세에 수도원에서 이루어졌던 보편 논쟁처럼 현실과 더욱 유리된 탁상공론에 그친 면도 크다. 다산 정약용조차 이기(理氣)가 둘이든 하나이든 그게 무슨 차이가 있고 의미가 있는가라고 냉소적인 태도를 취한 적이 있다. 그런 다산조차도 한글을 무시하고 한문으로 경세론을 펼친 것을 보면 조선의 유학자들은 한문을 그냥 모국어나 다름없이 생각했다고 할 것이다.

조선의 성리학자들이 범한 우를 오늘날 한국의 인문학자들이 다시 범할 수 있다는 생각을 하면 우울하기 짝이 없다. 물론 시대 상황이나 맥락의 차이를 감안해야겠지만 모국어와 한글 사용은 학문 주권의 초석이고 주체적 학문의 틀을 짜는 기본이다. 나는 쇼비니스트도 아니고 폐쇄주의자도 아니다. 나는 누구보다 학문의 개방성을 주장하고, 글로벌화도 반긴다. 하지만 글로벌화를 핑계로 모국어와 한글을 방기한다든지, 한글로 번역된 콘텐츠의 생산을 무시한다든지 혹은 타자들의 문제의식에 휩쓸려 학문의 주권을 포기한다든지 하는 행태를 보이는 것에 대해서는 동의할 수 없다.

그렇잖아도 한국의 인문학이 외형적으로는 비대해졌지만 여전히 이론 수입의 오퍼상 수준을 벗어나지 못하고 있다는 비난도 있다. 학자들은 수도 없이 난립하는 학회들 안에서 그들만의 리그를 이어 가고, A4 10장짜리 논문 쓰느라 골머리를 앓는지 몰라도 바깥 사회는 급격한 정치 현실의 변화를 겪고 있고, 4차

산업혁명에 인공지능과 빅데이터 등으로 어수선할 뿐이다. 그렇지만 이 땅의 인문학자들이 그런 것들을 고민하고 걱정하고 해결하려 노력하고 있는가? '듣보잡' 외국 이론가의 이름은 빠짐없이 들먹이고, 2천 년도 더 된 공맹과 제자백가는 신주단지처럼 모시면서도 정작 지금 여기(hic et noc)의 현실을 사유의 재료로 삼으려는 생각은 왜 하지 못하는가? 하물며 언어 주권마저 포기하려는 작금의 대학이나 학자들의 태도를 어떻게 설명할 수 있을까?

의학 교육과 인문학

한국에서의 대부분의 현행 학문은 이른바 선진국 유학생을 통해 수입된 것이다. 철학을 위시한 인문과학의 대부분이 그렇고, 수학과 물리학, 자연과학과 공학도 절대적으로 유학과 수입을 통해 발전했다. 학문의 발전뿐만 아니라 인력 양성에서도 마찬가지이다.

그런데 서양 의학은 본래 서양에서 유래한 것이지만 의학도의 양성은 철저히 국내에서 이루어졌다. 의학의 경우는 외국에서 학위를 따더라도 국내 의사 시험을 별도로 통과해야 한다. 의학이 유학이나 수입에 의존하지 않고서도 이렇게 세계적인 수준에 오른 까닭이 무엇일까? 나는 의과대학의 교육과 훈련 방식에 있다고 본다.

일단 의과대학 입학생들의 수준이 대단히 높다. 의사의 사회적 지위나 수입이 높은 편이어서 의과대학 지망생들은 상위

0.1%의 톱클래스에 해당된다. 이렇게 우수한 학생들을 모집해서 대학 4년을 거친 다음 다시 예과 2년과 본과 4년 동안 집중적인 학습과 훈련을 시킨다. 그들이 받는 학습량은 다른 분야의 학생들이 따라오기 힘들 정도로 많다. 본과를 졸업할 때 의사국가고시에 합격해야 하는데, 이것은 일종의 통과의례인 자격고사일 뿐이다. 전문 법조 인력을 양성하는 법학전문대학원 체제도 철저히 자생적이라는 점에서 비슷하다.

본과를 졸업하면 각자 전공에 따라 해당 병원에서 인턴과 레지던트 과정을 밟는다. 거의 군대식의 위계에 따라 이 과정을 거치면서 의사로서의 소양과 능력을 집중적으로 훈련받는다. 병원에 여러 차례 입원했을 때 보면 주임 교수 등 뒤로 레지던트와 인턴이 여러 명씩 따라다니면서 보조도 하고 학습도 한다. 현대판 도제 교육이라고 해도 과언이 아니다. 이렇게 해서 전문의 자격까지 따는 데는 한 차례의 유급이 없더라도 11년이 걸린다. 물론 많은 경우 중간에 여러 차례 유급을 하는 것도 기본이다.

나는 한국의 의사 양성 과정을 보면서 다른 분야, 특히 인문학 분야가 배울 필요가 있다는 생각을 한다. 왜냐하면 이 분야의 학문들은 유학과 수입에 절대적으로 의존하고, 아직도 독립적인 브랜드를 만들어내지 못하고 인재도 내부에서 키워내지 못하고 있기 때문이다. 한국의 많은 인문학도들은 한국의 대학원에 진학하는 것을 열등한 수준으로 생각하는 경우가 많다. 유학에 비해 국내 학위 과정의 가치가 떨어진다고 생각하기 때문이다. 실제로 학위 과정에서 지도교수의 보호나 지도도 상당히 미흡해서 대부분의 경우 원생이 독학이나 공동 학습을 통해 논문을 쓴다. 지도교수와 원생의 관계도 학문적 차원으로 발전하지 못하는 경우가 많다. 학설이 없는 지도교수도 문제이고, 지도교수의 이론을 연구해야 한다고 생각하는 학생도 없다. 거의 방치 상태라고 보아도 틀린 말이 아니다. 이러다 보니 가뜩이나 취업도 되지 않는 상황에서 한국의 인문학 대학원에 진학하려는 학생들의 숫자는 날이 갈수록 줄어들고 있다.

나는 적어도 석·박사 과정은 도제식으로 이루어져야 한다고 본다. 석사가 힘들면 박사 과정만이라도 그렇게 운영을 할 수 있다. 지도교수의 강의에도 참석하고, 지도교수와 공동연구 프로젝트도 진행하고, 논문을 작성하는 과정에서는 지도교수와 끊임없이 토론을 하면서 챕터 별로 검토하는 것이다. 박사과정생은 석사 과정생을 훈련시키는 일도 맡을 수 있다. 대신 석·박사과정생의 경제 문제를 지도교수나 학과가 책임질 수 있어야 한다. 말은 쉽지만 이것은 대단히 많은 시간과 노력, 그리고 자원이 필요한 일이다. 이웃 일본의 대학에서는 기업의 도움을 받아 이런 경제적 문제를 해결하는 경우가 많다. 그런데 한국의 대학원에서 이렇게 논문 지도를 하는 대학이 거의 없고, 대학원 생들이 비싼 등록금을 벌기 위해 내부 세미나에 참석할 시간이 없는 경우가 다반사다. 대부분 학생이 혼자서 작성한 글을 가져가면 논문을 제대로 읽지도 않는 상태에서 자다가 봉창 두들기는 말 몇 마디 듣고 온다. 지도교수가 하는 일이 너무나 많고 바빠서 논문 지도에 시간을 할애할 여지가 없다는 것이 오늘날 한국의 대학의 사정이다. 이러니까 논문 지도를 해 주는 사설 기관들이 우후죽순 격으로 생기는 것이다.

연구자들을 자체적으로 훈련시키는 데 자신이 없다 보니 끊임없이 유학생들에 의존하고, 그들이 가져오는 수입 학문의 담론에 의지하고 있는 것이 21세기 한국 대학의 수준이다. 이런 상태로는 앞으로 100년이 지나도 별로 달라질 것이 없다. 나는 이번 코로나 사태를 겪으면서 세계인들의 주목을 받은 '코리아 모델'의 의료 시스템에서 답이 나올 수도 있다고 본다. 이 모델은 어느 날 갑자기 만들어진 것이 아니다. 의과대학의 교육 방식과 인턴 레지던트 양성 방식이 어쩌면 서양으로부터 독립할수 있는 자생적 교육의 중요한 모델이 될 수도 있다고 생각한다. 오래전 서원을 중심으로 이루어진 성리학자들의 양성 방식도 참조할 수 있겠다.

한국의 인문학 교육과 유학

여전히 유학(留學)이 대안일 수 있을까? K-방역이 전 세계의 주목을 받는 데는 한국 의과대학의 뛰어난 의료 인력 양성 시스템도 한몫을 했다고 본다. 전문의가 되기 위해서는 예과 4년과 본과 2년의 과정을 거치거나 일반 대학을 졸업한 다음 의치학 대학원 4년을 거쳐 국가고시에 합격하고, 그 후 인턴 1년과 레지던트 3~4년 과정을 수료해야 한다. 중간에 낙제하는 경우도 많기 때문에 그 기간은 더 길어질 수 있다. 무엇보다 인턴 레지던트 과정을 밟으면서 풍부한 임상 수련을 받고 실제 수술 경험도 쌓기 때문에 그 과정을 잘 이수하면 뛰어난 의사로 탄생할 수 있다. 이런 과정을 거치며 실력을 쌓아 왔기 때문에 한국의 방역 시스템이 2020년 이래의 예상치 못한 코로나 시대에도 잘 적응할 수 있었고 그 실력도 인정을 받을 수 있었다.

자연과학은 내가 잘 모르기 때문에 검토 대상에서 빼겠다. 인문 사회 계통은 대학 4년을 졸업하고 군대 2년을 다녀온 다음 대학원 석사과정을 최소 4학기 이수하고 박사과정을 보통 10학기 정도 보내면서 논문을 쓴다. 이 경우 의과대처럼 대략 11년 정도 잡을 수 있지만 인문 계통에서는 논문 제출 기간이 생각보다 길어지는 경우가 많다. 문제는 수료와 졸업 기간이 길어지는 것이 아니라 교육과정이 부실하게 이루어지는 데 있다. 전문 연구자를 양성하는 시스템이 전혀 전문적으로 이루어지지 못하고 있다. 학부야 그렇다 치더라도 대학원 석사과정부터는 전문 연구자를 양성하는 과정이기 때문에 교육 시스템도 전문화되어야 한다. 하지만 수십 년 전이나 지금이나 거의 다르지 않게 수공업적으로 이루어지는 경우가 대부분이다.

보통 대학원에 들어가서 세미나에 참석을 하지만 논문 주제 확정은 빨라야 2학기이고 3학기 때 정하는 경우도 많다. 철학과의 경우 교수 인력이 적어서 논문 주제에 적합한 전공 교수를 만나기도 힘들다. 그래서 대부분 세미나도 학생들 중심의 공동 스터디 형태로 이루어지고, 주제도 이곳에서 만들어지는 경우가 많다. 사정이 이렇다면 미국 대학처럼 Teaching Assistant 제도를 도입해서 박사과정생이 석사과정생을 책임지게 하고, 박사과정생은 학위를 딴 강사들이 책임지게 하면 훨씬 강화된 교육을 할 수 있을 것이다. 그런데 한국의 대학에서는 교수 한 사람이 석박사 과정생을 다 거느리면서 대학과 대학원 세미나를 운영하고, 외부 강연과 교내 행정까지 참여하는 경우가 많다. 이러니 교수가 연구할 시간도 없고, 나아가서 학생들 논문을 지도할 시간이 없는 게 현실이다. 한국의 인문학 대학원 과정에서 보면 거의 학생들 스스로 눈치껏 알아서 살 길을 찾는 경우들이 많다. 지도교수는 기껏해야 심사 과정에서 도장 하나 찍어주는 것으로 끝나는 경우도 비일비재하다. 종종 학위논문 표절이 물의를 일으키는 경우가 있는데, 이런 체제 하에서는 그걸 학생의 책임으로만 돌리기도 어렵다. 사실 그것은 한국 대학의 부실한 석박사 양성 시스템과 지도교수의 무책임한 심사가 더 큰 책임이 있을 수 있다. 그런데 그런 문제는 전혀 이야기하지도 않으면서 마녀사냥 식으로 당사자만 몰아세우는 것은 그야말로 위선이라 할 수 있을 것이다.

TA 제도를 도입하고, 학위를 가진 강사들을 적극적으로 대학원 세미나에 참석시키고 박사과정생 지도에 끌어들일 수 있다면 학위 과정도 한결 충실하게 할 수가 있다. 내가 말하는 것은 인문학 연구자도 전문적인 교육과 양성과정을 이수할 수 있어야 한다는 의미다. 문제는 이런 시스템을 실행하기 위해서는 그만큼 예산이 뒷받침되어야 하고, 교수들도 자신들의 권한과 책임을 상당 부분 넘겨야 한다. 그런데 교수들은 자신들이 감당하지 못하면서도 권한을 넘기려 하지 않고, 대학 당국도 강화된 시스템을 위한 예산 분배에 인색하다. 이공 계통과 다르게 인문사회 계통의 대학원은 그저 교수의 입만 있으면 운영된다고 생각하는 것 같다.

한때 모 명문 대학 철학과의 석박사 과정생이 무려 100명이나 된 적이 있다. 분필과 입만 있으면 되니 대학 입장에서는 이보다 남는 장사가 어디에 있을까? 결국 철학과가 학위 장사한다는 비난까지 받았다. 이런 수공업 체제로 운영되고 있으니까 수십 년 동안 사회의 다른 부문들에서 엄청난 발전이 이루어지고 있음에도 불구하고 인문학 대학원은 오히려 위축되고 후퇴하고 있다고 해도 틀린 말은 아니다. 한국에서 인문학 연구자들의 숫자가 엄청나게 증가했고, 해마다 쏟아지는 논문들도 단군 이래 최대일 정도로 많지만 인문학 교수들은 '인문학 위기'를 입에 달고 있고, 여전히 인문학 분야들은 수입 오퍼상이나 고물상 수준을 벗어나지 못하고 있는 현실이다. 이런 악순환 과정에서 배출되는 최종 학위에 당사자들도 자신을 할 수 없으니까 임용할 때는 국내 박사들은 철저히 외면당하고 있는 것도 사실이다. 자신들이 배출하는 최종 브랜드에 자신이 없다고 한다면 스스로 문을 닫는 게 더 정직하지 않을까? 지금과 같은 연구자 배출 시스템으로는 최고 수준의 연구자들을 양성하는 데 턱없이 부족하다. 학생들이 오지 않는다고 하면서 위기를 외치기보다는 그들이 와서 제대로 된 연구를 할 수 있는 환경을 갖추는 데 주력하는 것이 선결 과제이다. 절대적 투자를 외면하는 한국 대학들의 위선이 극에 달해 있다.

그렇다고 묻지 마 유학이 대안이 될 수 있을까? 이제는 유학도 좀 더 신중하게 생각해볼 필요가 있다. 물론 유학의 장점이 여전하다. 젊은 시절 다른 모든 것을 내려놓고 공부에 집중하는 시간을 갖는다는 것은 효율적이고 효과적인 공부를 위해서도 좋다. 적어도 유학 간 나라의 언어를 배우고 전문 세미나에 참석하기 위해서 혼신의 열정을 쏟아 붓는 것 자체가 개인의 연구 역량을 높이는 데는 그만이다.

하지만 단점도 적지 않다. 유학 생활을 하다 보면 모국어 사용을 하지 못하는 점과 자신의 원래 문제의식을 잃고서 그저 공부에만 매달리는 경우도 적지 않다. 종종 학위를 마치고 돌아온 연구자들이 새로 논문을 모국어로 쓰는 과정에서 적지 않은 애로점이 있다는 이야기를 하기도 한다. 거의 5년에서 10년 정도 외국에 나가 생활을 하다 보면 당연히 겪을 수밖에 없는 문제이다. 사유를 하고 글을 쓰는 데 모국어의 역할이 큰 점을 고려한다면 외국에서 공부하는 것을 마냥 장려할 수만은 없다. 둘째, 그저 열심히 하는 데 치중하다 보니 자기의 문제의식을 잃어버리는 경우가 많다. 이 때문에 유학파라는 정체성은 있을지 몰라도 한국적 현실과의 정합성이나 토착성 문제는 새롭게 고민해야 한다. 모든 이론은 특정 사회, 특정 시대의 토양에서 성숙하는데, 단순히 보편적이고 선진적인 이론을 이식하는 데에만 골몰하다 보니 수입상이니 오퍼상이니 하는 비난을 듣는다.

더욱이 그렇게 유학을 다녀온 연구자들이 수도 없이 늘어났지만 과연 한국의 인문학계가 그만큼 깊이 있게 성장을 했다고 할 수 있는지는 장담하기 어렵다. 자신의 고유한 문제의식을 가지고 집중적으로 고민하면서 상호 소통을 하면서 발전시켜야 하는데 유학 생활에서는 이런 경험을 쌓기가 힘들기 때문이다. 그래서 이런 고민은 돌아와서 다시 해야 하기 때문에 한계도 적지 않다. 이제는 한국의 연구자들도 처음부터 다시 시작한다는 자세로 5년이고 10년 동안 유학을 가는 방식에 대해 진지하게 고민해 볼 필요가 있다.

지난 수십 년 동안 지적된 연구와 학위 생산 문제가 여전히 개선되지 않고 있다면 거기에도 이유가 있을 것이다. 먼저 기득권 세력에게 기존 시스템이 편하기 때문이다. 변화가 야기할 낯선 환경, 권한을 내려놓아야 한다는 위기의식에 변화 자체를 거부하는 것이다. 다음으로 문제를 인식하면서도 무책임하게 방관하는 경우이다. 변화를 하려면 시스템을 바꿔야 하고, 그에 따른 예산이 필요하다. 이런 예산을 가져오려면 대학 당국과 적극적으로 소통도 해야 한다. 그리고 외부에서 연구비를 따오는 데도 훨씬 적극적이어야 한다. 일본처럼 기업과 연계해서 적어도 석박사 과정생들은 돈에 구애받지 않고 연구에만 전념할 수 있도록 환경을 만들어줘야 한다. 이제 한국의 기업들도 이런 문제를 실질적으로 인식하고 미래를 위해 투자할 수 있어야 한다.

우리 사회에서는 인문학 연구자들은 그저 이슬만 먹고 벽만 바라보며 공부하는 존재로 착각한다. 가까운 일본이나 미국의 명문 대학들, 그리고 서구의 대학들도 똑같이 그런지 직시할 필요가 있다. 대학 당국도 마찬가지다. 자신이 없으면 학위 과정을 폐지하든지 할 것이지 왜 똑똑한 학생들을 뽑아 놓고서 상갓집 개 취급을 하는가? 교육부를 위시한 국가도 크게 책임이 있다. 인문학 연구는 결코 개인 연구자들의 호사나 호기심의 대상이 아니다. 인문학 지적 수준은 한 국가의 연구 수준과도 깊이 연결되어 있다. 오늘날 K-Pop을 위시한 한류의 큰 흐름은 인문학 연구 수준과도 연관이 크다. 기초 연구자들의 끊임없는 연구들이 한류 콘텐츠를 만드는 현장 활동가에게 영향을 줄 수 있고, 마찬가지로 그들의 현장 경험을 이론화하는 연구자 간의 피드백이 중요하다. 기초 연구 없는 한류는 오래 지속될 수 없을 것이다. 그리고 이런 기본적인 콘텐츠는 당장 사용할 수 있는 것에서부터 한 국가의 문화적이고 사상적인 오랜 연구 수준과 경험이 밑바탕이 될 수도 있는 것이다. 그 점에서 인문학과 예술은 이공 계통의 과학이 산업에 미치는 영향 못지않다. 현대가 연간 수백만 대의 자동차를 수출해서 벌어들이는 수익과 방탄소년단의 수익을 비교해 봐도 알 수가 있다.

이제는 정신적 상품이 전통적인 산업의 상품 이상으로 돈을 벌 수 있는 세상이다. 그럼에도 이공 계통에 비교할 때 인문사회 계통의 연구비는 채 100 : 5도 안 될 정도로 미약하다. 이런 상태에서 한국의 인문대학들이 어떻게 세계 수준의 대학들과 경쟁을 할 수가 있을까? 그러니까 지금의 현실은 가난한 수십 년 전의 현실과 다르지 않게 여전히 유학을 갈 수밖에 없도록 등을 떠밀고 있고, 그들이 돌아오면 여전히 오퍼상 좌판을 펼치도록 만드는 악순환만 반복되는 것이다. 그러므로 국가의 정책 차원에서도 이런 문제를 진지하게 고민해야 할 중대한 시점이다.

에필로그

이 책은 참 어렵게 세상에 나오는 것 같다. 내가 여기에 실은 글은 거의 10년에 걸쳐 페이스북이나 기타 SNS, 그리고 인터넷 신문에 썼던 것들이다. 그런데 오랜 시간이 흐르다 보니 시의성이 떨어지는 경우가 있고, 또 개인적으로 신상의 변화도 있었고, 관심사도 여러모로 달라지다 보니 이 글을 다시 들여다 보는 일 자체에 어려움이 있었다. 그러다가 페이스북에 소개된 내 원고 이야기를 보고 〈도서출판 모시는사람들〉의 박길수 대표가 선뜻 연락을 주어서 출간을 할 수 있게 되었다. 하지만 이 책을 만들면서 내가 썼던 원고들의 거의 절반 이상을 잘라 내는 아픔도 있었다. 글이 중복되고, 시의성이 떨어지고, 지나치게 사적인 경험과 관련된 것들은 여지없이 뺐다. 또한 표현과 관련해 노련한 박 대표가 원고를 보면서 손을 많이 봐 주었다. 이 과정을 거치다 보니 오랫동안 멋대로 자란 머리카락을 자른 것처럼 시원한 느낌마저 들었다. 덕분에 최종적으로 원고를 보았을 때는 원석을 갈고 다듬은 것처럼 놀랄 만큼 달라졌다. 글 사이의 시간적인 거리감도 거의 느끼지 못할 정도이다. 내가 '에세이 철학'을 표방하는 만큼 글의 내용 이상으로 일상어로 쓰인 좋은 표현과 문장도 중요하다. 역시 글은 많이 만질수록 완성도가 높아진다는 것을 이 책을 내면서 깨달았다.

이 책을 내면서 덕수상고 시절 국어를 가르쳤던 이경복 선생님에게 추천사를 부탁했다. 선생님은 1970년대 초반에 외국어가 범람하는 현실을 안타까워하면서 국어정화운동을 벌이셨다. 덕분에 우리도 종로나 명동을 다니면서 외국어 간판들의 실태를 조사하기도 했다. 그때는 그런 작업의 의미를 정확히 몰랐다. 하지만 내가 나중에 철학을 하면서 언어의 중요성, 특히 모국어의 중요성을 깨닫게 되면서 당장 먹고 살기도 힘들었던 1970년대 초반에 국어운동을 전개하신 선생님의 선각자적인 안목에 감탄했다. 이 책에는 고등학교 2학년 때 선생님과 있었던 에피소드가 들어 있기도 하다. 수십 년 동안 선생님의 근황을 모르고 지내다가 작년 말경 우연히 〈이경복 선생님 아침 생각〉이란 단톡방에 들어가면서 다시 뵙게 되었다. 선생님은 오랜 교육자 경력을 통해서 드물게 '사람들의 생각을 생각'해 오셨다.

이런 경험을 바탕으로 『생각의 뿌리: 마음의 문을 여는 백 가지 물음들』(인물과 사상사, 2006)이란 책도 쓰셨다. '마음의 문은 안에서만 열 수 있다'고 하신 말씀은 자기 생각이 얼마나 중요한가를 말해준다. 선생님은 매일 아침 6시만 되면 4장의 사진과 고도로 압축된 짧은 문장을 가지고 제자들의 생각을 십 수년 동안 일깨워 주시고 계신다. 선생님이 양주에서 운영하는 '깨닫는 농원'에는 이런 선생님의 생각을 새겨 놓은 돌들이 수십 개가 있다. 암기식 사교육이 판치는 한국의 교육 현실에서 선생님만큼 '생각'을 강조하신 교육자를 나는 일찍이 본 적이 없다. 이런 선생님의 생각이 나의 생각과 겹치는 부분이 많아서 내가 선생님에게 추천사를 부탁한 것이다.

　'에세이 철학'은 앞으로 갈 길이 멀다. 학자들도 A4 용지 10매짜리 논문에 갇히다 보니 각주 없는 단 한 줄의 글도 쓰기 어려운 현실이 됐다. 온전히 자기 생각만으로 창의적인 글쓰기를 할 수 없게 된 것이다. 이런 현상은 앞으로도 시간이 흐르면 흐를수록 더욱 심해질 것이다. 자연과학의 글쓰기와 달리 인문 사회 과학의 글쓰기는 자기 글 자체의 힘이 커야 한다. 이런 힘이 바탕이 된 다음에 다른 글을 끌고 들어와야 하는데 오히려 자기 글이 힘이 없는 것을 다른 글을 통해 메우려 하는 것이 오늘날 글쓰기의 일반적 추세이다. 그러다 보니 글의 주체성과 창의성이 뒷받침되지 않는 경우가 많다. 단군 이래 가장 논문들이 많이 쏟아지고 있음에도 불구하고, 인문 사회 과학이나 철학 분야에서 우리가 주도하는 세계적 담론이나 이론 혹은 철학이 없다는 것은 이런 이유가 크게 작용한다.

2008년 세계 철학자 대회에서 유영모 선생과 함석헌 선생이 한국을 대표하는 사상가로 급조된 해프닝은 한국 철학계의 현실을 그대로 반영하고 있다 해도 틀린 말이 아니다. 이분들의 철학과 사상을 무시하려는 것이 아니라 그렇게 뛰어난 사상이라고 한다면 왜 한국 대학의 철학과들에서 두 분을 강의하고 연구하는 과목 하나 개설되어 있지 않은지 그 현실에 대해 의문을 제기하는 것이다. 이런 현상은 그 이후로도 전혀 개선되지 못했다. 철학자 컨퍼런스를 손님 대접을 위해 급조할 수 있는 일회성 전시회 정도로 생각하지 않았다면 결코 이런 발상을 할 수 없었을 것이다. 이게 바로 한국 철학계의 현실이라 할 수 있다. 한국의 철학계에는 수많은 바깥 철학과 옛 철학이 난무하지만 한국철학자들 스스로 오퍼상과 고물상이라고 자조할 뿐이다. 이런 상황이 지속될수록 철학은 소수의 전문가들끼리 나누는 암호와 같이 세상과 단절되고 더욱 소외되는 것이다.

이런 현실에서 '에세이 철학'은 굳어진 사고를 풀고, 쉬운 일상어를 가지고 일상의 세계 경험을 대상으로 누구든지 사유할 수 있음을 보여주고자 한다. 에세이 철학의 가치는 무엇보다 지금 여기(hic et nunc)의 우리의 삶을 사유의 대상으로 삼을 수 있는 역동성이 있다. 에세이 철학은 추상적인 개념보다는 누구나 쉽게 사용하고 있는 일상어를 매개로 사유하고자 한다. 에세이 철학은 다른 누구의 사상에 올라 타려 하지 않고 자신의 생각을 깊이 있게 펼치려는 가장 주체적인 철학이다. 아직까지 에세이 철학의 창의적인 철학하기에 관심을 갖는 사람들이 많지 않지만, 디지털 시대에 이만한 철학, 이만한 글쓰기 방식이 없다고 본다.

일상이 철학이다

등록 1994.7.1 제1-1071
1쇄 발행 2023년 9월 30일

지은이 이종철
펴낸이 박길수
편집장 소경희
편 집 조영준
관 리 위현정
펴낸곳 도서출판 모시는사람들
        03147 서울시 종로구 삼일대로 457(경운동 수운회관) 1207호
전 화 02-735-7173, 02-737-7173 / 팩스 02-730-7173

인 쇄 피오디북(031-955-8100)
배 본 문화유통북스(031-937-6100)
홈페이지 http://www.mosinsaram.com/

값은 뒤표지에 있습니다.
ISBN 979-11-6629-177-7   03810